娘子不給愛 2

文創風 209

溫柔刀 著

目錄

第十一章

京城，汪家書房。

汪觀琪得了汪家大郎的信，打開速速閱覽後，知道他家大郎和他的三個弟弟眼下在邊疆都好，他這才長舒了口氣。

他坐著沈思了一會兒後，對身邊站著的汪大栓說：「劉守備那兒可有人來請？」

汪大栓彎了彎腰，朝他搖了搖頭。「未曾。」

汪觀琪聞言，眉頭一皺，又思量了半晌，這才長嘆了口氣。「真是孽畜，卻只得留他。」

儘管這十餘年因邊疆戰事不斷，國家四處災害連連，朝上人才不濟，礙於情勢，今上奪情，令文官丁憂只得一年，武官百日卻是未變的。如今他百日喪假未過，不能請令奔赴邊疆與大郎他們一起上戰場，加之大郎他們身負將令不得回來丁憂，他為父之人這百日守孝更是必須守之，寸步離不得這京城啊！

如今劉二郎隨著忠王爺這一去，這一戰要是勝之，回來之後，現在身上的正五品官位怕是要越過他現眼下中郎將的位置了。

這兄弟親家啊，自那年進入王爺的銀虎營後，這地位眼看步步高陞，運氣好到讓人為之側目啊！

就算日後大郎立了大功回來，賜了將位，將來怕也是少不了他這娘家舅父的助力；如今看來，這張氏母子，還是只得護著，免得他日與劉家兄弟生了嫌隙，兩家擰不成一股力。

思及此，汪觀琪站起身，走去了後院。

他得細細與那婦人說道一番，免得讓婦人之手，把兩家的關係攪得不可收拾。

自那日後，就沒有什麼可疑人士路過，或者再有人找上門來了。

小老虎對此有些失望，因為家中新買了油，他娘也答應他，如果還有人來欺負他們，可以讓他拿著柴火棍子出去打人。

可惜，那些可惡的人都不來了，小老虎為此還小小地嘆了口氣，但轉念一想，許是這些人怕了他小老虎的娘，他不禁又為此感到有些驕傲起來。

不管如何，過了幾天後，張小碗見沒人再上門找碴了，暫時鬆了一口氣。

但她還是沒有放下警戒，她自己和小老虎的箭頭都多打了二十支，以備需要時用。

沒有什麼人上門來找麻煩後，提心弔膽也少了些許，但對張小碗來說，這日子也沒輕鬆很多。

手頭的銀錢一天天從手裡花光，她摳著一個子兒一個子兒地花，但手頭也所剩不多了。

而小老虎在長大，用的筆墨，還有吃穿，這些她都不想省。

田現在不能種，土裡要是種上些菜，種好了倒是可以挑出去賣一些，但也掙不了多少，頂多是貼補點家用，買點鹽油等等。

而且，她現在摸不準汪家還會幹出什麼事來，出外拋頭露面的事也不能做，現眼下琢磨之後，也沒什麼路可走。

尋思著這些事情的張小碗心裡輕鬆不起來，但表面上還是淡定地與小老虎過著娘倆的日子，教小老虎習字，也教小老虎怎麼用巧勁和人應對，更多的時候，娘倆挑起扁擔和鋤頭去後面的土裡挖土種菜。

現在是十月了，這大鳳朝北方的天氣比他們以前的南方要涼得快一些，氣候還是有很大的差異。張小碗去賣種子的店家，讓小老虎幫著問了問，得知現眼下是當地人種他們本地秋冬可以種的冬蘿蔔的時候，她便買上了一些種子，還帶著小老虎去一個賣麵條的大爺處，給小老虎要了碗麵條，藉此讓小老虎問了大爺，這當地種冬蘿蔔的注意事項。

田裡、地裡的活是辛苦活，小老虎以前和張小碗幹的時候是圖個樂趣，現下是幫著張小碗一整天都要幹活了，但他也不喊苦、不喊累，只是一到晚上吃完飯，練字的時候眼皮子就會不由自主地往下掉，有時字寫著寫著，就這麼趴在桌子上睡著了。

張小碗在外頭就著點柴火的光把活計一幹完，進屋有時會看到兒子就這麼站著趴在桌子上打著小鼾在睡，臉上還沾著墨汁。

偶爾，她心疼得厲害了，眼睛也泛酸，但很多時候也就是走過去把小老虎抱起來放到床上，給他洗臉洗腳，讓他睡得舒服一些。

第二天早上，小老虎還要把她布好的功課先補完，這才會吃張小碗弄好的朝食。

張小碗有天實在忍不住了，夜裡什麼活都不幹，硬讓他去睡，可她打也好、說也好，小老虎就是板著張小臉不去，非得要練字、背功課。

張小碗用眼淚威脅他，他也難受，跟著她一起掉眼淚，但還是不肯先睡，急了，對著張小碗就吼——

「我現在就在學本事，妳不要擋著我學本事！」

急得狠了，便在房子裡抱著頭大叫，一臉痛苦。

此舉把張小碗嚇得心驚不已，不敢再勉強他，只能又買來一盞油燈，把燈點得亮亮的，讓他眼睛看得更清一點，而她進門也進得勤一點，好能及時看到他在沒忍住、睡著後，把他抱到床上去，讓他睡得更舒服一點。

等到地裡的種子都種下去了，就沒那麼多事幹了，張小碗也改了他們的作息，讓小老虎早晚蹲馬步、打樁各半個時辰，上午和下午就習字練書。

張小碗想了想，這天帶小老虎出去給他買紙時，把沒送出去的那幾套衣服和幾雙鞋找了個裁縫鋪賣了，那老闆見那布料很不錯，手工也精緻，給張小碗算了算，給了她一共四兩銀。

因著男女之別，在外，張小碗一直都是讓小老虎說話，不輕易開口，小老虎聽得有四兩銀，也不欣喜，只是回頭看他娘，看到張小碗點了頭，這才小大人似的，大模大樣地用官話對那老闆說：「銀子給得不錯，謝大老闆了。」

說著又把頭湊過去，小聲地跟這大老闆商量。「這位大老闆，我家窮，我要唸書，我娘要掙很多銀錢才供得起我買紙、買墨，您看我娘針線活不錯的話，咱能多做點活計到您這兒賣嗎？」

這大老闆聽得他毫不怯生的口氣，一口官話說得再順溜不過，再看著他那金童般俊俏又神氣的臉，這頭竟不由自主地點了，但還是說：「怕是得不了幾個錢，苦得很哪！」

「我知。」小老虎說到這兒，臉也黯淡了。「只得怪我無用，這才剛過五歲，我娘說我習的字還不多，不懂多少學問，不能去考試當官誤人子弟。說來我要是能幹，豈能讓她受苦？」

這裁縫鋪老闆聽到他這般黯然神傷的口氣，真是被他逗得笑了出來。這麼機靈聰慧的孩子倒是少見，想來日後怕還真會有一番作為，如此他便道：「我這裡有些活計倒是你娘可以做的，你且叫她上前來，我讓我娘子一一說與她。」

如此，張小碗在這裁縫鋪討了活計幹，幫著做衣裳。

衣裳打樣、繡花樣樣她都來得，店家本是許給她一件衣服三個銅板，但看她活好，做的事又多，一件衣裳基本上不用他們搭手，她就能給他們做全，於是又加了她兩個銅板的錢。如此，張小碗要是手快的話，晚上再多幹點時辰，兩天下來也能掙到五個銅板，這可以讓她每天都有錢買上一些肉給小老虎吃了，總算不用坐吃山空。

但這活計也不是天天都有，有時也會歇上個那麼三、四天沒得活幹，但眼下這份活是張小碗所能找到的能掙錢的活了，她還是挺在乎的。

因著張小碗想著她不能常出門，很多事都交予小老虎去辦，可那有店鋪的集場處，也就是小苗鎮離她家遠得很，這一路上她不放心小老虎，雖然有狗子一路跟著、幫著，她還是不放心，只得又告訴了小老虎一些防人的事情，希望他不要在路上出事。

這天早上張小碗讓他早上把做好的衣服送到那店家處，取了錢後再給自己買三個銅板、大約也就是半斤的肉回來吃；哪想，這天上午回來，一進門小老虎就把五個銅板都給了張小碗，還從他揹著的小背簍裡拿出一塊看著足有三斤的肉，對著張小碗得意地說：「娘，妳猜猜我是怎麼得的？」

看著他臉上那眉飛色舞的神氣模樣，如果他有尾巴，此刻怕都是歡快地在空中搖來搖去了。張小碗看著這張神氣的臉，不由得想發笑，便笑著問他道：「許是騙來的？」

「不對、不對，再猜！」小老虎很大方地不嫌他娘瞧不起他，小腦袋一扭，再一揮手，讓她再猜。「妳再猜猜！」

狗子也在一旁幫他助陣，對著女主人連叫了幾聲，讓她再猜一下。

張小碗還真認真地想了想，才笑著說：「可是遇上什麼好心人了？」

小老虎一聽，想了一下，臉就垮了。「也算是吧，怎麼一下子就猜著了？」

這猜著了又不樂意了？張小碗樂出聲來，把他抱起來，找了凳子坐下，將他放在了膝蓋上坐著。

這小老虎還沒坐好呢，就對著張小碗說：「我可快要六歲了，快是大人了，娘，可不能坐妳腿上了，只得再坐上那麼一、兩回了啊，下次可不許了。」

張小碗連連點頭。「知了、知了。」

小老虎見他娘答應，也就放下了心，坐在他娘的腿上，小手往他娘脖子一抱，隨即說道：「去小苗鎮時，路上可遇著個怪人了，一個大漢子蹲在那兒嗚嗚地哭，我看他哭得奇怪，去問他可是餓著了，還給他塞了半塊吃過的餅，我這剛走幾步路呢，他就跑過來問我去哪兒？我看他哭得可憐，就給他答話了……」

說到這兒，小老虎重點地跟張小碗解釋了一下。「我可先讓狗子去聞他了，狗子說他不是壞人。狗子，是不是？」

趴在他們腳邊的狗子聞言抬起頭「汪」了一聲，答了小老虎。

小老虎回過頭就睜著可愛的虎目，認真地看著張小碗，等待她回答。

張小碗內心嘆氣，面上還是笑著點了頭。「好，我知道了。」

「那我繼續說嘍？」

「繼續說吧。」張小碗暗自告訴自己，還是要多教育他一下，加強他的戒心，但面上還是什麼都沒顯，笑著跟小老虎說道。

「他可怪了，見我走得累了在歇腳，還要來揹我，可我又不認識他，豈會有讓他揹之理？」說到這兒，小老虎還搖了搖頭，然後又有模有樣地繼續說道：「待到了鎮裡，我送還了秦大老闆的衣裳，拿了咱家的活計，並拿了大老闆給的錢去了那鄭屠夫的肉攤，正要讓鄭屠夫給我割塊好肉時，這人突然又冒出來了，不僅還了我一塊餅，還給我買來了三斤肉！我這剛把肉放到簍裡，還沒跟他道謝，也沒給他我的糖吃當謝禮呢，他就這麼走了。不過，我回程時細想了想，他確是個好人，倒也是個可憐的人，下次見著他，可也得給他塊糖吃才是。」

「可憐的人？」張小碗有些不解。

「嗯。」小老虎說到這兒竟搖頭嘆息起來。「路上我問他為何而哭時，他說他把妻兒都丟了。我問他妻兒豈是可丟得的？他便又掉眼淚，瞧著可真是可憐。」說著，又大大地嘆了口氣。

張小碗一時之間拿不準她這兒子是什麼意思，只得怔怔地看著他。

看了一會兒，見他根本是沒想到他們娘倆也算是被遺棄的事上，只是單純地為那人感到可憐，她不由得有些哭笑不得地看著她這個還能為別人如此憂心的孩子。

現眼下小老虎已經像個男人一般承擔起他的責任了，他那麼小，卻沒想過這不應該是他承擔的，還是張小碗哄著勸著，他這才沒想著要出去掙銀子養張小碗。饒是如此，只要是讓他跑腿的事，他都跑得很是勤快，要是裁縫鋪的活計少了，他比張小碗還著急，成天唉聲嘆氣，連給他蒸的雞蛋、煮的肉湯都不願意喝，唯恐自己把家裡的銀錢吃沒了。

他出去跑得多了、與人的接觸多了，加之張小碗不得不教他的一些人情世故後，現在他已沒有去年那麼好哄騙了。他已經會算錢，也知家中有多少銀兩，自己加加減減，也知家裡的境況，所以張小碗說家中的銀錢多得是時，他會搖頭對他娘嘆氣說「妳莫哄騙我」。

說著還會傷心地蹲在地上，抱著狗子，和他的狗兒弟一起傷心。

就連吃飯，張小碗把好的都讓給他吃，他也不像過去那樣理所當然了，總得讓張小碗分去一半，他才願意吃他的另一半，張小碗要是不依，這倔強的小老虎能跟她鬧絕食。

兒子懂事得不像個小兒，儘管張小碗知道這是無可奈何的，艱苦人家的孩子，有哪幾個不早熟的？但有時還是會心疼得厲害，可這些負面的情緒她也只能掩著、藏著，表面上她還是那個淡定、成竹在胸的母親，讓小老虎相信他們的以後會好起來。

她現在能給小老虎最好的，就是堅韌地站在他的面前，讓他就算過得艱苦，卻不會被打敗，並能在逆境中讓自己過得好。這是她作為一個母親，能給她的小老虎最好的東西了。

小老虎已經會規劃家中的銅錢要怎麼花了，他去買東西時很會討價還價，他常去的那家書籍鋪的店夥計只要一看到他買一刀紙，就會格外送他二十張，說都不用小老虎再說了，有時要是老闆發了話，他還願意多給一些店裡用不了、也值不了一點錢的廢紙交與小老虎，讓他回家練字用。

小老虎也不占他便宜，用他娘的話說，就是做人要分得清好壞，他還了價，人家賣了這個情，他就是得了人家的好，所以人家這個好是要還的，如此他下次要是去，就會讓他娘烙兩張餅，或者紮一小塊糖包好，送給那對他好的夥計。

那個書籍鋪的夥計是個十五、六歲的小夥子，是店老闆的堂姪，他與小老虎這樣有來有往的，兩人倒成了說得上話的熟人了。

這時入了冬，天氣是真正冷起來了，寒風凜冽，帶著狗子的小老虎去裁縫鋪的秦老闆那兒把活計交了後，又去鄭屠夫那兒買了肉。

買完肉，鄭屠夫猶豫了一下，送了兩根童子骨給小老虎，對他說：「天兒冷，你拿回去，讓你娘加薑熬湯給你喝。」

小老虎已經被張小碗教育得知道不能平白受惠了，便猶豫了一下，不太願意接。

「接著吧！」鄭屠夫卻是笑。「你上次送我的冬蘿蔔倒是好吃，現應該個兒又長大了些吧？」

小老虎點頭。「我娘說，再等半個月，就有很大個兒了！」

「下次再給鄭伯扯兩根來，鄭伯再給你骨頭。」屠夫看著這小孩也知他是個有骨氣的，還知他識字，打他來買一回肉起，他就格外瞧得起這小孩子，從不輕看他，言語之間也把他當個大人似的看待。

如此態度，小老虎卻是喜歡的，見屠夫還稀罕他家的蘿蔔，立馬眉開眼笑地接過了骨頭，還彎著腰給屠夫作了個揖。「多謝鄭伯。」

「讀書人就是禮多！」屠夫見狀，笑得眼睛都瞇了。

接過骨頭後，見狗子在旁邊汪汪叫，小老虎看了牠好幾眼，和牠商量道：「回去等我娘熬好了湯，這骨頭再給你，可行？」

狗子見沒戲，嗚咽了兩聲，搖了兩下尾巴，也不再討了。

小老虎帶著牠走了一段路，快要到書籍鋪時，他還是沒忍住，找了個地方就地坐下，把骨頭拿出一根，另一手把狗子抱到懷裡，把骨頭送到牠嘴邊。

狗子在他懷裡又嗚咽了一聲。

「吃吧。」小老虎肉疼地嚥了口口水。「這是你的那一根，我還有一根在簍子裡呢，你快吃你的。」

美食當前，狗子再通人性也鬥不過狗兒愛好骨頭的天性，牠確也是忍耐不住了，一口咬上了骨頭，又用烏黑的眼睛回頭看了眼小老虎，抬起腳在小老虎的腿上磨蹭了一下，這才迫不及待地啃起了骨頭。

等到狗子吃完，小老虎這才帶牠去書鋪子。

夥計透過門老早就看到他了，一待他進門就上前來說：「今天可穿了新衣了？」

小老虎看了看身上的衣裳，顯得有點害羞。「天兒突然冷了，去年的衣裳我穿著短了，我娘熬夜給我做的。」

「你娘手工可真好，衣裳可好看了！」夥計誇獎道。

「嗯！」小老虎見他誇，臉上全是笑，拉著自己的新棉衣給夥計獻寶。「小陳哥，裡面的棉花可紮實了呢，我娘壓了厚厚的一層，穿著可暖和！」

夥計小陳伸出手一摸，摸著那厚實又柔棉的衣裳，還真有點眼羨了。「做得可真好，我娘就做不了這麼好的。」

「嘿嘿！」小老虎頓時覺得他這小陳哥可有眼色了，連掏餅的速度都要比平時更快了一些。「這是我娘烙的肉餅，加了些豬肉，我娘說，你拿回去隔著鍋熱熱，配碗熱白水，可好吃了。」

「替我謝你娘了。」夥計接過餅，放到嘴邊一聞，儘管餅已冷透，但還是有香味縈繞在鼻間，他不禁滿意一笑，把烙餅放入懷中後，接著笑道：「今天還是要買一刀紙？」

「今天要五刀……」小老虎伸出五根指頭，有些沮喪地說：「我娘說天兒太冷了，這個冬天讓我少出門，可能下個月都來不了鎮裡了。」

「唉，天兒確實太冷，誰也懶得出門。」小陳帶他到了擺紙的櫃子，給他拿出五刀棉紙，跟他閒聊道：「最近練的字可是多了？這紙用得要比平時快些了。」

小老虎站在櫃檯前看他數紙，點著小腦袋嘆道：「可不是？要費好些銅錢呢！」

一刀棉紙十個銅板，真真是肉疼。

這學問啊，可貴得很……

小老虎掏出荷包，拿出個小小的銀錁子。「你秤秤。」

小陳接過，拿小秤桿秤了一下。「二錢。」

「喔。」

小陳算了算，收了銀子，給小老虎找了銅板後，有些不忍地對他說道：「都使上銀兩了，家中可是無銅板了？」

小老虎搖搖頭，笑道：「倒也算不上，只是餘錢都給我買棉花做衣裳了。」

「你娘可疼你了。」

「那可不是！」小老虎露齒一笑，眼睛亮亮地看著他這小陳哥。

小陳不由得一笑，答道：「這次也給你留了些殘紙，一併帶回去吧。」

「好，多謝您！」小老虎咬了咬嘴唇一笑，眼睛賊亮。

小老虎又揹了一背簍的東西回去，回程中，摸了摸懷中荷包裡的錢，又想了想他娘說等到春分，天氣好了，就帶他去山裡打獵的話，這才覺得開心了起來。

走到半路時，又在岔路口看到了那個大漢，小老虎熟稔地過去跟他打招呼。「刀叔，今兒個可有載你妻兒的馬車路過？」

胡九刀聽了嘿嘿一笑。「今兒個不是來等人的……喔，倒也不對，確是等人的，但我今日等的卻是你！」

「等我幹啥？」小老虎不解，不自覺把話說得帶有他們水牛村的腔調了。

「我妻兒回來了，我今日是來謝你的！」胡九刀欣喜地把背上揹的一個包袱給拿下，朝小老虎遞了過來，滿臉都是止不住的笑意。「我娘子說，勞你好些時日都給我餅吃，讓我帶來這個給你酬謝。我等你好長時間了，你快快拿著，我可得回去了。」

「回來了？」小老虎驚道：「何時回來的？」

「昨日晚些時辰，走的不是這條我丟了他們的道路，她是朝另一條道回來的。」胡九刀歡喜得連連搓手，跺了跺有些發冷的腳，有些等不及地想回去抱他的寶貝兒子。

「你下次可別再丟了他們了……」見胡九刀要走，小老虎接過包袱，不禁囑咐道。

「可不了、可不了……」一根腸子通到底的胡九刀心有餘悸地道：「下次可不能再丟了，得看緊了才成！」

小老虎「嗯」了一聲，他才應完，胡九刀提腳就已走了好幾步，還回頭朝他搖手道：「回頭空了我再來，你在路上候著我一些，我給你帶肉來！」

「你且回去吧！」小老虎也跟他這玩得來的大叔搖搖手，大聲回道：「下次見著了，我再給你餅吃！」

「哎！」胡九刀邊應著就跑遠了。

小老虎看著他的背影搖頭，小小男子漢自言自語地感慨道：「娘說了，男人打了自家婆娘，婆娘肯定是要回娘家的。這刀叔也是個傻子，竟也不去她娘家瞧上一瞧，我都提醒了他還不知道。」

小老虎一回去就和張小碗說了這事，張小碗聽得忍不住發笑，跟他說道：「你可有問他，他知他娘子的娘家在哪兒？」

「倒不曾。」小老虎愣了一下，搖頭道。

「可不是什麼人都有娘家的。」張小碗收了笑，跟他說道：「娘的家鄉那裡，有一年遭了災，五戶裡就有兩家絕了戶，另有四、五家，一家人就只剩下一、兩個人的，這些人裡要是有女子，哪還有什麼娘家。」

「他那娘子，竟也是家中無人了？真是可憐……」小老虎竟憐憫道。

張小碗不禁笑著抱他入懷，就勢跟他說著那些可憐人家的些許事來。

就算她這孩子天性暴戾，她也想盡力教他心胸寬廣。要知人生百態，這世上有很多不同的人和事，他以後要聽明地對抗那些比他厲害的，但也不能去欺辱弱小，就像他不剛強時別人欺負他一樣。

她也許教不了許多，但能多一點是一點。

她也不是要教他太過善良，而是有時你多給別人一條路，別人也會多給你一條路。她不能一生都在她的小男子漢身邊看管著他，只得盡力教他一些可以把路走得順暢點的道理。

到底，也是出於自私的原因。

這京郊的冬天比之他們在南方時要更冷一些，這天眼瞅著一天比一天寒冷，外頭竟是去不得了。

所幸張小碗事先做了準備，家中的糧油在入冬時她已用板車拖了一車回來，連柴火也跟那村裡人家買了二十餘擔，又加之買了些肉做成臘肉，每日往往熬一些粥，裡面加點臘肉，再給小老虎加個雞蛋，就著鹹菜吃也是一頓。

如此吃倒也是吃得很飽實，在這大冬天裡，母子窩在家裡，算也過得很是不錯。

小老虎沒過過這樣冷的冬天，但他穿得暖，家中也燒了炕，他倒不覺得這冬天和家鄉的差上多少，甚至每日早上還會在冰天雪地的外頭站會兒樁，覺得自己格外的有男子氣概。

但冬日畢竟出行不便，在外頭也待不得太長時間，因此他在家中習字的時間要比以往都長，一個冬天過去，他認的字多了許多。

這時，張小碗發現把字教給他認了，更多的書中學問，她卻是不能再教下去了。

她的教育，還是依託她以前所受的教育的認知，教一些亙古不變、為人處世的道理給小老虎還無妨，可要教他這個朝代裡那些治國安邦的道理，她是萬萬不行的。

說透了，她穿越來這個朝代後，待的地方無非是家鄉、嫁去的水牛村，還有來到京城的這三處地方。而這個朝代的邊界在哪兒？現在皇帝多少歲數了？那外頭打仗的地方是在哪兒？這個朝代前面的朝代叫啥？現在的朝代實施的是什麼政策？這等等等等的，她沒有一項是知道的。

如此，她哪能教得了小老虎更多？

想來，也只得送他去學堂，讓先生教一些她所不知道的。

張小碗也擇了時間跟汪懷善好好地說了這件事，小老虎和她有些爭執，認為她完全教得了他。

但張小碗也告知了她所不知道的一切，她希望他從先生那裡得到這些知識，再回來教與她。

汪懷善一聽他娘這麼說，對學堂倒是來了興趣了。

這世上竟還有他娘不知道的事情？那他還真是有興趣去聽上一聽、學上一學，回來告訴她。

如此，就算冬天還未過，小老虎卻期盼進學堂了。

說服了小老虎後，張小碗卻要為找學堂的事費心神了。家中的銀子目前還是供得起他上兩年學堂的，但現在是要進什麼學堂？要怎麼進？這些都是她開春時要去打聽好的。

待到開春，真打聽起這件事來，張小碗才發現，這學堂不是一般人能進得了的。這京郊邊上的學堂，一種是村塾，只有村子裡的孩兒才進得了；一種是私塾，是宗族裡的孩子才進得了。像小老虎這種家裡有點身分的，都是請了先生在家中坐堂教學的。

張小碗帶著汪懷善走了好幾圈，問了一些人，竟無人願意收他，張小碗為此眉頭皺得緊緊的，小老虎也是板著一張臉。

現眼下別說是到有學問的先生門下去學習了，就是一般教書認字的先生，也拜不到其門下去。

他們問到這附近的村裡，那村裡人也是奇了，問汪家是當官的，這小孩兒為什麼不在家中讓先生授業，反倒要進他們這些只是窮秀才坐堂的村塾裡來？

言語中，也不是很客氣。

張小碗敏感地察覺，她這是侵犯了別人的地盤。這種村塾也是類似宗族的私塾一樣的性質，與他們完全無關的外人是進不去的。

而小老虎也敏感地知道了宗族的重要性，為此，他卻是更痛恨起汪家人來。被幾家打聽好的私塾拒絕後，這個倔強的孩子甚至不願意張小碗再出去打聽有沒有在家中授課，願意接受他的先生了。

「老壞蛋、老壞婆娘家不要我，我也不要他們家！」在家中，小老虎甚至對著張小碗吼叫著，關於汪家，他心中平息了幾個月的怒火又燃燒了起來。

知道自己因為被汪家不喜，甚至都進不得別人家的學堂後，小老虎對汪家的憎恨更深，好幾日臉上都沒了笑意，只抱著他的弓箭，每天都花很長的時間磨著箭頭，每支都磨得鋒利無比。

看著這樣的兒子，張小碗彷彿看到了小老虎心中那頭被壓下的凶獸又在張牙舞爪的模樣了。

一時之間，張小碗也是黔驢技窮，因為現在擺在眼前的現實不是她所能解決得了的，而小老虎也不再是以前那個可以被她哄騙的小孩子了。

他已經知道了他不被汪家喜愛認同的後果是什麼了，這幾日間，他，連同她，都嚐遍了被人拒絕的滋味。

她就算肯花銀錢把人請到家中來授課，也是沒幾個人願意到她這在外頭有些許惡名的婦人家中來的。

更何況，這家中只有她一個女人，沒有男人。

想來她這個當母親的成年人，卻也是個天真的，以為想進學堂，那學堂就可以進，竟還說服兒子去學堂。

真是天真得可怕，張小碗在心裡嘲笑著自己。看著那一整天連一句話都不願意說的小老虎，她的心痛得連淚都流不出了。

她以為只要母子倆在一起，就算再苦只要熬下去，生活也會有起色，可在活生生的現實面前，擋著他們的牆是如此厚實，他們勢單力薄，敲不開那堵攔住他未來的銅牆鐵壁。

在家中，張小碗一日一日地安撫著小老虎，可小老虎畢竟長大了，他沒有以前那樣好安慰了。

張小碗也不願意用她的眼淚讓他屈服，只得跟小老虎講臥薪嘗膽的故事，希望能激勵他，更希望他把心頭那隻暴戾的猛獸壓下去。

她甚至跟他說，他可以不要原諒汪家的任何一個人，以後可以去報仇，但現在他不能去找汪家人脫離關係，更不能去殺了汪家人。

他殺不了他們，就算他們鬧出事情來，但被驅逐後，這天地之大，他們母子就是費盡千辛萬苦，犯了事的他們可能都找不到一處容身之地。

她把種種利害關係都跟他講明了，小老虎聽得日漸沈默，昔日那比星星還耀眼奪目的眼睛，裡面的光芒消退了很多。

張小碗心口疼痛難當，卻只能看著他一日日被迫成長，接受這些不得不接受的現實。

當張小碗以為小老虎與她都需要很長一段時間才能把求學不成的這樁事忘卻，或者再另謀他路時，在四月底的這天，竟有一位婦人找上門來了，說她是小老虎忘年之交刀叔——胡九刀的娘子。

這婦人看著與張小碗差不多同年紀，瞧來也是二十來歲模樣，她被張小碗請入門後左右觀看了一下，臉上一片讚賞。「打理得可真是整齊乾淨，嫂子真能幹。」

張小碗朝她微笑。「承妳的誇了。」

這胡家娘子稱讚完後，朝著張小碗福了福身，對她笑著說道：「我家夫君跟我說了，他那些時日可吃了不少他小友娘親做的烙餅，春節時他本要帶我過來給嫂子拜年的，哪料家中事多，一時之間竟脫身不得，捱到現下我才得空過來跟嫂子拜會一下。」

她如此客氣，不知她來意的張小碗心下微驚，面上還是維持著笑意答道：「妳太過客氣了，只要妳能來，就算是再過些時日來，哪怕是到了年底，我也是歡喜的。」

那婦人聽了，臉上笑意更深，轉頭看了看好奇地看著她的汪懷善，善意一笑，隨後親熱地握著張小碗的手，兩人相攜走入那堂屋裡，等張小碗給她端來熱水後，兩人全部坐定，這才跟張小碗說道：「今日來，是有事要與嫂子說道的。」

張小碗一聽她要說來意了，不由得端正了身體，臉上笑意不減。「妳且說。」

「我一看嫂子，就知您是個知書達禮的。」婦人笑起來真是漂亮得緊，那菱形的嘴笑得翹起來，還有幾許女孩子的嬌俏，看著可討人喜歡了。

誰人是好的，誰人是壞的，就算只是初初一見，張小碗也還是有點眼力分得清的。她知這胡家娘子是帶著善意來的，因此她的笑格外真誠，語氣也帶著濃濃笑意。「妳說就是，可是我家這混小子給妳家官人添什麼麻煩了？」

混小子汪懷善一聽，奇了，瞪著眼對他娘親道：「怎會？刀叔才不會說我的不是！娘妳不要冤枉他，我可得了他不少肉的！」

他說得甚是認真，卻把坐著的兩個女人都逗得笑了起來。

笑了好一會兒，那胡家娘子才止住了點笑，笑著跟張小碗說：「我家那混人跟我說他那小兄弟好玩得緊，我還當他又胡說八道了，今日一見他這小兄弟，哎喲，這麼些年了，他可總算有一次沒把話說錯了……」說著，又拿著帕子掩著嘴笑了起來。

「看妳說的……」張小碗也抿嘴一笑，轉而對著看看她、又看看胡家娘子的小老虎說：「你到外邊玩去吧，我和你嬸嬸說會兒話。」

胡家娘子一聽，放下帕子笑著說：「就讓他坐著吧，我今天是來跟你們母子商量點事的，看我這慢性子，都笑上半會兒了，這話都還沒顧上說呢！」說著，正了正身，臉色也正了一下，便對張小碗說道：「那鄭屠夫昨日來我家送肉，聽他說，您家懷善可是在找學堂進學？」

張小碗聽了一怔，點了一下頭。

「說來也巧了，我胡家族裡前幾日正好聘了一個有學問的先生過來坐堂，我那夫君一聽他這小兄弟正在找著先生，就讓我過來向嫂子問上一問，要是不嫌棄，可否請懷善與我族裡的孩兒共學一堂，也好讓他還了你們的飯食之恩？」

她說罷，臉上還帶著友善的淺淺笑意，笑吟吟地看著張小碗。

張小碗見此不禁動容，她動了動嘴皮，好半晌才嘆道：「我們母子，哪擔當得起你們這番善意……」

「您啊，可真客氣！」那胡娘子微微一笑，搖了搖頭，隨即她頓了一下，伸出手摸上張小碗的手，感慨道：「你們也是真不容易。」話到此，她也沒往下說了。

張小碗朝她一笑，點頭說道：「這次，得勞你們幫把手，這情我們母子受了。」

說著伸過手拉過張著眼睛左看看她、右看看胡娘子的小老虎，對他說道：「你可知你遇上了好心人？」

「嗯？」小老虎歪了歪腦袋。

「知你識學問不容易，你刀叔和你嬸嬸就來幫你了，你可要記住他們的恩情，來日定要相報，知否？」

小老虎想都沒想就點了頭。「我知了，娘妳且放心，小老虎不是那等忘恩負義的人。」

那胡娘子沒料到這幾歲小兒竟真能說出如此之話，眼裡頓時有了些許詫異，她又仔細看了小老虎好幾眼，不禁拉他到跟前又看了看，瞧著小老虎毫不畏生看著她的眼神，她不由得轉頭對張小碗嘆道：「嫂子，您家這娃兒日後定是個大有出息的！」

張小碗微微一笑，搖搖頭說道：「還是得好好學本事啊，要不，能有出息到哪裡去？」說到這兒，她朝小老虎看去，眼睛裡全是溫柔。「我啊，以後就全靠他了，如今也只指望他跟著有本事的人好好學本事，日後也好有好日子過。」

小老虎一聽這話，立馬挺起了小胸膛，想都不想地答道：「妳且放心，待我快快學了本事，定會把妳養得好好的！」

胡娘子聽到這話，眼睛都笑得瞇了，對著嘴邊同樣止不住笑意的張小碗說：「我看我也得快快帶著他著家去，讓我家孩兒沾沾他的仙氣，也好日後看會不會把我也養得好好的！」

她說得俏皮，人又如此爽快大方，平時習慣靜觀別人的張小碗對她也不由得稍稍親暱了起來，傾過了些身子，帶著滿臉的笑意與她話起了家常。「妳家孩兒幾歲了？」

「現眼下還不得一歲，這話都還不會說呢，成天就知道嚎哭著吃奶，可真真是煩得我呀……」說起自家孩子，胡娘子也有得是話說，便和張小碗聊了起來。

這廂小老虎見兩個女人說起話來竟也不顧他了，他看看這個，又看看那個，最後搖搖頭，出門蹲他的馬步去了。

他刀叔說得對，女人啊，是男人想都想不明白的奇怪東西，總是讓人費思量啊！

隔天，張小碗在簍子裡放了家中所剩的五塊臘肉，又把連夜趕出來的一件小孩肚兜還有小衣裳包好，帶了小老虎去拜訪在小苗鎮另一頭的胡九刀家。

路走了一小半，還沒到小苗鎮，胡九刀竟趕了馬車來。

這是張小碗第一次看到這個常在小老虎嘴裡出現的人物，他是一個滿臉落腮鬍的粗壯大漢，半張臉都看得不甚清楚，確實長得甚是高大威猛。張小碗都沒法想像這個男人蹲在地上，嗚嗚哭著等他娘子回家的情形。

她內心詫異，但看到小老虎見到他，竟跑過去，跟他哥倆好地相互拍了拍手臂。

胡九刀哈哈笑著道：「我可是來慢了？竟讓你和你娘走了這麼段路了！」

小老虎一本正經地搖頭。「可沒有，才走了一小段，我都還沒歇腳呢！」

「快快上去，我接你們去！」胡九刀說完這句，稍有些不好意思地遠遠朝著張小碗一抱拳，眼睛半看著另一方，禮貌道：「汪家嫂子，我家娘子說您今兒個要來我家拜訪，這路遠得很，讓我趕車來接您一程，您且快快上車吧。」

張小碗朝他福了身，也未多言，就著來牽她的小老虎上了馬車。

馬車一路駛去，小老虎跟著胡九刀坐在馬車外，張小碗聽得小老虎用帶著驚喜的聲音問著胡九刀——

「你可沒有跟我說過，你家還有馬車。」

「有，就這一輛，先前給我娘子駕去了，都忘了跟你說明白。」

「她竟會駕馬車？」小老虎驚訝地問。

「可會得很呢！」胡九刀的聲音透著股自豪。

「那可真厲害！」小老虎讚賞道，但也不忘向外人吹捧一下他自己的娘親。「我娘也是厲害的女子，我看，像她們這樣長得極為好看的女人，都是厲害的！」

坐在馬車裡的張小碗是一萬個沒想到小老虎會這樣說，一時之間被他的話給逗得啼笑皆非。

而馬車外的胡九刀像是被小老虎的話給說到心坎裡去了似的，大笑著連連說道：「可不是？可不是？我也是這番認為的！這話我還對我家娘子說過，可惜她不愛聽，還被她打了好幾下呢！」

「她還打你？」小老虎是確實驚了，又嘆道：「可真是厲害！」

說完倒也不說什麼了，許是想起了他娘也經常揍他的事來了。

坐在馬車裡的張小碗一路聽著這一大一小的對話，真真是哭笑不得。她總算是明白為什麼小老虎在她面前總愛說這個外人的這個、那個了，原來這兩人還是真合得來，有得是話說，就算把話說到離題了，他們兩個人也能接著聊下去，渾然不覺得哪兒不對。

等馬車跑了一路，像是要到達目的地一樣慢了下來時，張小碗這才聽得外面的小老虎問出了「你家竟有學堂」這句話。

聞言，張小碗不禁失笑了起來。她這孩兒啊，總算想起了把他第一句就想問的話給問出來了。

這兩人，還真是處得來，繞來繞去這話也繞得回來，聊了一路的津津有味啊！

等到了胡家，張小碗看著那處被一個大院子圍起來的青磚大瓦房，下馬車時，她還聽到了好幾隻豬拱圈的叫聲，再看看眼邊那一群啄食的雞群，想來這胡家確也是個小富戶。

她剛下車走了兩步，打開的大門處，那胡娘子就急著走出來了，一看到她就笑著說道：「嫂子您可來了，我都盼了一會兒了！」說著急步走來，挽了張小碗的手，抱歉地說道：「孩兒剛才尿濕了，剛給他換了尿布，這才慢了出來。」

「現下可有睡著？」張小碗忙問。

「沒呢。」

「那趕緊進去！」張小碗忙說道。

兩個女人為著孩子，忙著進了屋，竟誰也沒顧上後面一大一小的兩個男人了。

這胡九刀和他的小友汪懷善面面相覷了一眼，還是汪懷善先開了口，對他這刀叔再次感慨道：「我瞧著她們可說得來，昨兒個也是這樣，光說著她們的去了，都不理會我。咱們是男人，就多擔待點吧。」

說罷，還拍了拍胡九刀的手臂，安慰了他一下。

胡九刀聽得哈哈大笑，把他抱起來坐在肩上，對他說道：「先帶你去看看我兒子，等會兒就帶你去我族叔那兒拜師，可行？」

「我看可行。」小老虎穩穩地坐在他的肩頭，小大人似地點了頭應允。

等胡九刀帶他看了他那兒子，小老虎便把他穿過的小衣拿出來對胡娘子說道：「我眼下沒有什麼好東西給弟弟，這是我娘為我做的百家衣，穿著定是有福氣的，您且讓弟弟穿一穿，日後也是必有出息的。」

胡娘子「哎喲」了一聲，忙接過了這小衣，左右擺看了一下，見那紮實的針腳，再見那一看就知是細細保養著的乾淨布料，她放到鼻邊聞了聞，還聞到了股清香的味道，便笑容滿面地說：「這可真是好物件！」

說著就朝張小碗欣喜地說：「嫂子，我看這衣服立馬穿也是穿得的，我現在就給孩子穿上！」

張小碗攔了她，笑著道：「急不得，這衣服也是放了好些年頭了，妳且洗洗曬曬再給孩子穿上，這才放得了心。」

「是啊，急不得、急不得！」胡九刀在一旁忙接話，轉而又對著他娘子道：「娘子，我帶著懷善小友拜師去了啊？」

「去吧去吧！」胡娘子指著桌上擺著的一個籃子對他說：「帶上這個去，交給堂叔。」

胡九刀大應了一聲「中」，伸出手又摸了一下他兒子的頭，這才把小老虎又扛到了肩頭坐著，拿著籃子走了。

小老虎待他也不薄，一出了門，就掏出懷裡的糖包，把最大的那塊糖塞到了胡九刀的嘴裡，甜得這個壯漢齜牙咧嘴地大聲疾呼。

「吃不得、吃不得，甜得很！」

說是如此說，待他吃完，小老虎又塞了他一口，他又笑得眼睛瞇瞇地含了下去，逗得小老虎在他的肩頭抓著他的頭髮，笑得樂不可支。

那一大一小、一驚一乍的交談聲遠去了，兩個臉上帶笑的女人才回過神來，相互看了一眼，竟都「噗哧」一聲，對著笑了起來。

「嫂子，您現下可是知道了，我家這良人啊，都這麼大歲數了，也還跟個孩子一樣。」胡娘子搖著頭感慨道，眼睛裡卻是滿滿的柔情。

張小碗看著她那張溢滿幸福的臉，臉上的笑意淡去了些，低下頭抿著嘴笑了一笑，把放在地上的簍子拉過，拿出做好的小衣裳，對胡娘子笑著說道：「那百家衣是懷善送給他弟弟當見面禮的，我這兒也沒什麼拿得出手的，就昨天趕了一件肚兜和一件小夏衫出來，布料不太好，且將就吧。」

那胡娘子接過，打開布包一看，看見那肚兜上還繡了栩栩如生的老虎頭，她不禁失聲道：「這哪是一日做得來的？」等她朝張小碗看去，看到她眼下有淡淡的陰影，便搖頭嘆道：「可是一夜未睡？真是勞您費心了。」

張小碗聞言微微一笑。「只是兩件小衣，哪及得上你們家對我們母子的好意？」

汪懷善進了胡家族裡唸書，本來胡九刀是想讓小老虎住他家的，免去來回趕路的勞累，但汪懷善沒依，只得作罷。

而胡九刀被他娘子說了一頓，也不勸他這小友在他家中住了，只是這天汪懷善下學堂時他得了空，便趕了馬車說要送汪懷善一程。

汪懷善又是不依，對胡九刀拒絕道：「我這是要練腳程，坐馬車哪練得好？」說著不等胡九刀說什麼，揹著他娘給他縫的書袋，帶著狗子往前兒跑，一下子就沒了蹤影。

胡九刀笑看著他這小友跑得像風一樣的背影，失笑搖搖頭。

回到屋內，胡娘子忍不住和他說道：「這孩子怎麼這麼聰慧懂事？」

胡九刀撓撓頭，對她解釋道：「家裡苦唄！家裡沒個男人，他得撐著家，哪能不懂事？」說完又跟胡娘子羞道：「小時我娘生病時，我還偷過我堂叔家的糧回家吃呢。不得已時，什麼事都幹得出……」

胡娘子聽了，念及自家夫君小時沒爹的苦，眼裡一片心疼，當晚打了洗腳水過來，親手給他洗了個熱呼呼的燙水腳，把胡九刀美得晚上睡覺時都笑得合不攏嘴，傻得厲害。

小老虎跟了先生唸書，家中時常只剩張小碗一人。

自小老虎生下來就陪伴在她身邊這麼久了，現下卻這麼冷不丁地冷清了下來，所以頭幾天對張小碗來說還真是難捱得很。

張小碗本也是想這路遠得很，怕小老虎走得太累，也可以時不時在胡九刀家搭個伙，三、四天的，便在他家休息個一、兩天，也免得小孩兒太奔波，但兒子卻不依。如此一段時間下來，她想，這樣其實也好，她要是老見不到小老虎，心裡也確實會惦記得慌。

母子倆如此過活，慢慢地小老虎也不想及汪家的人和事了，他在先生那裡學了東西，回到家和張小碗有得是話說，哪還想得及那汪家的人。

生活一派平靜，秋天又來了，小老虎過了他六歲的生辰，又長高了許多。

家中這時已經無多少銀錢了，張小碗還想著要去山中走一趟，去打點獵或者採點藥材來貼補家用時，卻聽周圍的人說，這次邊疆打了勝仗，忠王爺要帶領兵士回京了。

這事小老虎也在他先生那裡聽說了，這天回來後，他虎著臉對張小碗不高興地說：「孟先生說，如果汪家那個老壞蛋的兒子也是在邊疆打仗的話，他這次也是要回來的。」

張小碗聽得他這麼說，只能搖了搖頭，連勸解的話也無從說起。

「哼！」小老虎也不知想及了什麼，冷哼了一聲，轉身就走了。

張小碗尾隨他去，卻見他又翻出了他的弓箭，拿了磨沙石，又打磨起箭頭來了。

「他要是敢來，我就殺了他！」晚上，小老虎把他的那三十支箭收好，那臉冷得就像他磨的箭那樣銳利。

這時的他，冷酷得完全不像一個小孩。

張小碗靜靜地看著他半晌，在小老虎的眼睛裡水光漸漸凝聚時，她把孩子抱到她的膝蓋上坐著，平靜地告訴他。「你不須喜歡他，他確實沒對你做過什麼好事。」

「他不是我爹！」小老虎聽到此言哭了出來，朝著他娘喊。「娘，他不是我爹！」

張小碗抱住他，什麼話也說不出口。

她儘管覺得那個男人陌生得跟他們娘倆無所交集，他們可以把他當個陌生人，但他姓汪，小老虎也跟著他姓汪，除開他們汪家對他們娘倆的那些所作所為外，小老虎也確實因他受了不少苦。

不怪他，讓小老虎怪誰去？

那些村裡的小孩欺壓小老虎，罵著他是沒爹的孩子時，小老虎只能用拳頭回敬過去，為怕她傷心，連淚都要自己偷偷在外面流完了才回來。

就算在胡家的學堂裡，他也沒少受過別的孩子的嘲弄，打完架回來身上都是傷，他掩掩藏藏的，張小碗也配合著當作不知道，但心疼得連是外人的胡娘子都為他哭過一回。

他才小小年紀，已然為他這個沒見過的爹受了這麼多的苦。

張小碗可以把汪永昭當作一個毫無關係的陌生人，也理智地試著接受他帶給她的苦處自有他的立場與原因，怪不得他多少。

但，她可以不憎恨、不要求他對她負責，卻無法開口阻止她的兒子去憎恨，要求他去諒解他。

那對她的孩子來說太不公平，也太殘忍了。

第十二章

十月初十，夜涼如水。

銀虎營當夜行軍百里後，汪永昭下令軍士紮營，靜待前方再次傳令。

他剛進入帳中休息一會兒，就有人來報，說忠王爺已經被三王爺派來的人接入宮中見駕。

汪永昭這才鬆了一口氣，整了軍袍，令部下再次拔營進京。

當日午時，汪永昭被傳入宮，因殺敵過千，救三王爺有功，被皇帝當場賜正四品都司，賞黃金百兩。

汪永昭領賞，當晚與營中兄弟飲酒過後，這才回到家中。

他牽著馬剛進小城門不久，管家聞叔就已經往他這邊跑了過來，滿臉的淚。「大公子、大公子，您可回來了！」

「嗯。」汪永昭冰冷的臉融化了一點冷意，現出了一點笑。「二郎他們可著家了？」

「都回了、都回了！」聞叔連連點頭，催促著道：「您趕緊著快兩步，夫人和表小姐都在門口盼著您，都盼了一天了，那脖子怕是都抬得疼得緊了！」

聞言，汪永昭的臉又鬆懈了許多，變得溫和起來。「你在後頭牽著馬，我這就快走幾步。」

說著，就把馬繩一扔，甩到了聞叔手中，大步往前急急走去，沒得一炷香就走到了家中的大門口，見到門口的那幾個人，他這才露出了笑臉，上前朝那汪韓氏一躬身。「娘，孩兒回來了。」

他說話時，瞧了身邊那嬌弱的人兒一眼，見她比他領兵出征時還要瘦上些許，憐惜之心頓時一起，待到汪韓氏急急拉著他起來後，他也不由得伸過手拉了她一把，得來了她一抹人比花還嬌的笑。

汪永昭這才意識到他是真的回來了，這裡不是屍骨遍野的戰場，而是他的家，家中嬌妻還是如此這般嬌豔如花，惹人愛憐。

那廂，京城西城劉府，劉二郎從營裡趕了回來，一進屋就對著小妾肖氏道：「明日妳且收拾一番，跟我去汪府一趟。」

「老爺，可有何事？」那肖氏揮手讓丫鬟退下，忙問道。

劉二郎的眉頭皺得緊緊的。「永昭回府了，小碗母子居然還未被接入府中，我明日要去問上一問，這汪家到底是要把他們母子置於何地？」

那肖氏給他脫外袍的手一頓，當下小心翼翼地與劉二郎道：「老爺，有一事可能您還不知，妾身不知當說還是不當說……」

「說。」劉二郎看不得她吞吞吐吐的樣子。

肖氏立馬朝他福了一福，輕聲地把從汪韓氏那裡聽來的話跟劉二郎說了一遍。

劉二郎聽罷，眼裡全是驚愣。「竟是如此暴戾？」

「是，聽說當下差點把他娘打死。」

「那小碗？」

「卻也是個愚笨的。」肖氏嘆氣。「起因就是因為她，說是當天她請安時忘了及時請她入桌吃飯，竟就唆使小兒讓狗去咬汪家嫂子，後來見狗咬得太緊，為了脫罪，就打了那小兒一下，哪想小兒脾氣如此這般不好，怕是心裡受了委屈，這才出了後頭也被他打了的事。那汪家嫂子被狗咬的傷口啊，前些日子有醫婆上門看病時我恰好也在，我也是瞧上了一眼的，深得可真是見了骨。老爺，我看為了您與汪家老爺的交情，那汪家嫂子也是忍了天大的苦，這才把他們母子關在郊外的，要不，換了別家的閨女，早就被他們休回家去了。」

「竟是如此？」劉二郎皺了眉，斜瞥了她一眼。「妳可是聽得仔細了？」

「句句不假！」肖氏連忙保證道。

劉二郎「嗯」了一聲，若有所思了起來。

肖氏看了看他的臉，又小心地探問了一句。「那明日……」

「再緩幾日，待我先去拜見汪大哥，問清了事情再說。」劉二郎搖搖頭，進裡屋洗漱去了。

肖氏忙跟了過去，抬腳前，低頭往她藏了金子的床底望了一眼。

十月中旬，汪永昭坐在書房正尋思怎麼回覆手中的信件時，辦事的江小山敲門進入，朝他說道：「小的已經送了銀兩過去了。」

汪永昭漫不經心地「嗯」了一聲。

「大公子，您看還有什麼要吩咐的？」江小山再問。

「就如此吧。」汪永昭淡然道。

「大公子……」江小山猶豫了下，又說了一句。「有句話，屬下不知該不該說？」

「說。」

「那小公子，竟是和您長得一模一樣！那臉蛋、那神情，簡直就是一個模子裡印出來一般……」江小山小心地說道。

汪永昭聽得笑了。「這我聽得夫人說過。」說罷，斂了笑，冷酷地說道：「又如何？讓他在那兒待著吧，這府裡總還會有別的小公子。」

說完揮揮手讓江小山退下，繼續思索手頭的信件該如何著手下筆。

江小山只得退下，走到門廊下還自言自語地嘀咕了一句。「怎會有如此相像之人？連那冷著臉的樣子也竟是一樣，當真是父子來的……」

說完，又想這新上任的都司大人根本不屑這個兒子，他可惜地搖了搖頭，嘆著氣走遠了。

那穿著體面、送銀子的人一走，冷著臉的汪懷善就轉過頭死死地盯住了張小碗。

張小碗沈默地看著他。

「把銀子丟了！丟了！」小老虎厲著臉，一字一句咬牙切齒地說。

在這一刻，張小碗甚至看到了他額頭上那青筋猛烈的突起。

他憤怒得怕是真要殺人了吧？

張小碗把那裝有銀子的包袱打開，掃了一眼，看得出至少有一百兩。

她只掃了一眼，然後專注地看著她在暴怒邊緣的兒子，儘量理智地與他慢慢說道：「這銀子扔了，你與我受的苦就白受了。他當他送了銀子就已是對你盡了責任，而我們把銀子扔了，受苦的卻是我們，他不會因為我們沒用他的銀子，就覺得受了報復。你說呢？」

「我不管他怎麼想的，我就是不想用他的銀子！」小老虎握著拳的手是顫抖的，他厲聲喊出這句話後，眼淚卻從他的眼睛裡掉了下來。

張小碗輕嘆了一口氣，撇過頭看著另一方，這才讓痛得五臟六腑都在疼痛的身體好受了一點，才有力氣繼續說話。「那就扔吧。」

扔吧，只要他能好受些，這銀子要不要都無所謂。

張小碗費了很大的力氣才假裝若無其事地起了身，拿起那放在桌上的包袱，把它打好結，準備拎去扔掉。

「扔到後面的那條河裡吧？」張小碗朝小老虎笑了笑，輕聲問他，在他面前證明著她什麼事都是隨他的，在她心裡，只有他才是最重要的。

他在她心裡是如此獨一無二。

看著自己在他娘親那溫柔的眼睛裡的影子，汪懷善什麼話都沒說，只是用那張帶著淒厲的小臉看著張小碗，眼睛木然得毫無神采。

張小碗不敢再多看這張小臉一眼，她下意識地抬起頭，挺了挺胸，拿著包袱出門。

走了幾步後，見他跟了上來，她牽住了他的手。

在那一瞬間，張小碗被他冰冷小手的觸感驚得顫抖了兩下，可是，哪怕此時的她連神經都在嘶嘶地嗷嗷叫著痛苦，她還是用盡了全身的力氣拉著兒子，若無其事地往後面的河邊走。

一路上，母子倆都很是沈默。到了河邊，張小碗要把包袱往下扔時，小老虎伸出了手，拉了她一下。

張小碗轉過頭看著他，看到她只有六歲的兒子輕輕地和她說——

「留著吧。娘，妳說得對，他不在乎我們，我們也無須在乎他，何必跟他生氣呢？」

張小碗沒說話，只是靜靜地看著他。

「咱們回去吧。」小老虎拿過她手中的包袱，還揹在了自己的身上，拉過張小碗的手，帶著她往回走。

只是回去時，那匆匆的腳步還是洩漏了他的心情。

當夜，小老虎在自己「我要殺了你」的喊聲中驚醒，當他轉過頭，看著黑暗中坐在他身邊，似在靜靜看著他的女人時，他帶著滔天的恨意，一字一句地對她說：「我一輩子都不原諒他，我以後定要他生不如死！」

「嗯，好。」那個女人用她溫暖的手撫著他的臉，用著能讓他安心的平靜口氣對他說：

「為了以後，再睡一會兒吧？」

汪懷善撇過臉，點了一下頭。

好久後，他才對他娘說：「娘，妳等我睡著再走，妳再陪我一會兒。」

那黑暗中的女人輕笑了起來。「娘等你睡好再走，你好好睡吧。娘正在想，明早是要給你烙蘿蔔餅吃呢，還是給你煮粥吃呢？」

汪懷善一聽，覺得肚子依稀都有點餓了起來。他仔細地想了想，說：「都做吧，我想吃娘做的粥，蘿蔔餅也要吃三個！那餅妳多給我做幾個，我明天要帶去學堂給宗明他們吃。」

「要多做幾個呢？」

他娘帶笑的聲音讓汪懷善覺得胸口那激昂得讓他想大吼大叫的東西，此時漸漸平歇了。

他又仔細想了想，算了算人數，有些抱歉地和他娘說：「要十個呢，是不是太多了？」

「不多，一會兒就做好了。你快快睡，明天還要上學堂呢，要是在學堂上犯了瞌睡，孟先生怕是要說你的不是。」

「是呢，會的，孟先生會打手板心。」想起那對他格外嚴厲，卻會把他留下堂跟他解釋學問的先生，汪懷善不禁笑了起來，還對他娘說：「娘妳再多做幾個餅，我給先生也吃兩個。」

「好，一共做十五個行吧？」

「嗯。」

「那娘再多做五個吧，你給你刀叔家送五個過去。」

「嗯。」

「娘還想明天待你從學堂回來，給你做辣子雞吃呢，你可要吃？」

「嗯……」

回答張小碗的，是她兒子帶有鼻音的輕應聲，慢慢地，剛剛那用帶著殺意的口氣大叫著醒來的孩子，終於又睡著了。

等他睡得安穩了，張小碗這才慢慢地把手伸到他的頰邊，怕驚醒他，她都不敢放在他的臉上。在黑暗中，她看著此時她看不清的臉，只能自己笑笑，輕輕地與睡夢中的他說：「你別怕，娘一直在你身邊，乖乖睡，好好睡，好不好？」

回答她的，是小老虎那細細柔柔的輕鼾聲。

張小碗倚在牆壁上靜靜地聽著，良久後，她疲憊地閉上了眼睛。

汪家的人啊，真是，個個都如此可怕……

得了那百兩銀子，張小碗也無須想著要去山中打獵了。有了銀子，很多事也方便了許多，她買了些肉，做了不少熟肉乾，給胡家族裡的長輩還有小老虎的先生各送了二十斤。那些與小老虎交好的同伴家中，她各送了五斤。

買了不少肉，再加上做的肉乾也頗費時間，所以張小碗是花了相當大的工夫才把這些全做了出來，每家每戶都讓小老虎親自送上門去。

小老虎人小，但待人接物的方式卻在這一樁一樁的事件中磨礪了出來，儘管胡家不少族人想不明白為什麼那京中的汪家不把此等非池中之物的孩兒接回去教養，但見著汪懷善了，卻還是相當樂於接受他的。

受了他送上門來的那一丁點好暫且不說，另外的就是如不出意外，待這孩子將來長大了，看他的脾性，定也不是個忘恩負義的。

如此，這時間一相處下來，胡家族裡的上下倒把小老虎當成半個族裡人了。胡九刀的族叔甚至私下跟胡九刀說：「我看他家的修金，明年也無須特意給了，就把他當是族裡人看待吧。」

胡九刀當下聽了就站起來，給他這族叔磕頭，磕得他這族叔哭笑不得。「你這是代誰磕啊？」

「代他、代他，他是我小友嘛！」胡九刀笑得連落腮鬍都一翹一翹的。

他族叔、也就是胡家族長笑嘆道：「你啊，是個傻的，偏生運程好，這一個個碰上的人都是不凡的。」

胡九刀也不是真傻，聽族叔這口氣，連帶的還誇到了他自己找的媳婦身上了，便又要起身給他族叔磕頭了。

還好他族叔攔住了他，要不，這人的頭又得再磕上一遍了。

待到入冬，胡九刀的族叔在外當鏢師的大兒子胡大回來了，汪懷善回家和她說，他想跟胡大師父習武，張小碗正想覥著臉去求胡娘子一趟時，胡娘子卻上了門。

胡娘子俐落地跟她說道：「嫂子，我們族裡那堂哥見妳兒子是習武的好苗子，讓我來跟妳說一下，看捨不捨得讓懷善給他當個徒弟？」

張小碗真是驚了，對著胡娘子苦笑說：「這昨兒回來說他還想跟著胡師父學武呢，我正要上門去求妳，妳卻上門了，真是讓我不知說什麼才好。」

胡娘子是個爽直的，當下就笑著道：「這算得了什麼？妳都不知道他們那些男人在打妳家兒子的是什麼主意！年中聽得那孟先生說，他以後是個大有出息的，日後胡家子弟怕是少不了他的扶助；哎喲，我跟妳說，孟先生這一句話後，妳都不知道我這心裡想的啊！如果不是我家那渾人非說和懷善是忘年之交，我都想認了他當半個兒子，這樣日後我家大寶也有個哥哥當依靠啊！」

「大寶早就是他的弟弟了。」張小碗聽得失笑，拿過針線簸箕，對她說：「前幾天還跟我說入冬了，弟弟怕是要件厚實的棉衣穿在身上才暖和，央我給他幫大寶弟弟做上一件呢！」

胡娘子聽了不禁動容，看過那真是壓得厚實的棉衣後，拍著胸脯感嘆道：「一點好都念著，真是沒白疼他！」

張小碗心中對她也是甚為感激，胡娘子沒少為小老虎做事，在胡家族裡唸書，她上上下下哪少為他跑過腿？怕他受欺負，更是時不時要放下手裡的活兒，去那學堂裡看上一看，生怕他吃了大虧，跟人打架打破了頭。

「回頭就讓他認了他刀叔當義父吧？妳看可成？」見胡娘子有這意思，張小碗不由得提議道。

只是胡娘子卻搖了頭，湊過身來小聲地對張小碗說：「怕是不好。不瞞您說，我們跟孟先生也是問過這事的，孟先生說，這認義親的事得那邊的人說了才算數……」說著時，她手指朝京城裡的方向指了指。

張小碗聽了眉頭微皺，搖頭嘆了一口氣，什麼話也沒再說了。

汪永昭從銀虎營出來後，騎馬打算進城回府，半路想及那為他生了孩子的「妻子」，眉頭微皺了皺，回頭便問身後的江小山。「那張氏的住處離這兒多遠？」

「不到十餘里，快馬過去半個時辰。」江小山見大公子突然問起張氏，忙答道。

「嗯，過去看看。」汪永昭想著這路程不遠，過去看看那說來像他的孩子後再回府也不遲。

他這一番心血來潮，江小山有些疑惑。大公子天天路過這離大少夫人不遠的地方，怎麼今天就突然要去看上一看了？真是奇了怪了。但做奴才的沒資格質疑主子的決定，於是他指了路，揚起了鞭，跟在了汪都司大人的身後。

這廂汪永昭快馬過了小苗鎮，很快到達了那偏僻的葉片子村，到了那青磚房處。他俐落地下了馬，江小山上前拍門，好一會兒都沒人出來開門。

「大少夫人、大少夫人……」

江小山一聲一聲叫著，叫得汪永昭的眉頭連皺了好幾下。

可惜江小山沒回過頭，要不看到了他那不快的臉色，怕是再也叫不出這稱謂來。

「算了。」汪永昭見無人來應門，便道。

「可能有事出門去了。」對那位大方得體的大少夫人頗有些好感的江小山撓撓頭道：「要不，我去村戶家問問？」

「不用，回去。」汪永昭懶得再等，又翻身上馬，不待多時就揚起了馬鞭。

他策馬往前跑時，路過一人，看到那小婦人揹著背簍，想了想下次可不會再有心情過來，遂又調轉了馬頭，讓牠跑到那婦人面前停下，居高臨下地對著婦人淡淡地道：「這位夫人，可否問妳一事？」

那小婦人抬起了頭看向他。

汪永昭這才看清了這婦人的臉，她有著一雙靜悄得沒有絲毫情緒的眼，眼珠子黑得就像他曾在沙漠的死亡之地見過的黑水。汪永昭不知怎地，心裡突然一毛。

這時，跟在後面騎馬過來的江小山慌忙勒馬，看了這婦人一眼便大叫了聲。「大少夫人?!」

汪永昭的眼神很快地在她臉上掃了一遍，發現對這個全然陌生的女人他根本沒有一點印象。

但在江小山叫出她之後，很顯然，她就是那個替他生了個孩子的張氏……

看了騎在馬上的那個男人一眼，張小碗垂下了眼，朝他福了一福。

「大少夫人！」曾來送過銀子的江小山又叫了她一聲，聲音裡還帶著點歡喜。「剛才大公子來看你們，我拍門沒聽到人來應，料想您有事出門去了，果然如此！現不是正遇上了嗎？」

張小碗沒說話，只是垂著臉站在那兒，不應也不答。

「回吧。」那男人翻身下馬，在她身邊淡淡說道。

張小碗在心裡皺了眉，這才抬眼，朝他又福了福，輕聲地問：「可有什麼事？」

「大公子是來看您和小公子的！」江小山的聲音又歡快地響了起來。

張小碗不知道他在歡喜個什麼勁兒，只能站在原地不動。

這時不待她反應，汪永昭就牽了馬往她家的方向走，張小碗只得跟在了他的身後。

「哎，夫人，這東西我來替您揹……」這江小山邊說著時，就伸過手來要搆張小碗的背簍。

只是搆著後，被手上沈得壓手的重量給驚住了，在這一瞬間，張小碗已移開了他的手，揹著背簍繼續跟著那頭也不回的汪永昭往她家的方向走去。

沒一會兒就到了那青磚房，張小碗開了院門，把背簍放下，看著這兩人把馬拴在了小小院子裡那棵栽下去沒多久的銀杏樹上。

她忍了忍，還是上前對汪永昭道：「把馬拴在外面吧？」

要是小老虎回來，見這人的馬拴在了他栽的樹上，真不知道會鬧出什麼事來。

那汪大郎看了她一眼，什麼話也沒說，把馬韁扔給了江小山。

江小山聽得話後，接過馬韁，呵呵笑著把馬牽出去了。

這地兒也不大，確實拴不得兩匹馬，還是大少夫人細心！

「人呢？」汪永昭在堂屋的椅子上坐下，對著那站在門口的婦人問道。

「出門去了。」

「何時回來？」

張小碗抬頭朝外看了看天色。「要入黑。」

汪永昭皺眉，左右看了這打掃乾淨的堂屋，再看了看站在那兒動也不動的婦人一眼，終還是開了口。「倒茶。」

既然來了，還是看上一眼再走吧。

那婦人還是沒動作，汪永昭再看她一眼，語氣更冷然了。「倒茶。」

張小碗聽到這口氣，抬起頭，對他淡淡地說：「家中無茶。」

這時江小山已進門，汪永昭見了他臉色一冷。「你未曾給她送來銀兩？」

「啊？」江小山不知所以地「啊」了一聲。

「去哪兒了？」汪永昭懶得看他那副蠢樣，也懶得跟這婦人多糾纏，打算速戰速決，便對她道：「那孩子去哪兒了？讓小山去找回來。」

江小山一聽，忙朝張小碗問：「夫人，小公子哪兒玩耍去了？您給我指下路，我好去找他回來。」

張小碗聽了朝他淡淡一笑，隨即看向了門邊，在心裡輕嘆了一口氣。

未得江小山再問，那門邊響起了歡快清脆、叫著「娘」的叫聲，還有狗子那奔跑過後的吁吁喘氣聲。

「那馬兒哪來的？」

說話間，孩子和狗兒已跑著進來，頓時，整間屋子都靜了。

張小碗靜靜地看著那兩個長得完全一模一樣，連冷著的臉、嘴唇微撇著的弧度都全然一樣的一大一小就這麼你瞪著我，我瞪著你。

那相互瞪著的模樣，不像父子，倒像世仇。

「這是哪來的東西？」小老虎一開口，那微微昂起的下巴竟與汪永昭坐在馬上抬起下巴冷漠地問著張小碗話時的弧度一樣。

只是小老虎的口氣帶著明顯的厭惡。

他問完話後，紅著眼睛轉過臉看著張小碗。「那門外的兩匹馬是他們的？」

張小碗沒說話。

不明就裡的江小山笑著開了口。「小公子，那馬是我們的。您去哪兒玩了？大公子和我——」

不等他說完，小老虎就跑了出去，張小碗還看到他的手往她幫他做好的書袋裡探去。

她想阻止他，但她知道現在不能，她也攔不住。

這樣只會讓他恨她，讓他覺得他被她拋棄了。

他現在已經不再是那個乖巧得能聽從她的話的兒子了。

江小山不知道為什麼這小公子不待他的話說完就跑了出去，他有些不解地看向了張小碗，正要問話，這時卻聽到他拴在外面的馬兒傳來了撕心裂肺的嘶叫聲，就好像此時牠正在被屠宰一樣！

他心裡驀地一驚，這時，坐在主位上的汪永昭已經起身，迅速往門外大步走去。他也有些驚恐地快步跟在了大公子的身後，等到了門外，還沒待他站定看清情況，就看到小公子拿著沾血的刀朝大公子奔來，他那小刀直直往前劈的手勢凶狠有力的就像刺客的手！

可他畢竟還是太小了，那刀子在汪永昭面前半尺時，他的手就被人捉住，隨即被狠狠一捏，刀子瞬間掉在了地上。

在這一刻，靠在門邊的張小碗將手死死地扣住了門框，這才沒讓自己倒下。

她看著她的兒子，看著他血紅的眼睛裡那刻骨的仇恨……

一會兒後，只一會兒，她就快步朝他走去，然後把他從那男人的手中奪了過來，抱到了懷裡。

她直直地看向了這個男人，用著麻木的口氣對他說道：「他恨您，因為當他受委屈的時候，沒有父親替他出頭。他長得跟您一模一樣，但並沒有因此得到祖父、祖母的疼愛，反倒因為保護我這個當娘的，被趕出了汪家，到了這鄉下。所以他有多敬仰您，就有多恨您，請您——」

她求情的話還沒有說完，就被她死死抱住的小老虎用狠戾的口氣打斷。

「我不敬仰他！我只要他死！」

張小碗低頭，用冰冷的眼睛看著他，小老虎看著他娘的眼睛，突然之間什麼話都不敢說了。

他知道，他娘是真正生氣了。她氣他，她教他的，他剛剛全破壞了。他答應過她，如有一日見到這個人，他不會衝動，他不會發怒，更不會去殺他。

可他剛剛全做錯了，他答應她的事，他一項都沒有做到。

「果然渾身戾氣。」這時，站在一旁的汪永昭冷冷地開了口。

然後，他伸出手朝張小碗要起了人。

張小碗看著他的手，退後了一步。

「把人給我。」汪永昭伸出的手動都沒動一下，那冷若寒星的眼睛射在了張小碗的身上，就像兩柄寒刀一樣凜冽鋒利。

「我抱著就好。」

「我再說一次，把人給我。」汪永昭又說了一遍。

張小碗警戒地向後退，而在這時，汪永昭出了手，他用比張小碗更大的力氣猛地扯開了她的手臂，就在張小碗的手臂被他拉得幾要脫臼的同時，他的另一手像擒雞崽一樣地把小老虎拎在了手中。

就在這時，他剛狠扯開張小碗的手，自空中揮了過來，狠狠地抽在了小老虎的臉上！

「啪」地劇烈一聲，之後響起的是汪都司冷冰冰的聲音。「果然是孽畜，生父都殺得！」

說著，他厭惡地把人丟了出去，就像丟一個廢物一樣。這時他的腿也凌厲地朝著向他撲咬過來的狗子踢去，他先是一腳踢中了牠的腦袋，再用更俐落的一腳把牠踢到半空中，最後再一腳踹了過去，把牠踢回了牠的小主人身邊。

狗子死了。牠最後看了小老虎一眼，就在小老虎的身邊嚥下了最後一口氣。

汪家那人牽著那受傷的馬走了。

馬沒死，破了點肚而已，刀子捅得不深。

狗子卻死了。

張小碗站在抱著狗子嗚咽的小老虎身邊，沈默地看著他，良久後，她蹲下身，問他。

「下次是不是要娘死了，你才控制得住自己？」

小老虎抬起淚眼看著她，他的眼裡滿是淚水，張小碗看不清那裡面有什麼。

她只是再問了他一次。「是不是得我死了，你才不做錯的事？」

小老虎哭得渾身都抖了，他哆嗦著身體看著張小碗，眼睛裡是傷心，還有些渴望。

但張小碗沒去抱他，也沒有安撫他，她起了身，回了屋子。

這是屬於他的懲罰，她再心如刀絞，也得讓他明白，做錯事是要付出代價的。

他要是學不會有些事不能去做，她就算是拚了命，也無法讓他活下來。

第二天一早，張小碗揹著昏迷中的小老虎去了大夫那兒，看了病、吃了藥。等到晚上他能下地了，她便拿了鋤頭給他，讓他去挖了坑，把狗子葬在了後屋。

狗子有了牠的墳。

當天半夜，張小碗去了後屋，把守在狗子墳前的小老虎揹了回去。

如此三天過後，在這天晚上小老虎又要去狗子墳前時，她出來拉住了他。在點亮的油燈下，張小碗看著兒子，淡淡地說：「你該學會適可而止了，要不，下次只有娘能陪你死了。」

小老虎看著他娘那沒有表情的臉，好一會兒，他問：「娘，妳是不是在傷心？」

張小碗沒說話，放下手中的油燈，抱起他，把他放到床上，蓋上被子。

「娘，狗子沒了，妳為什麼不哭？」小老虎躺在床上，流著淚問她。

張小碗伸出手摸了摸他的臉，扯了扯嘴角，說：「娘哭不出來了。下次你再出錯，娘不僅哭不出來，可能這輩子連笑都不會笑了，你可明白？」

小老虎閉了眼，這次他沒有再哭出聲，只是無聲地流著眼淚。

張小碗怔怔地看著他在昏黃的油燈下那張與汪永昭一模一樣的臉，剎那間，她又茫然了起來。她兒子將來的路，會在何方？

汪永昭會不會像他的父母一樣，擋她兒子的活路？

這時已深冬，離過年沒得多時了，儘管今年的氣候要比去年好上一些，但這時天氣已經全然冷了下來，學堂已經散學，先生沒上課了，張小碗也託了胡娘子向胡師父告了假，讓汪懷善留在了家裡。

這幾天，張小碗都沒再像過去那樣和他說話，也沒那麼愛抱他了，小老虎也明白他娘還在生他的氣，她已經不想安慰他了。

過得幾天，張小碗才慢慢和他講話，這時，小老虎已然明白，如果他沒有本事站在那個男人肩上的話，他是動不了他的。

不止汪永昭，還有整個汪家的人都如此。

如果他做錯了，對方不會有事，有事的會是他和他的娘。

就像死去的狗子一樣，他做錯了事，就要付出慘痛的代價。

很多以前懂得卻不以為然的道理，小老虎一下子全明白了。他像他娘所說的那樣去做事，他變得謹慎起來，他甚至學著去和村裡那些對他惡言相向的孩子們接觸，接觸之後發現那些用拳頭欺負他的大孩子也不過如此，幾塊他娘做的肉乾、一小塊糖，就可以讓他們對他俯首聽命，還用不上他的拳頭。

小老虎一下子就長大了這麼多，張小碗已經不再像以前那樣心疼他了，因為在赤裸裸的現實面前，哭泣和怨恨都不堪一擊，只有生存，以及活得更好，才是需要面對的。

她的小老虎，如果想要活下去，活到出人頭地的那天，他就得承擔這麼多。

因為這就是他的路，她無力替他承擔，只能由他自己去承擔，哪怕他的肩膀還如此瘦小。

小老虎變了許多，把他娘的話當成真正的先生說的話一樣地記在了心裡。

他把他娘做的一個放有狗子毛髮的荷包掛在了胸口，他娘讓他每當想和人吵架、動拳頭時，就先摸摸那荷包，如果摸完了覺得這架可以打，那再打；如果不能，就得忍下，再難也得忍。

小老虎試過這辦法，很是管用。

如此半個月後，在周圍兩個村子遊蕩的小老虎成了兩村裡最受人喜歡的人，那些比他大上五、六歲的人都跟在他屁股後，一口一聲「懷善」，叫得親熱。

小老虎突然之間多了很多朋友，而他也發現，過去那些跟他打架的人其實也沒有那麼討厭，他們要是在田野中多挖了一個番薯，若烤熟了，還是記得給他留一點的，感謝他給過他們肉乾吃。

小老虎覺得他的天地變大了，但話卻不像過去那樣說得滿了，他不再說他定會讓汪家的那些人生不如死，而是私下悄悄地跟張小碗說：「我可以跟他道歉，但是，我可以不原諒他們嗎？」

「可以。」張小碗摸摸他的頭，又教起了他另一些能見機行事的道理。

他總有一天要離開她身邊，他不是個簡單的孩子，他聰明又好學，他前程遠大。

她帶他上縣、進城，為的不就是如此？

他總有一天會離開她去翱翔，而在這之前，她要給他安上一雙堅硬的翅膀，讓他飛得高又不怕摔落下來。

她把他生了下來，無論他是什麼樣，她都要對他負責。

他是她的小老虎，不管用什麼方法，她都要讓他變得堅強，強到不怕任何傷害。

張小碗對小老虎進行著另一番教學，效果也顯著。就當母子倆以為跟京城裡的汪家不會再有什麼關係時，變故還是發生了。

就在這天傍晚，太陽還沒落山，小老虎在蹲馬步，張小碗在灶房做晚飯時，忽然聽得一陣跑馬的聲音，然後沒得多時，他們家的門突然被急促地拍響了。

張小碗出來時，小老虎已經開了門，他站在門口對著張小碗喊：「娘、娘，汪家的那個人來了！」

說著時，張小碗見江小山扶著汪永昭進了門來。

「快快關門！小公子，快快關門！」身上中箭流血的江小山急急喊道。

「關門！」張小碗瞄了一眼，大步跑向門邊，和小老虎一起把門關上了。

「怎麼回事？」關上門後，張小碗看向了身上中了三支箭的汪永昭。

那汪永昭似還清醒，瞥了她一眼，但沒說話。

看他那只剩半口氣的樣子，張小碗的眼睛移到了江小山身上，這時她聽得外面又有快馬聲，她皺了眉，再問：「怎麼回事？」

這時那江小山已快步把汪永昭扶到了位子上坐，聽到這話便說：「遇上敵人了。」

「外面的馬聲是敵是友？」張小碗已經用眼神示意小老虎去拿弓箭。

「是敵。他們的人很多，我們的同伴已經被他們殺了不少，大公子殺了他們好幾個，也還是……」江小山哭喪著臉。他身上的傷也深，把人扶好坐下後，他這時已癱在了地上急喘著氣，下面的話像是無力再說出來了。

那汪家大郎也在重重地喘著氣，張小碗顧不得他會不會死，此時她接過奔跑如豹子一樣敏捷的小老虎手中拿過來的弓箭，沈著地問他。「是和娘一道兒，還是在屋子裡？」

前天才和她去深山狩過獵的汪懷善想都不想便答：「跟娘一道兒。」

張小碗點頭，這時她已顧不上說話，一個箭步就跑到了放在牆頭的扶梯上，就著手拉弓射箭。

汪懷善也不比她差，這時已經跑上了另一道扶梯，從背後的箭筒裡抽出了箭。

張小碗數了數人數，正好五位。

她瞇了眼，兩箭齊射，三次拉弓射出六支箭後，她躲過對方射過來的兩箭，隨即斜瞄了身邊的兒子一眼，見他沒事，把最後兩箭對準了馬上的最後一人。

「咻」的一聲，那馬上的人大叫後就倒在了他的馬下，被馬拖行了很長一段路。

馬上的人失足，馬兒見前方的屋子沒路可通了，也知要轉道，向另一條道路瘋跑了過去。

隨即，路上只留了三具沒被馬兒拖帶著走的屍體。

母子聯手，在不過幾次眨眼的瞬間，就把五人從馬上射了下來。

張小碗沒有下扶梯，在確定後方沒有人再追來後，轉頭對小老虎說：「可看清了？」

汪懷善轉頭看著他娘，靜待她說話。

「娘不是讓你不還手，」張小碗微動著嘴皮，用只有他們聽得見的聲音說：「像這種不認識的敵人，你就可以在威脅到你的生命之前，一箭便要了他們的命，就像遇到獵物一樣，什麼都無須多想，這時手要準，箭要快，要他們的命即可。可懂？」

「懂！」小老虎說了一個字，眼睛裡全是堅定的神采。

張小碗微微一笑，閉了閉眼，把眼裡所有的銳氣全部掩下，這才下了扶梯。

等到了地上，進了屋，汪永昭朝她直直看來時，她恰好低下了頭，對他福了一福，看著地上淡淡問道：「大公子可要拔箭？」

「妳會射箭？」汪大郎冷冰冰地看著她，只是潮紅的臉色說明著他現在受傷不輕。

「曾打過獵。」張小碗淡淡地答。

她不急，如果可以，汪永昭這時死了都不關她的事。

冬天衣服穿得多，箭頭射得不深，用力一拔就拔出來了。

因小老虎習武後身上總是會有一些比較嚴重的傷痕，這比他在外面打架得來的那些傷要重上一些，因此張小碗多備了些藥在家，這時被這兩人全用完了。

汪家大郎確也像個男人，張小碗拔箭、潑酒消毒時哼都沒哼一聲；倒是那位江小山拔箭時慘叫，潑酒消毒時尖叫，叫得小老虎皺著眉、嫌惡地看著他，覺得他簡直就是無用極了，不像個男人。

把這兩個人的傷包紮好後，小老虎跟在了去灶房的張小碗身後，到了灶房便問：「他們什麼時候走？」

張小碗摸摸他的頭，笑一笑。「該走的時候。」說著時，她看向他。

小老虎不屑地扯了扯嘴角，隨後伸手摸了摸胸前的狗子荷包，這才低下頭輕聲地說：

「我知道了，我不會亂發脾氣的。」

他要有耐性，要在成長到有足夠的力量時，才能去反抗那些讓他憤怒的人或事。

現在，如他娘所告訴他的那樣，還不到時候。

張小碗把已經煮好的粥弄上了桌，把他們娘倆的先讓給了人。

她領著小老虎出了門，帶他去收屍。

屍體不能拖回來，就先拖到後院，至於怎麼處理，只能待那汪家的大公子來決定了，這就不關他們母子的事了。

她殺人的箭頭很準，都射中了喉嚨與腦袋，小老虎在看到後嘖嘖稱奇，忙問她，他什麼時候才能跟她一樣。

「再練五年。」張小碗的嘴角有淡淡笑意，拖起了屍體。

「還得五年？」小老虎有些喪氣地嘆道，伸出一手拖著屍體的另一手，跟著張小碗的腳步，一步都沒有停。

他天生力大，再加之張小碗的有心訓練，更是力大無窮，這點，他倒是隨了張小碗。

張小碗也是練出來的，當年去山上打獵，幾十斤接近百斤的東西，先是硬揹，後來是已經能隨意揹了。

人啊，要是想活著，就得幹一些以前怎麼想都想不到的事，也會具備一些以前怎麼認為都不覺得可能會有的能力。

他們把屍體拖到後院時，那包紮好的江小山扶著牆過來看了一下這幾個人的樣子，看到那鋒利的箭頭穿過脖子的傷痕時，眼睛都瞪圓了，走的時候同手同腳的，還差點因為不穩而摔倒在地。

還是在他身邊的汪懷善不甘不願地扶了他一把，這才沒摔倒。

饒是如此，他走時眼睛瞪得奇大，心中莫名害怕，看都不敢看張小碗一眼。

汪懷善看著他的背影消失後，對他娘不屑地翹起嘴角說：「沒見過什麼世面的東西！」他娘，比兩個壯漢加起來還厚實的野豬都能一箭射中腦袋斃命，這箭頭穿過了人的喉嚨又如何？

汪家的人，都不是什麼好東西！

這頭汪懷善嫌棄汪家的下人是個沒眼力的，那廂江小山進屋把他見到的跟汪永昭一說，並有些恐懼地吞了吞口水道：「大公子，那箭頭真的穿過了腦袋！怎、怎會如此……」

「有天生力大的。」汪永昭眯了眯眼，回想了一下他見過的張小碗的手，骨頭確實要比一般女人的大，看她拔箭頭的穩準狠，看得出來，她所說的曾打過獵不假，不假不算，可能她還是箇中高手。

原來，不只是個鄉下貧民的女兒，還是個獵戶家的。

汪永昭把桌上那碗粥喝完後，對江小山說：「再來一碗。」

他從中午到現在，一口飯都沒吃。

江小山也如此，被暗敵一路追殺了將近三個時辰，從山那邊繞過來時，迫於無奈，他才提議來這兒躲上一躲，現下想來也是驚險，追兵這麼猛烈，如果不是這大少夫人那手箭法，他們恐怕……

江小山不敢再想下去，只得對汪永昭硬著頭皮說：「我剛去廚房看了，這粥沒了。」說著又吞了吞口水。其實他也只喝了兩碗粥，這哪止得了什麼飢？

汪永昭微攏了下眉頭，朝門口看了一眼，沒再說話。

「大公子，要不要我先回去派個信？」江小山也看了看門口，老覺得不安全。

「不用了。」汪永昭疲倦地揉了揉額頭。「休息一晚，明天再說吧。」

「可是……」江小山急了。「這事總得給王爺說一聲啊！」

「王爺恐怕自身難保……」汪永昭撫著胸前透著血跡的傷口，抬頭看了看屋頂，閉了閉眼，忍過胸口的略疼。「一切又得從長計議了。」

「太子那兒……」江小山呆了。

汪永昭聽了，冷冷地勾起了嘴角，露出一抹冷笑。「自來成王敗寇，我恐又成墊背的了，我這一回去，怕是要自投羅網了。」

江小山沒料到這麼嚴重，先前本恢復一些體力的他又站不穩了，一下子跌在了地上，隨即嚎哭起來。「那老爺……老爺、夫人他們……」

「明天再看吧。」汪永昭的臉這時已然成了灰色。「就看三王爺願不願意在這時為我這個末將出頭了。」

江小山聞言，更是大哭了起來。

張小碗進屋後，沒理會他的哭聲。

這時天已快黑透，她把兩盞油燈都點亮了，留了一盞下來，帶著小老虎去了灶房又烙了餅，娘倆拿著烙好的餅出了門，一路吃著，準備把那受驚的馬找回來。

他們沿著足跡，在靠近山邊的地方找了好一會兒，頗費了一番時間。

還好他們家離周邊的兩個村都隔得遠，馬兒也沒跑到別的地方去，盡往山那邊的方向跑了，如此小老虎提議要找馬兒時，張小碗才答應了他，並告訴他要怎麼循著足跡追蹤「獵物」。

他們回程時已過亥時，儘管汪懷善已是個小男子漢了，但在沒有人的路上，舉著火把的他還是像他娘的嬌兒子一樣，趴在了張小碗的背上，讓他娘牽著那找回來的兩匹馬。

加上家裡還有的三匹，一共是五匹。汪懷善已經盤算過，明兒個去找刀叔認識的那些商人把這些馬一賣，他們能小掙一筆。

對於殺了人要怎麼辦？這事汪懷善也問過他娘了，他娘的回答很得他的心，說是誰帶來的禍根就由誰去處理，這不關他們娘倆的事。他們救了他，已經盡了為妻、為子的責任，他們已經很大方地不計較他帶來這麼多要命的仇人了，他也該感到滿意。

他要是這點對他們不住，這說到哪裡去，他都不占理。

汪懷善也是從他娘的話裡聽得明白了，這世上的任何事只要占了理就好辦，如果不占理，就沒有活路。

第二天一早，天色陰沈，沒得多時，天上竟下起了雪。

睡在外屋床鋪處的汪永昭冷眼看著那婦人給那小兒穿了棉衣，還給他煮了肉粥，烙了香得有點離奇的餅。

粥他們也有，就是肉少。

餅他們也有，裡面無肉。

小兒與她在一個小桌上吃得很是歡快，連看都不看他們這邊一眼，汪永昭也沒說話，只是偶爾往那邊瞥幾眼，聽他們說著不是官話、也不是隆平縣腔的話。

儘管說的那鄉下話他聽得並不明白，但他還是從那小兒的口氣裡聽出了一些幸災樂禍，不用多想，汪永昭也知這小兒針對的是誰。

歇了一晚，汪永昭也歇回了半口氣，他尋思著這時不能趕回去，太子那邊的人是下了狠心要在忠王爺如日中天時拿下他，而他要給忠王爺那邊的人有個對抗曦太子的準備之機，他不能這時就衝到太子的人馬面前告訴他們，他還活著，要不，到時準會連累家人。

他不回家，還能讓三王爺的人有保住他父親與弟弟們的機會。

如此，他只能暫時再歇下了。

不過那小兒……

汪永昭輕皺了眉，思考著要怎樣跟這對母子說話。

朝食後，張小碗收了碗，洗了乾淨之後，讓小老虎在她的屋裡練字，自己則走到了小老虎的那間外屋裡，依舊朝著汪永昭恭敬地一福，說出來意。「大公子什麼時候回去？」

汪永昭沒料到這婦人這麼開門見山，他看著這個不像村婦的婦人，見她的頭一直低著並不看他，話說得不中聽，但態度恭敬得他挑不出什麼毛病來，只得張口淡淡地道：「再歇兩日，傷好了再說。」

張小碗沒料到他會這麼說，聽他說完後，她皺了眉頭。

但她沒說什麼，朝汪永昭又福了福身子便退了出去。

她走出門後，進她的屋裡跟小老虎說了會兒話，娘倆商討完後，張小碗把銀錢和衣物打包了一下，出門跟江小山交代了灶房裡的米糧和什物在哪兒，隨即，給小老虎套上了厚厚的冬靴，母子倆帶著包袱，出門避難去了！

他們母子出去後，江小山這才反應過來，他再一次目瞪口呆地看著那位大少夫人帶著小公子就這麼走了，確實是實實在在的料不明白她在想什麼。

待他回過神時，大公子已經站在他的身邊。江小山口吃地問：「大、大公子，這大少夫人是、是要去哪兒？」

身上還穿著污髒血衣的汪永昭走至大門前，拉開闔起的門，看著那遠去的母子倆在雪地上留下的一長串腳印，再看著他們相互牽著手、揹著大大包袱的背影，那冷峻的臉這時比天上落下的雪更為冰冷。

汪永昭臉色難看，而汪懷善的臉色也沒好到哪裡去。他還是不解，他娘為什麼不把馬兒拿去賣了？他們家的銀子不多了，他們需要銀錢。

「待他們處理完了，這馬兒要是留下了，咱們再賣。」張小碗拉著兒子的手，轉過頭看著揹著大包袱的兒子一眼，抿嘴笑了笑。「現在，咱們避咱們的禍要緊。」

昨日追兵是解決了，但看那汪永昭的樣子，張小碗猜測他留下來十有八九是避禍的。他避他的禍不要緊，但別避到他們娘倆頭上來。

昨天是禍到臨頭，她只能出面，她殺人也只會為了她和兒子殺，不會為一個陌生的、還傷過小老虎的男人拚一次命。

殺人又不是真的像殺獵物一般簡單容易，她不會為了這個男人豁出去。

房子是他們汪家的，他想留下就留下，至於他們母子，還是先去躲上一躲的好。

也正好，趁著冬天，她帶小老虎進山，教他一些野外生存的東西。

張小碗帶著小老虎，把他們上次發現的老熊洞穴整理好，把柴也撿好放入後，夜就黑了。外面白雪皚皚，小老虎卻快活得很，在雪地裡打了好幾個滾。

張小碗舉著火把微笑地看著他，那平時麻木無光的眼睛裡閃著一點跳躍的火光，讓她整個人都神采飛揚了起來。

在這一刻，她美得令人屏息，這讓看到她此番光景的小老虎一把從雪地上跳到他娘的身上，不斷地喊著她。

張小碗笑了起來。

她穩住身體，一手輕鬆地托著小老虎的身體，一手舉著火把，抱著他往洞穴裡走。

到了洞穴裡，張小碗把帶來的肉乾放到鐵片上準備烤熱，小老虎則著急地圍著她打轉，讓她講森林裡那些關於動物的故事。

自從上次張小碗帶他到深山裡打獵，小老虎見著那兩隻一起跳崖的老熊後，他就迷上了各種有關動物的故事。

「娘、娘，妳再講一個……」小老虎跺著腳，把腳上的雪泥跺乾淨之餘，也表達出了此時他急切的心情。

「要聽什麼？」張小碗一邊忙著手上的活兒，一邊笑著看他。

「講一個……」小老虎偏頭思索。「就講猴子的吧！牠們老了會怎樣呢？」

老熊們因為牙掉光了，不能吃東西了，但又不想在洞穴裡餓著肚子等死，所以牠們就相約一起跳崖，那麼猴子呢？

「猴子啊，牠們老了……」張小碗想了想便說：「老了應該和老熊差不多吧，要嘛在自己的家中老死，要嘛，就和那兩隻老熊一樣，一起離開。」

「唉……」小老虎想起那兩隻一起跳下山崖的老熊，儘管過去好幾天了，他想起來時還是覺得好震撼。他嘆著氣對他娘說：「妳要是老了，吃不下飯了，我也帶妳這麼走吧？」

張小碗聽了頓時一呆，隨即笑得眼睛都彎了起來。她忍不住把兒子抱到懷裡，用手捏了捏他的鼻子，對他說道：「你以後會有更愛的人出現，你不能陪娘走，你要陪她走。」

小老虎翻白眼。「可不能，我得陪妳走！」

說著就把頭靠在他娘的脖頸處，暗暗下定決心，等她也老成那樣了，牙也全掉光了，他就揹著她來這山裡，跟她一起跳下去！

第十三章

因著小老虎小氣，把家中的肉乾還有幾斤比較貴的白麵都帶在了包袱裡，加上那兩隻老熊留下的洞穴溫暖得很，母子倆確實在大山裡過了一個比較不錯的冬天。

小老虎的身手也更敏捷了，他能在樹上跳來跳去地遊蕩，而不須走在地上。

他也結識了好幾隻山中的猴子，當然這都是因為他帶著牠們滿山遍野找食物而來的。等到他們在山中過完了春節，雪也化了，春天快要來臨，張小碗準備帶他回去之際，他已經和這山中的猴子打成了一片；出山時，那群猴子跟在他的屁股後面跟了一路，如果不是小老虎硬趕著牠們回，有幾隻還得跟著他出來不可。

小老虎把幾隻頑劣的硬趕回去之前也跟牠們講了理，說他要是在外面有本事了、有大房子了，能掙得起錢買吃的了，他就來接牠們去。

猴子們聽不懂他的話，但聽懂了他話中的黯然，最後戀戀不捨地離去了。倒是小老虎回頭看了牠們好幾次，從樹上摔到地上都不哭的倔強小老虎，這時又皺起了鼻子，抽抽噎噎得又像個孩子了。

張小碗只得揹了他一路，用行動安慰著他，他還有她。

小老虎是個至情至性的，她沒法讓他擁有得更多，那些他渴望的，她無法以一人之力全給他，只能填補多少就算多少。

如此，他哪怕長不成參天大樹，但他也會因情感上曾經有過的富足而變得更加襟懷寬廣，而不是被自己的脾性所左右。

母子倆回到家，正要進家門前，卻被眼前的景象給驚得眼睛都直了。

他們的家，長得不像他們離開時的樣子了。

那被圍得好好的大門給拆了，擴成了更大的樣子，後面依稀還多了幾間新房……

「娘、娘……」小老虎看得都口吃了起來，抬起頭看著張小碗。「這、這是咱家不？」

他說話時，屋裡跑出來一個人，見到他們就對著屋子裡喊——

「老爺、大公子！大少夫人回來了，她回來了！」

張小碗看著這喊話的江小山，再看看那屋裡出來的幾個曾見過的人，頓時傻眼了。

不只她，汪懷善也傻眼了。他和他娘以前的那個家呢？

還有，這幾個看起來眼熟，還幫著欺負過他和他娘的下人，怎麼全在這裡？

汪家因汪觀琪被查出收了屬下的賄銀而被抄家，無論女眷還是下人，出來時，頭上戴的花釵，鞋底藏的銅板，都被搜查走了。

當朝太子爺拔三王爺得力幹將汪永昭的這顆牙拔得又狠又絕，只給了其家人幾身身上的衣裳穿著出來而已，其他一切財產全部沒收充公。

汪永昭沒辦法，只得接了他們來這處沒被沒收的屋子，因著現下保住了命就已是好事。待過完春節，見派出去的兩個下屬沒找到那對母子的蹤跡，他正欲要親自帶人去尋找時，哪想，這母子倆就回來了。

他聽得叫聲出來，見到那母子倆時，特意緩和了臉上冰冷的線條，對張小碗說：「回了，進來吧。」

張小碗朝他福了一福算是見了禮，隨即不由自主地抿起嘴，牽著孩子進了門，待見到坐在堂屋裡的那汪家老夫婦時，她暗中掐了小老虎的手一把，帶著小老虎給那兩人磕了頭、問了好。

汪觀琪見到她，臉上微冷，口氣也相當不好。「去哪兒了？一個婦道人家到處瞎跑，還要臉面不？」

張小碗未語，只是低頭看著地上。

「算了、算了，念妳救大郎有功，這事先不追究了，下去休息吧！」汪觀琪揮了揮手，很是心煩意亂。

「叫文婆子她們把房間讓出來一間嗎？」這時汪韓氏用手帕擦了擦嘴邊，淡淡地說：「那婆子她們住哪兒？在旁搭個草窩？」說著時，她的眼睛看向了那站著的汪永昭。

汪永昭看她一眼，淡淡頷首。「後面還有地，再搭一間瓦房吧。」

他說著話時，門邊傳來一道怯怯的聲音。「表哥……我聽說姊姊回來了，過來看看……」

說著時，一位嬌嬌弱弱的婦人就站在了門邊，身邊還跟著一個比她看著小一點，臉長得也甚為嬌美的大肚婆。

「都進來吧。」這時，汪韓氏開口說話了。

在她們走進來時，汪韓氏又用著淡淡的口氣朝著恭敬站立著的張小碗說：「給妳的銀錢，手上還有一些吧？」

這時張小碗緊緊地掐住了小老虎的手，讓他冷靜，同時嘴裡也恭敬地回道：「還有上一些。」

「嗯，那就拿出來蓋房子吧。」汪韓氏發了話，之後，偏過頭對鍾玉芸開口說道：「妳身子骨兒不好，找個凳子坐著吧。」

「這……」鍾玉芸看著身子骨兒好、站著的張小碗。

「讓妳坐就坐！」汪韓氏的口氣不耐煩了，隨即又揚高了聲調說道：「文婆子，帶著你們家大少夫人下去先歇著！」

張小碗沒聽得別的聲響，就被這麼帶了下去。

隨即，剛到了那明顯住著丫鬟和婆子的房間時，文婆子就開口討起了銀子。

張小碗先是看了小老虎一眼，阻止了他眼裡的暴怒，這才把銀子拿出來，對著文婆子開了口說：「還是我去給婆婆送吧。」

那文婆子先是瞪她，後見張小碗的眼睛直直地看著她，裡面一片冷然，她也不敢再多說什麼，帶著張小碗去了。

張小碗再次進了那堂屋，把銀子交上後，對汪韓氏輕聲地問：「請問婆婆，夫君的表妹是住在何處？」

如果是跟她一樣地住下人房，她無話可說。

汪韓氏聽了她這話，冷笑了一聲。「她身子骨兒不好，給她騰了一間房住，等她身體好了一點，自會把那好房間讓給妳，妳且放心。」

張小碗聽了抬起頭，看她一眼，轉而看向那坐著不動、也不說話的汪永昭，對上他冰冷的眼後，她再次輕聲地問：「夫君的意思，也是要我先住下人房嗎？」

她這話一出，頓時，汪韓氏砸了手中的杯子。

「好大的膽子！」隨著杯子砸在地上響起的另一道聲音，就是汪韓氏的痛喝聲。

她好大的膽子？張小碗啼笑皆非。她前世見過不少極品，也有不少人蠢得讓人無話可說，但像汪韓氏這種當著這麼多人的面敢這麼囂張、蠻橫不講理的，她還真是見得不多。

不喜她，能不喜到這麼明白的人家，難怪必須要到她一個被下放的婦人手裡拿回被打發的房子住，還要搶走給出的銀錢。

明顯遭殃了還這麼囂張，她倒是要看看，這看起來不蠢的汪永昭會怎麼處理？

這時不只張小碗，連汪韓氏及坐在正位的汪觀琪也朝汪永昭看去。

汪永昭看了張小碗一眼，再看了一眼父母，隨即轉過頭對張小碗淡淡地說：「家中房間不多，等明、後日房間建好，妳再搬進正房。」說著就站了起來，朝汪氏夫婦稍彎了下腰。「孩兒有事，先出去一趟。」

他路過張小碗身邊時，還朝張小碗看了一眼。

張小碗表面恭敬地看著他出去，心裡卻扯出了一抹冷笑。

這時，她也朝汪氏夫婦福了福身。「兒媳先告退了。」

「等等！」

她剛走了兩步，汪韓氏那苛刻的口氣又傳到了她耳邊。

「這銀兩怎會如此之少？」

張小碗轉身，再次福身。「夫君送來的百兩，確也只剩得這麼多了。婆婆要是不信，兒媳願帶著您去鎮上的鋪子店家，與您一道問清這銀錢是怎麼花的。」說著時，她抬起了眼，看著汪韓氏微微一笑。

汪韓氏沒料到她竟敢如此回答，剎那間倒抽了一口氣，隨即不敢置信地冷哼出聲。

這時，汪觀琪卻皺了眉，怕汪韓氏更過分，隨即板著臉對張小碗不快地說：「既然如此就下去吧！」

張小碗福身退下，走出門後，在門外等候的小老虎就跑到了她身邊，拉下她的身子，在她耳邊耳語。「那個舅公來了！」

「來了？」張小碗心裡一驚。

「那個人在外頭碰見了他，正在那兒說話……」小老虎指了指門外。

張小碗當即拉了他往門邊走，不待其中一個僕人有點慌忙地朝她走來想攔住她，她一個敏捷的腳步越過了他，拉著小老虎走到了門外，見到了那熟悉但老了不少的劉二郎，還隔著好幾步，她就朝人福了身，提高著聲調叫喚。「舅舅！」

那和汪永昭說話的劉二郎轉過頭，看到她，先是詫異了一下，隨即大步走了過來，仔細地打量了她與她身邊的小老虎，長吁了一口氣道：「可總算是回來了！妳這是去哪兒了？」

張小碗回道：「山中去了。」

「又是山中？」劉二郎面露不快。

「是。」

這時汪永昭也走了過來，那冷眼犀利地盯了張小碗一眼，而後轉頭對劉二郎道：「舅父請進吧，我爹正在屋內。」

「舅舅！」張小碗管不得汪永昭這時會有什麼反應了，她用著梧桐村的家鄉話喊了劉二郎。「我想跟您說幾句話，可行？」

劉二郎看看她，再看看汪永昭，在汪永昭開口之前笑道：「賢姪且先進去，我和我這外甥女說幾句就去。」

汪永昭聞言朝他笑笑，抱了拳離去。

這廂張小碗帶著劉二郎走至後院，不待劉二郎多問，就從頭至尾把如何從汪家離開，再到為何去山中的事簡明扼要地全說了一遍。

「是小郎淘氣，才被趕出的家？」劉二郎聽得臉色都青了。「妳可沒騙我？」

「小碗不敢！」張小碗頭一次如此直接地看著劉二郎，臉色平靜。「如有一字是假，就讓我死無葬身之地。」

她平淡地說出這句話，劉二郎卻聽得眼角抽搐了幾下，好一會兒，他才開口道：「我自會為妳討一個公道。」說著就邁大步離開。

張小碗本想叫住他，但想了想，還是沒開口。

她看著穿著綢衣的劉二郎，再想想那身上穿著布衣的汪家老爺、夫人，不知這風水是不是已經轉到了她這裡？

她這儼然已經出頭，沒像汪家一樣衰敗的舅舅，不知這時能不能為她撐得住一股氣？

如若不能，她得再另想辦法。

張小碗一直帶著小老虎坐在後院，她抱著小老虎坐在她的跟前，在他耳邊輕輕地哼唱著清心咒。

這是她之前特意去了尼姑庵，找了師太學的，學得不好，唸得不熟，只是時不時在小老虎耳邊哼唱幾句，希望能幫著他靜靜心。

汪懷善一直捏得緊緊的拳頭慢慢鬆了下來，安靜地坐在她的懷裡，閉著眼睛，一動也不動。

張小碗偶爾看他一眼，看著他那張一個冬天就已養得雪白的小臉，心下一片安定。

只要他在，她沒什麼好怕的。

她熬過了那麼多的苦，沒什麼是她熬不下去的。

這其間，張小碗聽到了前面傳來幾句吵鬧聲，那個叫聞叔的管家還特地來後院看過他們母子幾眼，只是看到張小碗和汪懷善母子倆都張著雙眼，冷冷地看著他時，這個中年男人就沒再走過來了。

等到天快要黑了，那聞叔又過來了，低頭對張小碗道：「老爺、夫人請您過去。」

張小碗拉著小老虎起來，往前面走。

到了堂屋，一進門，那汪韓氏的眼睛便又像尖刀子一樣地朝張小碗射來。

張小碗緊緊抓著小老虎的手，朝他們行了禮。

汪觀琪先開了口，他對著汪韓氏說：「妳來跟兒媳說吧。」

汪韓氏撇過臉，過了好一會兒，才算是忍著氣地開口說道：「給妳的屋子已經騰出來了，妳帶著孩子去住吧！」說著，重重地喘了口氣，竟站起來對著汪觀琪一福身說：「老爺，妾身胸口不適，暫且先退下了。」

說著就帶著身邊的婆子，一句話都不想再多說似地快步走了，留下汪觀琪對著劉二郎嘆了口氣。

「你且放心，不會虧待了她的。」

「也是她脾性不好，教出的小兒也頑劣。」劉二郎也深深地嘆了口氣。「只望大哥看在我的薄面上，多多照顧他們母子。小碗自幼沈默寡言，不擅言語，但到底還是個孝順知禮的，你與嫂子多多管教一番，她也定會是個賢媳。」

說到這兒，他對著張小碗叱問：「是不是？告訴妳家公公與相公，妳以後定會好好相夫教子、伺候公婆的，是不是？」

張小碗沒說話，朝他福了福身。

劉二郎當她答應了，轉頭對著汪觀琪笑道：「你看……」

汪觀琪看了看張小碗，再看看一言不發的汪懷善，撫了撫鬍鬚之後，點了點頭。

汪永昭一直未語，此時那冷冷的眼睛又放在了張小碗的身上，那眼睛裡的寒意竟和其母汪韓氏一樣，冷酷中又帶著對張小碗的深深厭惡。

張小碗看著他的眼睛，就知道劉二郎替她撐的這腰，不過就是再把她推入虎穴。

事情也與張小碗所料不差，劉二郎再次私下與張小碗說話時，說的就是那幾句讓張小碗以後好好伺候公婆，萬不得與他們頂嘴、再有不恭的話。

張小碗心裡冷笑，面上還是輕輕地問了劉二郎一句。「公婆對我有所不喜，以後怕是不會再變，舅舅，如是可以的話，我與他可以和離嗎？」

她這話一問出口，劉二郎霎時瞪大了眼，他像是想都未想一般，蒲扇大手就往張小碗的臉上搧了過來，搧得就算是張小碗雙腳的定力再好，也被搧離了原地好幾步。

而被他揮出這麼大巴掌的張小碗頓時咬住了牙，這時卻顧不上什麼疼不疼的了，她緊緊地拉住身邊小兒的手，甚至用自己短短的指甲把他的手心掐出了血。

汪懷善發出了類似野獸受傷的低泣聲，他低著頭，眼淚就像水珠子一樣，滴滴答答地掉在了地上。

張小碗聽得聲響，面無表情地低頭看著那掉在地上的淚，隨即抬起了頭，伸出另一手抹去嘴邊牙縫中滲出來的血，閉了閉眼，積攢了一點力氣後，再度睜開眼看著有些驚愣地看著他們母子、像是有點不相信自己真打了她的人說：「舅舅是定要我們母子倆在這家中受這份罪嗎？」

「妳要是恭順守禮，豈會受罪？」劉二郎聞言，立馬怒斥，滿臉恨鐵不成鋼的表情。「妳以為妳這正妻好當？妳這目光短淺的！妳不知永昭肯予妳正妻身分，日後翻身，妳自會有誥命加身，妳那簡直就是一步登天！我為你們母子賠罪，讓他們重新接納妳，妳以為我這為的是誰？誰家的媳婦好當？妳連這一點委屈都受不得？妳還以為妳是什麼金枝玉葉不成？」

說到這兒，他憤怒地走至門邊，又走了回來，恨恨地對著她道：「妳給我聽好了，要是我聽得妳還帶著小兒目無尊長，妳看我……我……」

他揚起了手，竟似還要打過來。

這時小老虎猛地抬起頭，那目光就像毒蛇一樣地瞪向了劉二郎，嚇了劉二郎好大一跳，那揚在空中的手都忘了落下來。

「不知好歹的東西！我只能幫妳到這步，以後自己好自為之！」最後，劉二郎見那小兒只瞪著他，並沒有撲過來，他揮袖扔下這句話，便氣勢洶洶地走了。

張小碗死死拉住小老虎的手，母子倆握著的兩手間，血滴了一地。

「嫂子？汪家嫂子？汪娘子……」

劉二郎走後，此時靜寂得沒有聲音的後院裡，突然傳來了幾聲低低的叫喚。

張小碗僵硬地轉過頭，在那門內油燈照不到的黑暗中，依稀看到了一個偷偷摸摸躲在房子後面的人影。

那人影見她看了過來，朝她招了招手。

張小碗瞇了瞇眼，等她猜到是誰時，立馬帶著小老虎走了過去。

小老虎走過去，一看到是胡九刀，他的牙齒頓時上下磕得咯咯作響。他從他娘的手裡把手抽出，就像抓到救生浮木一般抓住了胡九刀，抖著聲音道：「刀叔，他打我娘！他們欺負我娘！你幫幫我，幫幫我……」

「汪娘子……」這一聲，胡九刀都似要哭了。

果然是合得來的忘年之交，都同樣愛哭。張小碗苦笑了一下，抱起了小兒，看了看門那邊，確定這時沒人，她小聲地說：「有一事想請您幫一下。」

「您說、您說……」胡九刀抬起袖子擦眼淚，走上前兩步，眼睛不斷地看著抖著牙齒的小老虎，那張憋著哭意的臉此時全是一片難受，似乎下一刻他就要陪著小老虎哇哇哭了一樣。

張小碗看著他那張突然靠近放大的臉，微微嚇了一跳，但這時容不得她浪費時間，她鎮定了下心神，小聲地在胡九刀耳邊說了一串話。

說完，她抱著小老虎朝他福了福。「如有不妥，就當婦人妄言了，請您多擔待！」

「這兩點我必會辦到，請您放心！您靜待我的消息吧！」胡九刀說話時牙都是咬著的。

「這世上竟有此等不講禮法與道理的人家！」

張小碗不能再跟他多說下去，朝他恭敬地再福了福身後，抱著小老虎走了。

她往門邊走時，在小老虎耳邊也輕聲說了幾句，然後看著他的眼睛問：「可懂？」

汪懷善看著他娘冷酷的眼，重重地點了下頭。

張小碗一笑，隨即一咬牙，讓血滲透得更多，慢慢地含了一口，然後她看了看周圍，這時後面還是沒有人過來，於是她放下小老虎，對小老虎說：「不要怕，嗯？」

汪懷善不明所以，但還是點了頭。

他不怕。

張小碗抽出藏在腳踝處的小刀，在手上劃了一下，任它流出了一手的血，這才牽著驚得連話都忘了說的孩子，往那明顯人多的堂屋走去。

她一進去，堂屋內正在用飯的眾人看著嘴裡冒血、手裡滴血的她，全都驚呆了！

那坐在女眷一桌的兩個小婦人驚得都掉了手中的碗，那個懷著身孕的小婦人甚至對著地上強烈地嘔吐了起來。

張小碗微微一笑，放開小老虎，走到她面前，用帶著血的手扶起了她，不管她花容失色的臉上一片慘白，笑笑地說了句。「妹妹小心。」

說著，也不顧那小婦人嚇得跌在了地上，隨即朝汪韓氏一福禮。「給婆婆請安。」

請完婆婆的安，公公那邊也免不了，張小碗一轉身就走到了有五個男眷、一老四個年輕人的桌前，首先對著汪觀琪一福禮。「給公公請安。」她冷冷地直視了汪觀琪一眼，然後面向汪永昭。「給夫君請安。」

那幾位年輕的，她不知道是誰，也朝他們的方向福了一福，然後在眾人都還處於震驚中時，她不疾不徐地朝那深深皺著眉頭看著她的汪永昭開了口。「夫君，可有我們母子的飯食？」

她這話一出，驚魂不定的汪韓氏氣得從位子上站了起來，抖著手指著母子倆說：「快，快把這兩個妖孽拖出去！拖出去！」

這時，外面的文婆子和聞管家全跑了進來，伸出四隻大手要拉張小碗。

張小碗隨他們拉了她出門，然後用眼神示意小老虎跟上。

小老虎沈默地跟在了她的身後，只是在走之前，他把那幾個女眷的樣子，還有那幾個沈默地看著他的男人，全都深深地記在了腦海裡。

他要記得，他娘曾為了他在這些人面前受過什麼樣的侮辱！

第二天，汪觀琪、汪永昭帶著那幾個年輕男子，似有事出門了。張小碗抱著小老虎在那間原本就是她在住的「好房間」裡坐著，聽見這些人在走前似有什麼爭吵。

這天，汪家的人並沒有給他們飯吃，只有文婆子過來傳話說夫人說她的血氣沖了在肚子裡的汪家子孫，讓她在屋中閉門思過兩天。

說是思過，他們卻沒有給水，也沒有拿吃的過來。

當天晚上，張小碗打開了窗戶，讓小老虎跑了出去。

隔天上午，汪家去趕集買什物的家人回來了，汪家堂屋裡又是一陣雞飛狗跳。

原來，那聞管家去集市時，聽聞了不少閒言碎語，個個都在說那被汪家趕到鄉下的正妻是個可憐的媳婦，因婆婆喜歡她那個本是她外甥女的妾，因此把正妻打發到了鄉下；這不，眼下家裡一蒙難，一家人就帶著小妾來吃這媳婦的糧、穿這媳婦的衣、住這媳婦的房了！聽說昨兒個那媳婦從山裡找吃的回來後，他們一家人還把這媳婦打了，像是要活活打死般，那血衣都染了一河的血水啊！

而更難聽的是，這附近幾個村的小兒在集上唱了首歌謠，內容很是難聽。

汪韓氏聽了前面的話，本是氣得上氣不接下氣了，聽了那管家說的歌謠，她生生嚥下了在喉間的血，問：「唱的是什麼？」

聞叔白著一張臉看她，不敢說。

「說！」汪韓氏眼前發黑，連聲音都小了很多，只是嘴裡咬牙切齒的狠毒味並沒有因此減少一點。

「唱的是『汪家婦，真可憐，婆婆惡，夫君毒，寵妾滅妻沒法度，一家來把婦人磨』……」聞管家小聲地說著，佝僂著腰不敢再挺起。

汪韓氏聽了，眼前黑得看不見人影了，她抖著手，指著前方好一會兒都說不出話來，待到鎮定了一些，她才閉了閉眼，一字一句地對著聞管家說：「去把那惡婦帶來！」

張小碗被聞管家告知，本不想帶小老虎過去的，但他非要跟，她只好讓他跟了。

他見的已經夠多，再多點也不過如此了。

臨出門時，張小碗看著兒子那張沈著得不像個小孩的臉，心裡有點哀傷，但很快地她就掩飾了過去，整理了一下臉上的表情，沈穩地跟著那低著頭不看她的管家往那堂屋走。

她一進門，就聽見汪韓氏對著她笑，笑得極為冷酷、狠毒。

「我倒還真真是小看了妳！」

張小碗朝她福了一福。「媳婦不知您的意思。」

「妳昨天穿的那身衣裳呢？」

「沾了血，扔了。」

「妳這沒出門，誰幫妳扔的？」

「扔在了窗外。」

「呵，我怎麼聽說，這衣裳出現在了那村頭的河裡？」

「是嗎？」張小碗偏頭思索了一下。「許是那野狗叼去的，媳婦也不清楚。」

汪韓氏這時的牙已咬得喀喀作響，她盯著張小碗，死死地盯著她好一會兒，才慢慢地說道：「妳真是好大的本事！」

張小碗笑了笑，也對她慢慢地說道：「既然您找了我來，媳婦也想跟您商量個事。」

汪韓氏聽了哈哈大笑出聲，笑得眼角的眼淚都掉了出來，好一會兒後，她才拿著帕子抹了眼角笑出來的淚。「妳說！我倒要看看，妳能不能鬥得過我這個當婆婆的！」

張小碗微微一笑，依舊不疾不徐地說：「您也知道，我從汪家出來時，您跟我說過，讓我拿著這地契和房契來鄉下這兒過一輩子，休得再回汪家礙你們的眼。媳婦一向聽從婆婆的吩咐，一直未回去礙過您和汪家人的眼。只是，這地契、房契到底是歸了我，不知婆婆如今給我個什麼說法？」

看著汪韓氏那突然瞪大的眼睛，還有往桌上去摸杯子的手，張小碗善意地朝她一笑，輕描淡寫地說：「還有一事婆婆可能不知道，媳婦力大，打獵的技法也要比一般獵戶好上些許，前兒個才在山中殺了幾頭野豬交與那屠夫賣了；婆婆要是失手打人，媳婦躲避不及，這一不小心誤傷了您，您看……」

汪韓氏立即收回了手，坐在椅子上的她氣得渾身發抖。

張小碗走近了她一點，站在她的面前，在汪韓氏被驚嚇得眼珠子都要瞪出來時，彎下了腰，輕輕柔柔地在她耳邊耳語道：「聽說咱們家是得罪了富貴中人才有的這一劫，如果您硬要說這房子、田土都是您的，這說是說得過去；可這地契、房契都在我手中，您看，我要是大公無私一點，上衙門把這些契紙上繳了，這官老爺會不會覺得我這是大義滅親了？」

汪韓氏這時像是呼吸都停止了般，眼珠子全瞪得不動了。

張小碗若無其事地直起身體，看著這個老婦，對汪韓氏淡淡地說：「我要後面的那處房舍，後面的五畝水田歸我，土我也要兩畝，您挑個時間把這些給了我吧，我自會帶著孩子在後面過得好好的，不會前來打擾您和您汪家人的日子。如若不然，我們母子日子不好過，我也不介懷拉上您一家人陪著。」

說著，她翹起了嘴角，偏著頭對汪韓氏笑著說：「說起來，要是我們一家子人都走了，到了地底下，我還能繼續伺候您呢！」

說完，張小碗看了看驚得一句話都說不出來的老婦，看著她臉上那從骨子裡透出來的駭然，再看看在自己的目光注視下，她那濕了褲襠的下方。

她掏出帕子，學著汪韓氏一樣地拭了拭嘴角，再漫不經心地收回了懷中，淡笑著說：「兒媳要跟您商量的事說完了，煩勞您想想，有了結果再差人叫媳婦來就行。」說著，她嘴角笑意更深。「啊，要是婆婆不喜歡見到媳婦，差人來和媳婦說個結果就好。兒媳這兩天正在閉門思過呢，就不日日過來給您請安了。」

她話盡於此，隨後朝汪韓氏再福了一福，這才微微笑著牽了一旁安靜看著她們的小老虎，走出了這堂屋的大門。

午後，張小碗拿了銅錢給小老虎，讓小老虎出外去買幾個饅頭回來。

這次小老虎是從正門出去的，出去時，那聞管家見了他，猶豫了一下，問道：「小公子是要去哪兒？」

「買吃的。」小老虎板著臉答了話，冷冷地瞥了他一眼。

那管家一聽，立馬道：「廚房有、廚房有！我幫您去拿，這就幫您去拿！」

汪懷善笑笑。「我跟你去拿吧。」

說著，跟著進了廚房，揮著小手吆喝著裡面的婆子炒了菜、烙了餅，見她們手腳不利索，他嫌她們沒用似地大大嘆了口氣，隨後自己撿來了柴，找了他的箭頭串上肉，就像在野外一樣把肉烤熟了，自己給自己加肉吃。

他這一頓搜刮，把廚房裡幾個主子和僕人十餘人的分量拿走了一半！

還好當夜汪氏父子那幾人都沒有回來，幾個下人才沒有餓肚子。

不過這事，聞管家還是說與了汪韓氏聽，汪韓氏聽聞此事，那蒼白的臉色更蒼白了，她想了好一會兒，才交代了聞管家去張小碗那兒拿契紙。

「現在去拿？」聞管家有些心驚。

「告訴她，我們只拿回我們自己的，她要的，就……給了她吧！」汪韓氏胸脯劇烈起伏，話就像是從她的牙關裡擠出來一般。

管家領命而去，不多時，從張小碗那兒拿回了十畝田、三畝土的契紙。因土地的契約是五畝寫在了一起的，因此張小碗讓汪懷善另外寫了一份三畝土的契約給與他們，上面也畫了汪懷善的押。

汪韓氏看著紙張上那說是小兒寫的字，等聞管家出去後，她又看了看那端正有力、字字透紙，絕不像小兒寫的字半晌，才從嘴裡擠出了四個字——

「惡婦毒子！」

汪韓氏口中的惡婦毒子分到了後面的房舍，他們剛把行李搬過去一點，汪韓氏就叫來蓋房的人圍起了牆，看架勢是要把他們隔在後面。

張小碗見狀皺了眉，她是真不明白，汪家堂堂的一個夫人，怎麼連這點做表面工夫的能力也沒有？不過她確也沒小看這個女人，聽得小老虎從外面帶回來的消息，說是那聞管家在外頭散布了她不賢不德的話後，她也算是歇了口氣，叫胡九刀那邊請人再使了把力，把惡婆見形勢不對便回頭誣衊媳婦的話再傳了出去。

這樣一來一回，就算汪韓氏再出招，她接著就是。

想讓他們母子死在他們汪家人的前頭，那是想都不用想的事！

這天下午，張小碗帶了小老虎去小苗鎮趕集，順道與胡九刀、胡娘子見面。

見到胡氏夫婦，她問了如若他們母子出來單過會如何的後果，胡九刀回答得很是明確。

「如是孤兒寡母，家中又無長輩，自無人說話。但若是妳出來單過，就等於是被趕出了夫家門，無罪也變成了有罪；日後懷善考功名也好，還是你們過日子也好，都會受此影響，甚至……」胡九刀說到這裡，看了眼胡娘子。

胡娘子嘆了口氣，接話道：「我也不叫妳嫂子了，我比妳小幾個月，且叫妳姊姊吧。姊姊啊，如若可以，我也是想讓妳帶著懷善出來，遠離那一家子不是狗、不是豬的人，但懷善是萬萬出不得汪家的。被逐出門的棄子，不管是你們自願出來的，還是不願出來的，那都是賤民，到時，怕是潑皮、無賴也能欺壓得了你們。」

說著，胡娘子轉過臉去，拿著帕子拭了拭眼角的淚，才又轉過頭來，勉強地朝著張小碗笑著說：「姊姊，妳且再熬上一段時間吧，懷善這麼有本事，等個兩、三年的考了功名，那時妳就是秀才或舉人老爺的娘了，到時誰也奈何不得妳，不至於讓妳……」說到這兒，胡娘子的臉埋在了帕子裡痛哭失聲。「我的老天啊，這世上怎麼有這麼殺千刀的人家啊……」

說完，把張小碗的手拉過，看著她手心的傷痕，那眼淚又是止不住地往下掉。

張小碗穿來這麼多年，沒被人這麼心疼過，這是頭一次有一個心善的外人為她哭了一場，並且還滿臉的悲傷，一剎那她的心酸酸痛痛的，但她卻是再也哭不出來，只得愣愣地看著胡娘子，任由她打量著手，檢查著手掌、手腕上的傷痕。

這邊，礙於禮法，胡九刀帶著汪懷善出了門邊，坐在狹窄得只能過一個人的通道裡，把汪懷善舉得高高的抱著，問他。「可打疼你哪裡了？」

「哪兒都不疼。」汪懷善搖頭，臉色平靜，還問胡九刀道：「大寶弟弟這些日子可好？家中可有零嘴與他吃？」

「有呢，有很多，昨兒個才買了糕糖與他吃。」

「我這裡也有上一些，你且把它帶回給他，就說是我給的，幫我跟他說一聲，我這段時日忙，等忙過了，就上門去帶他玩兒。」汪懷善掏出糖包，塞到胡九刀的懷裡。

胡九刀搖搖頭。「家中還有，你自己拿著吃。」

「娘做了很多，這些你與大寶吃。」說到這兒，汪懷善靠近胡九刀的耳邊，悄聲地跟他耳語道：「你與嬸嬸別擔心，娘幫我藏了許多銀子，許多許多，都讓我埋在了外頭的地裡。」

胡九刀聽了眯著眼睛笑，連連點頭道：「這就好、這就好！有了銀錢就不怕餓肚子了！」

圍牆最終砌了起來，那出門多日的汪氏父子和其他人也回來了。不知道他們家那邊是什麼光景，但這邊也砌好了圍牆的張小碗與小老虎過得還是好的，只是家中砌房、圍牆和做大門花光了手上的錢，娘倆正商量著這兩天再去趟山中。

他們這邊砌房時，汪韓氏其實還上門來過一次，讓張小碗還了她的銀子，說張小碗砌房的錢都是她兒子給的。

張小碗先是由得了她說，見她帶著兩個婆子在她房門前越罵越烈後，她默默把一塊重達上百斤的石頭搬了起來，然後一把扔在了這幾個婆婆媽媽的女人身邊。

那一刻，石頭把灰震得飛揚了起來，而汪韓氏大概又想起了張小碗是個什麼樣的人，隨後沒多久，她抿著嘴、青著臉帶著人走了，自那次後就沒再過來討她家的銀子了。

汪氏父子回來後，那汪永昭隔天便上門來了，那男人進門打量四周一下後，對張小碗淡淡地說：「妳先住這裡吧。」

說著，他掏出一包東西放到了桌上。「先用著。」

張小碗一看，是五十兩銀子。

她看著沒去拿，只是問：「你娘不會來討？」

她說得很不客氣，汪永昭簡直就是把眉頭皺得死死地看著她，張小碗沒猜他在想什麼，但下一秒卻聽得他繼續淡淡地道——

「給妳的，妳就拿著，無人知道。」

這時門邊傳來聲音，是來叫汪永昭回去的。那外邊的男僕聲聲叫著「公子可在」，汪永昭似是還有話要說，但聽得好幾聲的連聲叫喚後，便也沒說什麼，轉身走了。

走到門邊時，他轉了頭，又是輕斂了眉，對張小碗有些許不快地說：「妳是婦人，手段端是如此毒辣，日後這嘴、這手還是管著點，這對你們母子都好。」

說著就拉開門走了，留下張小碗看著他的背影，思索著他這句話是什麼意思。

在汪家老爺還有汪永昭的默許下，一門兩戶算是這樣各過各的了，村子裡和那鎮上慢慢也有了兩婆媳和好了的話，還有人說那婆婆為了給媳婦賠禮，給她建了一幢屋子讓她住。

張小碗聽得胡娘子這麼跟她說後，撐著頭小笑了一會兒。如果這是汪永昭派人傳出去的，她都不知道他哪來的臉皮說得出這番話來。

不過，倒真不是個蠢男人，收拾爛攤子收拾得還挺恰到好處的，先是給銀子堵她的嘴，而後就是傳話，手法倒是漂亮，難怪她那舅舅是非巴著他不可。

至於這話可能是汪韓氏傳出去的，張小碗想都不作此想法。在她眼中，汪韓氏就是一個有惡心惡膽，但卻沒什麼腦子，也沈不住氣的普通老婦。汪家有了她，在這種可能要打翻身仗的節骨眼上，只可能被她害得更慘，還談什麼翻身？

但她也不火上澆油了，因為汪韓氏這些日子以來根本不來後面，那邊的人也沒人靠近這片被她劃出來的田土，對此，張小碗滿意得很。她隱隱覺得這是汪永昭下了令的結果，因此她也投桃報李，算是他敬她一尺，她敬他一丈；每當去村子、鎮裡遇上人問道她時，她便淺笑著低頭不語，算是默認了這個傳言。

不過張小碗住在後面，出門不是很方便，要挑小路走一段長路才走得到正道上去，或者就是繞半座山，到達葉片子村的另一邊才能走上另一條正道，這對要上學堂的小老虎來說，費時得很，但小老虎表示這對他完全沒有影響，多走一段路對他來說還是好事，可以鍛鍊腳力。

就在母子倆的日子過得頗平順，沒人找他們的麻煩時，老天爺卻又來找碴了。在這年夏天，又是連續一個月沒下雨了，河中的水也漸漸乾枯，張小碗在空氣中莫名地聞到了一股不安的氣息，這讓很多年不再為什麼事特別心驚的她日日難安了好幾天。

幾日後，張小碗決定對這不安的感覺寧可信其有，不可信其無，當下就找了人來，在院中打了深井，並花了手上絕大部分的銀錢買了油鹽柴米，還買了石灰置於家中。

為此，張小碗還特地央求胡九刀請來胡家的兩個人，打了個深十米的地窖，建了一個地下室藏這些東西。

她把她的隱憂也告知了胡家的人，胡家以胡九刀為首的人多少與她見過幾次面，自知她是個沈穩的婦人，私下也算有一、兩分見識，且不是那等信口胡說的人，當下便信了四、五分，也按她所說的準備米糧去了。

而這時，張小碗也日日進山打獵，準備儲存食物，但像野豬之類的大型動物都不知跑哪兒去了，只剩下一些兔子、野雞之類的小動物，但也沒有多少可見，一天下來，也就兩、三隻野雞、兔子到手。

張小碗這半年來常在山中轉，自知這種動物少得可憐的情況很不對勁，當下回到家中就拿了剩下的銀錢，準備全拿出來置備糙米。

不僅如此，張小碗把家中採來賣錢的艾葉和蒼朮都藏了起來，這些都是實用性非常強的藥材，能消毒消炎。雖然她還是覺得不安，但手頭實在是沒有銀子了，於是她把原本儲藏好、打算冬天拿來製衣賣錢的兔毛熬了兩夜做成衣裳，以比較便宜的價格賣與了裁縫鋪，得了銀錢後，把一些較常用到的藥材買回了家中。

她的緊張也傳染給了小老虎，小老虎明知幫不上什麼忙，也上竄下跳地跟著張小碗跑，連學都無心上了。

張小碗不安至極，也沒心情說他了，只是讓他回學堂給那位對他好的孟先生傳個信，讓他家中多存點水和糧。

為免汪家的人日後得知了什麼有話說，張小碗也讓小老虎去報了信，就讓他說怕這幾日還是會熱下去，到時米糧會漲價，讓他們家的人現下多買一些。

哪想，小老虎去了那前院不到一會兒就回來了，虎著臉說他被老太婆趕出來了，那家人說他衣裳髒，讓他別進去。

「那你話說了沒有？」張小碗抱著被人嫌髒的小老虎到懷中，笑著問。

小老虎挺得意地一揚頭。「妳教的全說了，日後他們家要是沒得吃的了，可別怪我沒提醒過他們！」

過了幾天後，張小碗的不安終於坐實。老天爺在接近一個半月也沒下一滴雨後，這每天的白日竟然越來越長，黑夜短得只有短短兩個多時辰，陽光像要把黑夜趕走一般，往往人們還沒歇息一會兒，太陽就又毒辣地掛在了空中！

如此兩天之後，人心惶惶，據說連皇帝都帶著國師去天壇祈雨，祈求世道太平去了。可過了兩天，太陽還是一大早就掛在了空中，要到很晚才下山。河中的水也乾涸了，連一些泉眼都有些冒不出水來了。

待到後面河裡的水快沒了，河床也全露在了外面後，小老虎也驚了，這才明白他娘前段時間為什麼那麼慌張。當下，他的反應就是去了他家的儲藏室，把所有他娘準備好的東西全都清點了一遍，默默記在心裡，從吊繩上爬上去後，還圍著地窖的蓋子琢磨了半晌，確定沒人發現得了，他和他娘的吃食用物都極為安全後，他才覺得稍稍有些心安。

儘管如此，他還是防前面的人防得緊，只要那邊的人不小心往他家這邊看過來，他就立馬拿著他的弓箭往那邊瞄，作勢對著天上射鳥，但也足夠把人嚇得離他們的房子遠遠的了。

天一日熱過一日，這天，小老虎連身上的衣裳也不穿了，只穿了條褲子，坐在堂屋裡看著外面的陽光，看著院子裡他栽種的槐樹。

這樹就算他天天澆了好幾次水，現眼看著也還是蔫得很，看起來像是會枯死一般。打好的井，本來只要放下半丈的繩子就可以打到水，現下要放到兩丈才可了……

想著這些事情，小老虎嘆了口氣，這時見張小碗拿了一大碗米飯過來，那米飯還鋪上炒得香香的肉，小老虎立即肉疼地「哎呀」了一聲，斥責他娘道：「娘，現在還吃什麼乾米飯、吃什麼肉啊？妳都不知道這是啥年頭了啊？」

張小碗見他像個小老頭一樣地說著老氣的話，真是哭笑不得，把飯碗和筷子塞到他手裡，笑著說：「趕快吃，這肉得吃完，現在日頭這樣毒，肉存不了多久，你得吃完了才好。」現下是一天又只吃兩頓了，不讓小孩兒吃飽吃好哪成啊！

「這是醃好了的肉乾，存得了很久的。」小老虎還是倍感牙痛地咧了咧嘴，看著他的大碗裡的米飯和肉。

「吃吧。」張小碗摸摸他的頭髮，溫柔地說：「你去看過咱家的糧，吃得了很久的。」

「但也禁不住我這樣吃啊！」汪懷善搖搖頭，嘆著氣說道，但也拿起了筷子，塞了一塊肉到他娘嘴裡，見他娘嚼著肉塊對他笑，他這才笑著大口地吃起了飯。

其實他也知道他娘是想讓他吃飽了，這樣他才能有力氣，才能快快長大，只是他怕東西總有吃完的一天，到時候他們要怎麼辦才好？唉……

吃著朝食的小老虎心裡嘆著氣，覺得這世間讓人憂慮的事可實在是太多了。

如此又是過上了一個月，這時已是大鳳朝最酷熱的八月了，這天上還是沒有下雨，天空明亮炙熱得讓人抬頭看都看不得幾眼，因為連多看一眼都會眼花。

小老虎這天一大早就起來，趁著日頭還不足時出去轉了一圈，回來後一臉沈重，對張小碗用著小老人一般的口氣說：「地裡沒熟的糧都被割回去了，濕稻稈裡還有點水，小栓子他們拿這個當零嘴嚼著吃，有好幾家的兄弟要把家中姊妹賣了……」

說到這兒，小老虎主動爬上了張小碗的膝蓋上頭坐，依著他娘瘦小的肩膀，有些難過地說：「不過就算是賣，也沒人家買得起了。聽說現在兩斤糙糧要半兩銀了，這誰家吃得起？就算那富戶人家都吃不起乾飯了。」

張小碗「嗯」了一聲，抬起頭眨掉了眼睛裡的濕意。

「娘，我不吃乾飯了，我們喝粥吧？」小老虎又說道。

張小碗又點了點頭。

「娘，我們晚上等日頭落了，去看看刀叔和刀嬸嬸吧？我們挑兩擔水去。」

「挑不得，拿罐子裝了，揹在簍裡放著。」

「嗯？」

「要是有人見著了，怕是會過來搶。」張小碗有些愴然地笑笑。「這日頭要是再這樣掛著，不落下去，兒子，以後的日子怕是會更難了。」

災害年間，百里伏屍的景象張小碗以前親眼目睹過，而現在的光景比她多年前在家鄉遇過的要更困頓。要是時日一長，這水源都枯竭了，地裡作物全部死了，人上哪兒找吃的？怕真是連樹皮、草根都要啃了。

到時人為了得一口能吃的，有什麼事是做不出來的？在飢餓下，人性是最不堪一擊的東西，生吃同類的事，歷史上也不是沒發生過。

當夜，張小碗讓小老虎揹了水，她則揹了五十斤的糙米，就著黑夜，連火把都沒點，摸黑走路去了小苗鎮的另一端。

她帶著小老虎小聲地敲著胡九刀家的門，胡娘子見到她，忙迎了他們進去。

當胡娘子看到大罐子裡的水和另一大背簍裡的糙米，眼都紅了。「也就您這樣的心腸，在這種時候還惦記著我們一家……」

「這是哪兒的話？妳也知我家中藏了一些，還有多的。你們家親戚多，我料想著，怕是會有一些家中無餘糧的人家來借，知妳這嘴也拒絕不了。這點糧妳藏好，別餓著大寶了。」張小碗說著時，把醒來從床上爬了下來、站到她身邊的大寶抱到懷中，從懷裡掏出了糖紙包，打開紙，捏了一小塊放到他嘴裡，細細跟他說。「這是你老虎哥哥替你存的，就這麼點了，你要藏好了慢慢吃，可行？」

「知道了，碗嬸嬸。」大寶貪婪地含著嘴裡的糖，抱了張小碗一下，又轉過身伸出手，對著這時幫胡九刀藏好糧回來的小老虎說：「哥哥抱！」

小老虎連忙伸手抱過了他，一臉心疼。「瘦了不少呢，這些日子可是沒吃飽吧？」

大寶好久沒見他了，想他得緊，這時對他也格外親熱，雙手緊緊抱住他的脖子，還把嘴裡含著的糖嘟出來一點，想分給小老虎與他同吃，含著糖便含糊地道：「哥哥也粗……」

小老虎被他逗得笑了。「哥哥在家吃了，你吃你的。」說完轉頭對胡娘子說：「刀嬸嬸，我娘還帶了一包肉乾來，妳每天撕一塊到大寶的粥中讓他吃。男子漢要吃肉才長得大，是不是，大寶？」

最後一句，小老虎是笑著對大寶說的，大寶聽了連忙點頭，在他老虎哥哥的肩膀處哈哈笑了起來。「是的、是的……」

胡娘子任由他們一起玩耍，拉著張小碗到了一邊，跟她小聲地說：「眼看這日子這麼下去，日後怕是更難，家中藏的那些東西，妳可千萬別讓前面的那些人知道了。」

「我知。」張小碗笑笑道。狡兔三窟，她做的後防不止一處。

「妳知就好。」胡娘子擔心完張小碗，想起自己家中的事，這個平時本來極為堅強的婦人還是掉淚了。「家中這些日子實在不好過，還好先前聽了妳的話，把家畜都換了銀錢買了糧，要不，恐怕連粥都沒得喝了。說起來我家這還是好的，就是當家的親戚家中有老人的，這個月已過去了五個……」

胡娘子抬了抬手，扳直了手掌給張小碗看，再也忍不住地失聲痛哭。「這人沒了，咱家也狠不下那個心，總得給一家子沒存糧的一點糧，讓一家幾口過活吧？這給來給去，這家十來斤，那家借上個幾十斤，咱們家這日子便也難起來了，家中的糧眼看就剩不了多少了。這田裡的禾苗也全枯死了，地裡連根草也是找不到帶綠的，這日後可怎麼辦啊？大寶天天喊著老虎哥哥怎麼不來？我這心口苦啊……你們已是這般境地了，我總不能帶他去妳家，替他討糧、討糖吃吧？」

她哭著時，胡九刀也回了屋，見到她的淚，尷尬地站在那兒搓著手，不知說什麼好。

胡娘子一見到他，立馬把眼淚擦乾，展顏笑道：「糧可藏好了？」

「藏好了。」胡九刀看著她的眼裡有著心疼。

「姊姊送來的糧，九刀，這次咱們就不給他們了啊？留給咱大寶吃，啊？」胡娘子和他商量道。

「留，要留下！」胡九刀慌忙點頭，這時，這漢子眼裡的心疼更甚。「就是先前，那糧妳也不要給那麼多出去。」

「哪能啊？」胡娘子走去桌旁，拿著碗倒了半碗水給他，等他喝完，替他整了整衣裳，才又輕輕地道：「他們以前都是給過你糧吃的，哪能這時候少他們的？咱們不能做那不厚道的人。」

胡九刀羞愧地低著頭，此時像是無顏抬頭看他娘子一般。

當夜母子回家時，小老虎趴在他娘肩頭，一路上都沒有說話。

到了家中，張小碗把他放到床上時，小老虎深深地嘆了口長氣，拉著張小碗的手指，一根一根數著，數了好一會兒，似是狠了心，隨後咬了咬牙，對張小碗說：「娘，以後我少吃點吧，妳多吃一點。」

「為何？」儘管這時夜深得很，但月亮已經爬上了夜空，姑且還算皎潔，屋內無須點燈也依稀看得出人的樣子。張小碗看著小兒的小臉笑了一下，拿過蒲扇給他搧風。

「這樣咱們的糙糧就可以多吃些日頭了。」小老虎很有盤算地說。

「倒也無須如此。」張小碗微笑著，輕聲和他有商有量地說：「要是餓得狠了，沒有力氣，別人來欺負咱們，你就幫不上什麼忙了。」

小老虎一聽，愣住了。

良久後，他長長地嘆了口氣，看著屋頂，喃喃地說：「活著真難啊，娘。」

張小碗給他搧著風，伸出另一手遮了他的眼，依舊不疾不徐地溫和說道：「不難的，你還有娘呢，睡吧。」

小老虎「嗯」了一聲，慢慢地睡著了。

張小碗等他熟睡後，走到大門前，輕聲地打開了門，豎起耳朵聽著前院那一陣慌亂的聲響，還有那哭鬧不休的動靜，輕輕地皺起了眉頭。

這是出了什麼事了，竟一直鬧了近一個時辰？

從她帶著小老虎著家時，就聽見那邊有動靜響起，一直到現在都沒消停。難不成，是那懷著孕的小妾生了？

張小碗細想了一下先前見過的那小妾的肚子，再算算日子，看樣子倒像是要生了。

這關頭生孩子？那一大家子再添個小孩，便是那汪永昭再有本事，在這關卡上怕也是吃緊得很吧？

但，這關他們娘倆什麼事？想至此，張小碗失笑地搖了搖頭，也不打算再聽了，轉身關了門，回了小老虎那間透風的屋，躺在自己編製的竹椅上，閉上眼睛睡下了。

這世道不知什麼時候才好得起來呢？那些男人的功名利祿在老天爺都不給飯吃時，又有何用……

第十四章

汪家那邊確實是出了大事，產婆把男嬰的死屍抱出來後，汪韓氏一個軟腳就軟到了椅子上，等回過一點神，立刻撲過去狠狠抓打著那跪著的鍾玉芸，哭喊著說：「妳就是怨她、恨她，容不得她活著，妳也等她生了再說啊！」

鍾玉芸哭得已經喘不過氣來了，被她這麼一打，瞬間暈了過去。

汪永昭鐵青著臉，一揮手，讓江小山帶了產婆出去。「找個地方埋了。」

等江小山他們走了兩步後，他深吸了口氣，轉過臉補了一句。「洞挖得深點。」

說完，待人出去後，他坐在椅子上，一言不發。

這時坐在椅子上，病了好長一段時間，因小妾生孩子，這才坐在堂屋裡的汪觀琪撇過了頭，見著大兒子那鐵青的臉，他咳嗽了好幾聲，才用微弱的聲音說道：「明日去後院一趟吧，把那孩兒接回來。」

汪永昭聽得這話抿了抿唇，並沒有答話。

這時汪韓氏跌坐在地上哭天喊地，她實在厭煩得緊了，因此對那兩個婆子說：「扶她們下去。」

這時產房裡伺候春姨娘的玲丫頭哭著跑了進來，一下子跪到了地上磕頭。「春姨娘身下都是血，止都止不住！老爺、夫人、大公子，這可怎麼辦啊？」

「大哥，我去請大夫！」這時，一旁站著的汪永昭二弟汪永安立馬說道。
「去吧。」汪永昭疲憊地揉了揉額頭。
家中的馬兒已全賣了換了糧回來，家人中現下只有永安的腳程快些，也就他能趕緊去鎮上把大夫請來。
但饒是汪永安用了最快的速度把大夫帶來了，春姨娘還是在大夫到達之前就斷了氣，跟著她那沒睜得開眼睛的孩子去了。
第二天，汪永昭去弄了薄棺，把人下葬了，又囑咐了三弟去給這春姨娘家送二十斤糧過去，算是給個交代。
汪永昭的三弟汪永莊來取糧時，汪韓氏不給，對三兒子說道：「買她時是給了她家銀子的，是死是活都是我們家的事，還要拿糧給她家做啥？」
「娘，這是大哥的話。」汪永莊也實在厭煩了他這個沒法把日子過下去，還需要他們把馬兒都賣了去換糧的娘。雖然說對親母不敬是大不孝，但他娘這段時間把日子是越過越壞了，連家中的老僕都嫌他們喝的粥多，要打發走，這要是說出去，叫他們怎麼見人？
他真是沒辦法給她個好臉色看了。
汪永莊的臉色不好看，但汪韓氏不給就是不給，手裡緊緊拿著放糧房間的鑰匙，扭過頭不看他。
汪永莊只得去找汪永昭，汪永昭去了汪韓氏那兒一趟，拿了鑰匙取了糧。

汪永莊帶著糧走後，昨夜一夜未眠，此時連頭髮都沒梳的汪韓氏披頭散髮地坐在堂屋裡哭著。「我活著還有個什麼勁兒？現在連親生的兒子都不聽我的話了，孫子也沒了，我還不如死了算了……」

汪永昭沒理會她，只是去了他那間小書房，看著滿屋子擠得滿滿的書好一會兒，這才提腳準備出門。

剛踏出書房，照顧表妹的丫鬟小草就忙走過來朝他福了一福。「大公子，表小姐醒了，她想要見你……」

汪永昭看都沒看她一眼，從她身邊大步走開，往後門那邊走去。

有人敲了門，咚咚兩聲，張小碗想了想，還是去開了門。

一開門，跟她所預料的一樣，是汪永昭。

「大公子。」張小碗朝他福了個禮，並沒有退後，她堵住門看著汪永昭，讓他在門邊說他的來意。

汪永昭見她不動，定定地看了她一會兒，見張小碗半步未退，才緩緩地開了口。「今日你們母子收了東西就往前頭去吧，你們的房間已經命人收拾好了。」

張小碗聽了朝他再一福。「不敢。」

她這禮福得很快，用態度拒絕了汪永昭的提議。

汪永昭見了深深地看了她一眼，也沒再多言，轉身就走。

張小碗看著他的背影皺眉，不知其意。

她轉身關上門，就看到小老虎瞪著眼睛問她。

「他來幹什麼？要搶咱家的糧？」

張小碗搖了搖頭。「尚不知，但……」

小老虎的眼睛此時睜得更大了。

「怕是來者不善。」張小碗思索著他們娘倆上午見的、從那家抬出去的棺材，再想想昨晚聽見的那哭聲，大概也猜出是什麼事了。

讓那婆子哭得那般撕心裂肺，怕是孩子沒了吧？

而那棺材是成年人的，是不是那生孩子的婦人也跟著去了？

要是如此，這人一死，他就來了？那麼……張小碗心頭一驚，拉了小老虎進了屋，跟他說道：「他們家的孩兒怕是沒了，你是他們家的獨孫，他們要是來接你，你要去跟他們過活嗎？」

「哈！」小老虎連思索都不思索便冷笑出聲。「來接我？怕是想要我們家的東西才是正經！我們家請人打井、挖窖，這麼大的動靜，他們家的人哪不清楚？我都看到那老不死的往我們家的方向看過好幾次了！這時他們哪會來接我？怕只是來搶東西的！娘，妳不要信他們！」

說話間，小老虎的拳頭又握了起來，臉上的憤慨、眼裡的怒火，這些屬於大人的神情，這時全出現在他的臉上。

這一刻，就算是親手照顧他長大的張小碗也愣住了。她不知道，在不知不覺中，她的兒子，在只有不到七歲的年紀裡，竟已懂得了如此之多。

這歲月哪是只會催人老，它也能把一個小孩兒催得早熟得不像個孩子啊……

張小碗的心又鈍痛了起來，她無言地把孩子抱到了懷裡，親了親他的頭髮，才啞著聲音說話。「你啊，不要長得這麼快。」

她的心啊，都快疼死了……

小老虎擔心汪家的人來搶吃的，當下就要張小碗把地窖裡的那些糧給運送幾袋出去，藏到那山洞裡。

但實則他們地窖裡的糧不多，因地窖挖得深，到底下時已經是潮濕一片，張小碗往裡藏的肉乾多，會受潮的稻穀卻放得少，現如今地窖裡只剩下五袋糙穀和一些她做好的乾白菜、乾蘿蔔條在裡頭。

更多的糧，她藏在了深山裡的山洞裡頭，那都是晚上她咬牙一個人揹進去的，一次兩袋，一次將近一百五十斤，她是拿了繩子把袋子綁在了身體上，中途歇氣都不敢歇足半炷香，才一鼓作氣揹進去的，為此，她肩上扛袋時，壓住肩頭而形成的那些瘀傷痕跡，到如今都還沒散。

那些糙糧，足夠他們母子倆吃上兩年，但人一多，也吃不得多久，所以，那些糧張小碗對誰都沒那個捨得的心。這年月不知什麼時候才會過去，那些是他們娘倆活命的根本。

張小碗對小老虎解釋了一番，跟他說了這時要是再把糧藏到山洞去，怕會打草驚蛇，山洞那個地方恐會被人知道。

而且，她也跟小老虎說了，他們家動靜這麼大，那汪大郎又給了他們一些銀錢，她也經常進出山間，地窖裡要是沒有些東西，怕是誰都不會信的。

「那就讓他們來搶嗎？」汪懷善覺得他的肝都要氣炸了。

「怎會？」張小碗順著他的毛摸，微笑著跟他道：「兵來將擋，水來土掩。」

這時，葉片子村裡共用的水井，那井眼已經不太冒水了，要是去得晚了的人家就會挑不到水。汪家這幾天事多，家中的男僕去挑水時已是午時，這時哪還挑得到什麼水？只得空桶去，空桶回。

當天晚上僕人來報，說是熬粥的水都沒了，汪韓氏一咬牙，對管家說：「老聞，你去後頭那戶人家挑點回來。」

聞管家去後面敲了門，門被那小公子打開，這長得和大公子一樣的小公子一看到他，眼往他的空擔子一掃，就朝他張開了五根手指。「井是我家費了大錢打的，你去做工的人家打聽打聽就知道了，你們要往我家挑水也可以，也不多要你的，五個銅板一擔。」

那管家聽後，只得回家稟報，不過這次他沒去找夫人，而是找了汪永昭。

汪永昭聽了略一思索，叫來了汪永安，給了他五個銅板，吩咐他。「去後院挑水。」

「這錢？」汪永安不解。

汪永昭竟笑了一笑。「那小兒要五個銅錢一擔。」

汪永安看著他大哥，汪永昭斂了笑，臉色恢復了平時的冷漠。「他是小兒，現只能隨得了他荒唐。你是他小叔，你把這錢當成是給他玩耍的錢吧。」

汪永安領會了他的意思，因這算是自己第一次去見那姪兒，又知他箭法好，因此還特地去自己房中找了兩支箭，當是見面禮。

他還知小男孩兒個個都喜歡上過戰場的英雄，所以他已經備好了幾句吹噓自己的話，打算好好吹捧自己一番，去討那男孩兒的喜歡，但……

門一被敲開，那小兒先是看著他的擔子，然後看著他的臉就問：「可是帶錢來了？」

汪永安看著跟他大哥如出一轍、連板著臉都一樣的小兒，只得把錢交了，摸摸鼻子挑水去了。

水井裡的水其實不多，挑完一擔後，汪懷善朝水底望去，不甘不願地對汪永安說：「我們家的水也不多了，真是便宜你們家了！」

說完快快地揮著手，滿臉的不痛快。「快走快走，看著你，我就惱火得緊！」

這時他說著就跑到了門邊，把他家的大門拉開了。

如此迫不及待要送人的樣子，讓汪永安準備好的話也無從出口，只得挑著擔子走了。他一走到門邊，汪懷善就勢要關門，於是汪永安就這麼像是被人趕了出去似地走了，連揣在腰帶上的那兩支箭都沒來得及送出去。

汪永安一走，汪懷善就跑進了屋，對他那正在搓麻繩的娘不高興地說：「他們家來人了，是那天晚上跟那個男人坐在一桌的人。」

「許是他的弟弟。」張小碗手中的動作沒停下，淡笑著回覆他道：「那一桌子除了他的父親外，大概全是他的弟弟。」

「是嗎？」汪懷善哼了哼鼻子，把錢放到桌上。「娘妳可收好了。」

張小碗看了錢一眼，笑著對他道：「你出的主意，這錢你自己拿著，日後用得上了就自己拿著用。」

「不要，娘幫我收著。」汪懷善想都沒想就搖了頭。

「你自己收著，要錢用了，就可以不問娘了。」張小碗笑著答他。

汪懷善一屁股坐在地上，拿過麻條分成了一小撮一小撮，這時還是搖頭道：「我的錢都是妳的，我要用錢自會找妳要，妳幫我收著就好。」

張小碗見他不感興趣，只得暫時打消心中的主意。

她是願意養成兒子掌管金錢的能力的，這對他以後好，但現下他還在她身邊，對她有所依賴，這也是好的。

她也願意他還想依賴她，這樣說明在他的心裡，她還是能保護他的。

張小碗這時因心中想的事，連看了兒子好幾眼，被汪懷善察覺了，立馬問著他臉上帶笑的娘。

「妳老看著我幹什麼？」

「我們家當家的長大了，能掙錢養家了……」張小碗笑著道：「娘多看他兩眼，不成嗎？」

這話說得小老虎頗有些羞澀，他抿著嘴紅了臉，過了一會兒，把手中的麻繩搓成後，他自認為自己戰勝了心中的羞赧，於是特別大方地一揚他那高傲的小下巴。「看就看吧，隨得了妳看！」說完，那臉卻是全紅了。

張小碗不禁笑出了聲，有些忍不住地伸手抱過他的頭，在他的頭頂親了一下。

汪懷善的長髮被他娘挽得高高的，用藍色的髮帶繫在上面，於是他穿著張小碗改良過的同色小武夫裝從樹上跳下來時，人與那敏捷的動作都漂亮得緊，看傻了底下他那一群小兄弟。

這時汪懷善只抓得了一隻鳥，但與他玩耍的兄弟卻有七個，其中兩個手裡還牽著家裡的小妹妹。

一行共十人，一隻小鳥就算分都分不得多少，汪懷善想了想，一揚手。「這個少了，我們再去找點，跟我來！」

說著，就又帶著一票小孩去了山上。

他在山上帶著小孩們找了一個上午，這時太陽烈得已經在外面待不下去了，他才射中了一隻不大不小的野雞。

汪懷善也沒多費時間，野雞連毛都沒褪，派人去那河邊找了泥巴，糊住了雞毛，連同那鳥也是同等待遇，隨後塞到柴火堆中烤了。

而這沒經過處理所烤出來的雞帶著一股腥味，但分到這群小孩手裡，不到一會兒就全被他們吃了下去，連骨頭都是嚼碎了嚥下去的。

汪懷善把那隻雞一人分了一點，一群人都只顧著手中的那點肉了，誰也沒注意到他一口也沒留給自己；不過汪懷善的小兄弟們沒注意，他自己也不在意，分完看了他們吃完後，就對著他這群曬得黑到發亮的兄弟們說：「太陽太大了，你們先回去，隔個幾天了，我再來找你們玩。」

其中一個長得高一點的男孩這時開了口。「懷善，我下次也可以帶我妹子來嗎？」

汪懷善搖頭。「不得、不得，人太多了，待我想辦法找到更多吃的再帶吧。」說著抬頭眯著眼睛看了下天，隨即說道：「時辰不早了，我得回了，你們也回吧。」

隨後他就揹著他的弓箭，飛也似地跑下了山，引來身後一群小孩引頸探看。

汪懷善一著家，身上的衣裳全被汗濕了，他娘給他打了一盆水來拭，汪懷善伸高著手讓他娘忙著，嘴裡說著他一上午幹了啥。

張小碗聽完笑著點頭，誇獎他道：「你做得很對，下次要是尋的食多，也可讓家中有弟妹妹的人多分著一點拿回家，也無須他們帶人來。」

「這也不行，也有貪嘴的，會瞞著吃了。」上半身擦好了，汪懷善放下手臂，小大人似地搖頭道。

說到這兒，他細細地想了想，又說道：「下次也許沒那麼好的運氣，怕是會找不到吃的了。能吃的都被找光了，想來我也帶他們玩不了幾次。」

「你盡心就好，他們也知的。」

「是吧。」汪懷善感嘆般地嘆了口氣。

張小碗洗了帕子，又把他的髮帶拆了，打算給他洗頭。

汪懷善看到此，乖乖把頭低下，由他娘輕柔地把一瓢一瓢的水淋過他的頭髮，感覺到她的手指穿梭在他的頭皮間，他不禁快樂地翹起了嘴角，同時歡快滿意地挪了挪屁股，嘴裡哼著他娘教的歌謠調子來了。

那廂母慈子孝，這時他們家的門邊，提了水桶過來的汪永昭聽著那哼著歡快的調子，那冷臉上的眉毛不禁往上挑了一挑。他停了要敲門的手，待那歌聲停下，那婦人帶笑的聲音響起後，他又欲抬手，卻聽得裡面那婦人輕輕柔柔地帶著笑在說——

「你可不要調皮了，快讓娘把頭髮擦乾一些。」

「不要呢，娘，這樣可舒服得緊，水一會兒就乾了。」

「擦乾一些些吧？」婦人的口氣似更柔和了，聲音裡一片安撫哄勸的柔意。「要是著了濕氣，日後怕是會頭疼，不好得很。你讓娘幫你擦上一會兒，可行？」

那頑劣小童似是聽了勸，隨後，汪永昭正要再抬手敲門之際，又聽得那小兒一陣嬉笑聲，接著便聽那小兒笑道——

「娘，妳可是最喜歡妳的小老虎了？」

「嗯，可不是？最喜歡了。」

那婦人的口氣像真是喜愛他至極了一般，笑著回答。因沒看到人，此時汪永昭確實沒法想像這婦人說這話時臉上的神情。

對著他時，這婦人就算有禮，但那漠然又堅決的神情，就像她舉臂射箭時那樣硬氣，那直視著他的眼睛就像箭頭一樣帶著冰冷的銳氣，似乎只要欺壓她，她就能即刻拚死反擊一般。

她是個如此粗鄙堅忍、連上百斤的石頭也搬得起的粗俗女人，汪永昭沒想到，私下裡，她還有如此婉約柔和的一面，那聲音柔得就像三月春天裡，那帶著霧氣流動的潺潺溪水聲……

門邊傳來了敲門聲，張小碗替小老虎梳髮的手一停，她抬起臉看向了大門那邊的方向，臉上柔和的笑意消失了近乎一大半，被漠然的平靜神情取代。

因當時砌房要省材料錢，他們的房子蓋得不大，大門離正房不過二十步之遙，而離這時他們所待的陰涼角落，不過是十步之遙。

門外要是有腳步聲，這個位置是聽得清楚的。

張小碗的耳力是經過鍛鍊出來的，她自知要是普通的人走到她家門邊，她是覺察得出來。

而自敲門聲起之前，她並沒有聽到任何腳步聲。

誰能把步子放得這麼輕？想來也只有汪家的大公子與他那幾個懂武的兄弟了。

「娘……」見張小碗的手一頓，小老虎開了口，抬頭向她問道：「誰來了？」

「許是前院的人。」張小碗神色已全然恢復了平靜，她依舊不疾不徐地替小老虎梳平了頭髮。「你去裡面穿件衣裳，就放在你床上那套。娘先去開門。」

「喔。」小老虎看看自己沒穿衣裳，還有點偏白的小身板，覺得必須要把衣裳穿好了才能好好與那汪家的人交鋒，於是不待張小碗多說，一個躍步就奔進了他的房間穿衣裳去了。

張小碗看著他進了房門，這才抬起腳，不快不慢地往門邊走去。

門一開，映入眼中之人正是汪永昭。

張小碗的眼睛淡淡掃過他手中的水桶，朝他福了一福。「大公子。」

汪永昭「嗯」了一聲，見她站在門口不退，便開口道：「孩子呢？」

這時匆忙套好衣裳的汪懷善已經跑了過來，衣帶都沒繫，跑到他娘身邊探出頭便氣勢洶洶地問道：「你來幹麼？」

汪永昭看他一眼，伸出了手。

汪懷善錯愣了下。

「這錢不要？」汪永昭淡淡地道。

汪懷善這才醒覺，臉倏地臊紅了，隨即，他紅著臉，氣憤地狠狠伸出了手掌，朝向了汪永昭。

那汪永昭看了眼他的小紅臉，把錢放到他的手心，不疾不徐地說：「可要數對了。」

小老虎一聽，頓時氣得快要從原地跳起來。「我會數數兒，不用你提醒！」

汪永昭聞言嘴角微翹了翹，這時他看向了張小碗，扯平嘴角，神情依舊一派冷漠。「可進得去了？」

張小碗根本沒看他一眼，看著小老虎臉的她低下了頭，退到了一邊，待怒紅著臉的小老虎不情不願地帶著汪永昭往水井的方向走去後，她站在原地看著一大一小很是堅挺的背影，頓了頓，還是跟了過去。

她沒跟得太緊，留著幾步看著他們。

只見汪永昭以非常俐落有力的手法把打水的水桶一下子就落到了水底，然後他的手根本沒停，下一刻就把一桶水非常快速地提了上來。

小老虎怔怔地看著這個男人那充滿著力量的完美動作，一時看傻了眼，都忘了說話。

等汪永昭把兩只水桶的水都打滿，他才算是回過了一點神，口吃著逞強說：「錢、錢給的那麼少，水打……打得那麼多！」

汪永昭瞥他一眼，並不說話。

待走到張小碗旁邊時，他停了腳步，淡淡地說：「早間、晚間天氣涼時，讓他到前邊空地來，我教他劍術。」

說完，他一步都不帶停地提著水走了，留下小老虎看著他沈穩剛健的背影，氣得臉都紅了。

當天入夜，小老虎把門關得緊緊的，不許張小碗出去。

張小碗根本就沒有出去的打算，她熬了稀飯，溫言哄著他吃了飯。
小老虎吃得心不在焉，眼睛時不時地往外邊看。
張小碗沒說話，默默地注視著他，這次，她無法先替他作決定。
那樣一個跟他長得如此相像的男人，又是那麼高大體面……
就算小老虎恨他，但也就是因為恨，說明了他對他的父親是有孺慕的，不管這是父子天性也好，還是男孩子需要一個成年男人來敬仰也罷，這時候張小碗都不想阻止她的孩子去和汪永昭接觸。
她或許教得了他道理，教得了他生存的技巧，但這是一個男人的世界，有些事，還需要有一個男人教他。
而現在眼前就有一個現成的。
到吃完夕食，汪懷善也知他是欺騙不了自己與他娘的了，他看了看他娘，見他娘朝他笑，像是覷破了他的心思，但一點也沒有怪他的意思，他那板著的小臉才算是緩和了許多。
他爬上了扶梯，爬到牆頭，看向了離他們這邊不遠的空地上。
那個男人真的在舞劍，他在空中跳起翻躍的姿勢是那麼的讓人驚訝，小老虎趴在牆頭看著那男人練著劍，最後看得都入了迷，等天全黑了，那人走了，他才爬下梯子，蔫蔫地走到張小碗身邊，坐到她的膝蓋上，依戀地抱著她的頭，好一會兒都沒說話。
當天晚上睡覺時，小老虎拉著張小碗的手，這些日子以來第一次如此對張小碗開口道：
「娘，妳看著我睡了再走。」

張小碗低頭輕輕撫弄著他的頭髮，溫言笑著說：「娘當然會看著你睡了才走。」

小老虎這才閉上了眼睛，就算如此，他在床上仍是輾轉反側了好一會兒，這才進入了夢鄉。

第二天一早，他又爬上了扶梯，見那人舞劍練功。這天早上他又看得入了迷，當張小碗把做好的朝食從灶房裡端了出來時，他都沒有發覺。

張小碗也不叫他，她擺好了飯菜，見小老虎仍看著外面，她就坐在凳子上看著他，直到那人走了，小老虎下來了，她才重新臉帶著笑意，和小老虎與平時無異地說著話、聊著天。

哪怕小老虎不像平時那般專心，有些心不在焉，她也不計較，只是一些有用的話她會再多說兩遍，確定他記住了再轉到別的話題罷了。

如此三天，那人早間、晚間都會出現在那片本是菜地、但因菜活不下去而空了下來的土地上，這讓小老虎都忘了要出去找他的小兄弟們了，天天爬上扶梯看他練著功、舞著劍，每次待到看完了，他就在小院子這邊拿著根柴火棍，像模像樣地照著腦海裡那人的姿勢舞著，但往往不得其法，有些動作饒是他看得仔細、記得仔細，卻還是做得不能連貫。

這天下午，太陽落了半個山，那個男人也快到那片空地上了，小老虎有些頹喪地走到了張小碗面前，腳一下比一下重地踢著地上，如此踏了好一會兒，他也沈默了好一會兒，隨後才開口說道：「娘，我想去學，那人好像比胡師父還要厲害一點點。」

「那就去吧。」正在做針線活的張小碗隨意地點了點頭。「你帶上這兩塊餅，就說是你給他的師父費。」

「可是當真?!」小老虎沒料到他娘會如此回答，猛地抬起他的小腦袋，欣喜地看著他的娘。此時他的眼睛跳躍著一片似烈焰在燒的狂喜，讓他整個人明亮得就像耀眼的太陽。

而張小碗的態度還是像平時那樣溫和，只是這時她臉上還有著更多的笑容。「哪有什麼不當真的？你就去吧！」

小老虎驚呆了似地「啊」了一聲，隨即往門邊跑了過去，但剛跑出門又折了回來，朝他娘吐著舌頭害羞地說：「忘了拿那人的師父費。」

張小碗忙把餅拿布包起來，塞給他笑著說：「且去吧，渴了就回屋喝水。」

「知了、知了，妳放心！」小老虎接過布包，又一陣風似地跑了出去。

待跑得近了，那拿著劍的男人停下了手中的劍，看向了他。

小老虎傲氣地挺起了胸，伸出了手中的布包。「這是我們家的師父費。」

汪永昭聽得眉心一攏，但也不與這小兒計較，拿過已經備好的另一劍，遞給這小兒。

哪想，那小兒並不接劍，任他舉著，那伸手拿著布包站著的傲然樣子，就好似他不接這師父費，他就不跟他學一般。

汪永昭冷冷地看了他一眼，接過了布包，那小兒這才接過他手中的劍。

等這小兒舉著劍比劃時，他這才發現，這小兒的接受能力比他認為的還要強上些許，教到第一式的最後一劍時，汪永昭看著這小兒抿著嘴唇認真比劃的樣子，那微微擰著的眉頭也舒展了開來。

他沒想到，這小兒竟有如此高的天賦。

無論是模仿力與接受力，都不止是一等一的好。

「現在，從第一招開始，練到最後一招，中間不許停下。」收好最後一招的招式，汪永昭把劍收到身後說道。

那小兒竟也不瞧他一眼，這時就從第一招練到了最後一招，一式劍法，他從頭到尾竟然沒出一點兒差錯。

汪永昭這才真真正正地驚訝起來，尤其這次演練的中途，他額上的汗珠滴到眼裡，這小兒竟然連眨都沒眨一下，這麼強的忍耐力，哪是一個小兒能有的？

待他用與自己一模一樣的收式收好了最後一招，汪永昭的臉真正肅穆了起來。那婦人，到底是怎麼教養孩子的？這孩子的性情如此暴戾頑劣，但這能耐，卻哪是一般人家的小孩能有的？

汪永昭皺著眉頭想著那婦人幾次出現在他面前的表現，琢磨著她到底是何許婦人時，那收了劍式的小兒一停下，就拿著懷中湛藍的帕子擦起了臉上的汗，這時擦完，那亮亮的眼睛沒有什麼感情地看著他，嘴裡說道——

「你還有什麼別的教的沒？」

如此沒規沒矩！汪永昭冷眼橫了過去。

見他不說話，那小兒把手中的劍一扔。「沒得教的，我就走了。」

說著就往前面跑，跑了兩步又折了回來，朝汪永昭吼。「你快把我娘的布包給我！」

汪永昭沒說話，觀看著這小兒的樣子，看來看去，卻也確實覺得這小兒跟他無一不像，連眼睛看著都似有幾分熟悉。

小老虎見他不動也不說話，朝天翻了個白眼，嘴裡嘀咕道：「竟是個傻的……」說著就朝那男人放布包的地方走去，把布包裡的兩張餅掏了出來。「喏，你的！」

把餅塞到人手裡後，他小心認真地折好了他娘親手做的布包，揣到懷裡，這才大步往家裡狂跑過去，跑到門邊就朝那打開的門內大叫。「娘、娘，我回來了！我餓了，妳可做好夕食了沒有？」

他那跑動的狂勁，和他喊話的調子，就如同他剛從虎口脫險了一般……

汪永昭隔得老遠聽著那小兒的話，本來冰冷的眼神就更冷了。這時他皺眉看了看手中被硬塞過來的餅，好半晌後放到鼻間聞了一下，不知怎地，他竟放到嘴邊咬了一口，咬完吞下後覺得肚子確也是餓了，就站在那兒把兩塊餅吃完，隨後拍拍手，撿起了劍，打道回府。

接連幾天，小老虎都沒再去那片空地，也不趴到牆頭看人了。他每天都很是認真地練著他的劍法，練得一天比一天純熟。

這天吃完夕食，在張小碗給他洗澡時，一直像在思索事情的小老虎開了口，很鄭重地問張小碗。「娘，他還有沒有什麼別的本事呢？」

張小碗想了一下，搖搖頭。「這個娘就不知道了。」

「喔。」

小老虎沈默了下來，直到張小碗給他換了薄裡裳，讓他躺下休息後，他拉住了欲走的張小碗，眼睛直直地看著她。「娘，他為什麼要教我劍術？」

張小碗回過身來在他床邊坐下，笑著看他，並不說話。

「妳說吧，莫要哄騙我。」小老虎有些黯然，但神情卻並不悲傷。莫要哄騙？她哪捨得哄騙他？這世間無論是在現代，還是在古代，有些東西的本質是永遠都不會變的，這時哄騙了他，只是蒙蔽他罷了，她哪捨得？

但，現實總是殘忍的，她又如何能輕易說得出口。

「娘……」小老虎拉了拉張小碗的衣袖，又輕聲地叫了她一聲。

「許是……」張小碗摸了摸他的小臉，頓了一會兒，才慢慢地說道：「許是他沒了孩兒，想起了你……」她說至此，小老虎一臉「我早就知道了」的表情。

張小碗看著他微笑，小老虎撇了撇嘴，又抽了抽發酸的鼻子，才繼續問：「還有呢？」

「也許是見你聰慧，你日後要是成材了，有出息了，對汪家也是好的。你日後要是掙來名望和地位，是要分汪家一大半的，這是你的父族，也許你一輩子都擺脫不了他們，而汪家也許會因此得到好處。」

「我要是沒用，或是他們有了別的孩子，且也不比我差，他們會待我如何？」

張小碗良久都未接話，只是看著兒子那越瞪越精神的臉。她沈默了一下後，還是淡淡地開了口。「要是沒用，或是有了別的孩兒，以前對你是怎麼樣的，以後就是怎麼樣的吧。娘也不是很清楚，但大概就是如此了。」

「是嗎?·要是沒用，就眼睜睜地看著我們被那老壞蛋和老婆娘折磨死；要是有用，且也只有一個我，就可以教我劍術了……」小老虎冷笑了起來。「打的真是好一番如意算盤。」說著就閉上了眼，不再說話了，就算張小碗輕輕地喚了他好幾聲，他都不接話。

張小碗出去後，小老虎睜開了眼，他伸出手摸著脖子上掛著的荷包，這才繼續閉上了眼。

劍術練得差不多了，小老虎這天早上向張小碗討了十個銅板的錢，說要出去走走，看看刀叔，看看孟先生、胡師父，他許久沒有見他們了。

早間太陽已經大得讓人無法直視了，張小碗朝他搖了搖頭，不希望他出去。

「讓我去吧。」汪懷善不再是不懂世事的小兒了，他知有些東西他娘不想讓他看到，有些道理也不想讓他過早明白。

但他知道，外面的世道已經不好了。

他娘與他也都明白，那些事情與道理他必須要知道，他必須要明白，不那樣的話，他沒法好好長大，好好懂得更多。

「那就去吧。」看著他倔強的臉，張小碗輕輕地搖了搖頭，帶他去換了一身比較髒的舊裳，給他揹了弓箭，拿著帕子包了幾塊肉乾塞到了箭筒裡，另外塞了一節竹筒的水放到裡面藏好。

「要是見到不善的大人，一定要想都不想地立馬就躲。要是有人欺你，對付不了的馬上就要逃，不要逞強，也不許不認輸，可聽到了？」張小碗用非常慢的語速，看著他的眼睛，一字一字地說道。

而汪懷善也直視著她的眼睛，非常認真地點了頭。

張小碗送他出門，她拉著他的手走到小道上，見不能再遠送了，她才蹲下身，給他整理了下頭上的紗帽斗笠，又把在家中的話重述了一遍。

「我會沒事的，娘。」汪懷善有些無奈，伸出因摸劍摸的時間長了而有傷的手，輕輕地碰了碰她的臉和眼。他還湊過頭去，珍惜般地親了親張小碗的鼻尖，安慰地哄慰她道：「妳說的我都記在心間了呢，會好好地去、好好地回來的。妳做好了夕食等我，待到太陽落山，我就著家吃飯了。」

張小碗聽了笑，她點了點頭，站起了身，目送著他離去。

直到再也看不到人影了，她才抬頭閉了閉眼，把眼眶裡的水意逼了回去。

她的孩兒啊，小小年紀，就要獨自一個人踏上他的人生路了。

而她能做的，只能是送他到路口。

從葉片子村出去，汪懷善才知，為何他娘在家中時要不厭其煩地叮囑他那些話。

他走到村裡去找他的小兄弟們時，一路走來，一個人也沒找著，他們家的門窗皆閉得緊緊的，他叫了幾聲，裡面都無人回應。

他走到村口時，有一個瘦得身上只剩一架骨頭的大人朝他瘋跑過來，對著他就是往後一陣疾呼——

「快！快、快，這裡有個跑得動的小兒！」

他身後此時明明一個人都沒有，但見他像是個瘋的，汪懷善想都沒想就拔腿疾跑。等他在一片揚起的黃沙中跑到鎮中後，這時沒什麼人多看他兩眼了；但平日在鎮上的那些人，此時都不在街邊，連賣肉的鄭屠夫，他的肉攤子前也沒有人，只有一些餓得兩眼發黃的人睜著混濁的眼不斷打量他，還試圖透過他戴的紗帽看清他的模樣。

汪懷善心下莫名膽怯，一路上腳完全不敢停，小跑著去了胡家村。待到了胡九刀家，見到了他的刀叔時，卻見那個威猛高大的漢子臉瘦得都陷了進去，而他的大寶弟弟此時躺在床上，只剩半口氣了！

「嬸嬸，這是怎麼了？」一路跑來，全身都是黃沙，連頭髮上也滿滿都是黃沙的汪懷善看著躺在炕上的胡大寶，跳著腳急問胡娘子。

胡娘子這時給他打來了一碗混濁的水，勉強地對他笑著道：「你怎地跑來了？快喝口水。」

說著把碗塞給了他，幫他拍去身上的沙子。

汪懷善見她不回答，一口氣把那帶著泥沙的水喝完，隨即對胡娘子說：「嬸嬸，妳別忙了，大寶怎麼了？請大夫了沒有？」

胡娘子死死地抿著嘴，不說話，她一下一下地拍打著汪懷善身上的沙，這時上半身撲打完了，她又俯下身去抖他褲子上的沙。

「刀叔！刀叔——」見她不說，汪懷善簡直就快要急死了，他朝著外頭大聲地喊：「你快快進來！」

胡九刀跑了進來，看著汪懷善，小聲地說：「這是怎地了？」

「大寶怎麼了？怎麼不起來？」

「他累著了，歇會兒就好。」

「有沒有請大夫？」

「去哪兒請啊？」胡九刀苦笑。「大夫都快餓死、渴死了，沒力氣過來。」

汪懷善聽了眼睛一瞪。「我去找！我把人揹過來！」

這時他馬上從胡娘子的手裡拉開自己的腿，對胡娘子說：「嬸嬸妳在家候著，我這就去把大夫給請來！」

說著時他已跑了好幾步，但被胡娘子從身後拉住了身體。

她從他身後拉著他，用帶著壓抑的泣聲道：「別去了，請了大夫看過了，沒得用。你大寶弟弟生病了，這病許是治不好了……」

「怎會如此？」汪懷善氣極了，他拉過胡娘子的手，轉身對胡娘子很是認真地說：「妳休得亂說，哪有治不好的病？」

胡娘子被他說得眼淚都掉出來了，她沒法再多說什麼，只得拉著汪懷善的手，不許他出去，免得他出去招了禍，有去無回。

「你別亂出去走動，待到天黑了，就讓你刀叔送你回去。」胡娘子伸著手緊緊地抓住他的手，生怕這膽子大的孩子真就這麼跑出去了。

她就不懂了，他娘是怎麼放得了心讓他出門的？

「妳放心，刀嬸嬸，我說了我會請得了大夫來的……」汪懷善看著炕上躺著一動也不動的胡大寶，更急了。

「別去，不許去！」胡娘子終還是哭出了聲。「你去了要是出了事，你讓你娘怎麼辦？外面都是一群餓昏了頭的荒民，他們要是抓了你去，你讓你娘怎麼辦？」

聽她說到他娘，汪懷善一愣，突然醒悟，他立馬道：「對、對！娘！嬸嬸，妳趕緊揹上大寶，咱們去我家！娘有辦法，她什麼都懂，她有得是辦法的！」

這時胡娘子聽了也愣了，不待她有什麼反應，被她緊緊抓住的汪懷善見自己不能動彈，只得對同樣也有些愣的胡九刀說：「刀叔，快去備簍擔子！」

胡九刀重重地一跺腳，「哎」了一聲，拿簍擔子去了。

「把家中的東西收拾了，我家住去！」汪懷善轉頭又對胡娘子道。

「這……怎可……」

「有何不可的？我家出了事，也是刀叔和妳幫的啊！我娘說了，這恩存著，有一天能報上就得報上！哎呀，刀嬸嬸，妳能先不跟我說廢話嗎？」汪懷善急得都快要哭了，說著話時，那臉都是對著炕上的大寶說的。

胡娘子這時卻也是顧不上會給他們家添麻煩了，事到如今，孩子時而燒得連稀粥都喝不下去，時而喝口水都吐，也確實只有小老虎家那看著像是頗懂一些事情的娘能幫得上他們了。

就算不能，也只能試上一試，總比不試的好。

這廂胡家人一收拾好，挑著什物和大寶就往汪家那邊趕，所幸這時有著胡九刀一個大男人在，一路上就算遇見幾個看著他們的人向他們頻頻張望，也無人過來。

這時正是中午，日頭燒得最毒烈之際，胡娘子半路軟了腳倒在了地上，被汪懷善硬餵進了半筒水和一塊肉乾，這才起得了身。

另半筒水汪懷善餵給了他的大寶弟弟喝了一點，剩下的給了胡九刀。

胡九刀看著他乾得沒水色的嘴唇，搖頭道：「你喝。」

「家中有得是，我早間喝了許多才出的門，這下不渴，你先喝。」汪懷善把水筒往他身上一塞，就要過去拿扁擔挑簍擔子。

但被旁邊的胡娘子一把拉過他，苦笑道：「人都沒簍擔子高，你就別跟你刀叔搶擔子擔了。九刀，你趕緊把水喝了，咱們趕緊去碗姊姊家，不要在外頭多待。」

胡九刀再魯鈍也是分得清事情輕重緩急的，他把水喝完，就把擔子挑上，吆喝著說：「走，走，咱們快走！」

兩大一小急忙地抄了小路趕到了汪家的後院。

這時門被敲得砰砰作響，聽得小老虎在門外急急叫娘時，在灶房的張小碗手中的碗就這麼掉在了地上，隨即她提起裙子就往門邊跑。慌亂中，她在下梯時噗地一聲就倒在了地上，但沒猶豫半秒，她就迅速爬了起來，不帶停地往門邊跑，迅速開了門。

等開了門，看到胡家兩夫婦和小老虎時，張小碗「哈」地笑了一聲，掩飾著內心一時而起的驚濤駭浪，待喘了一口氣，她調整好了臉上的神情，這才微笑著對胡九刀兩夫妻說：「可來了，快進屋！」

還好、還好，這麼早回來，不是小老虎出了事……

張小碗一隻手在衣袖裡捏得緊緊的，掐得自己疼了，臉上的神情也全恢復了平時的沈穩。

招呼好胡氏夫妻進了屋，又聽得小老虎嘰哩呱啦地把胡大寶的情況說出之後，張小碗點點頭，對著胡娘子說道：「我不懂什麼醫術，只能先看上一看。家中還有一些清毒消炎的藥草，平時吃了也是沒事的，先讓大寶吃上一些，妳看可行嗎？」

胡娘子連連點頭，紅著眼猛掉淚，此時她是一句話都說不出口了。

看著胡娘子也是個虛弱的，張小碗安排著胡九刀和小老虎去燒開水，她則拿了藥草出來煮水。

她哪懂什麼醫術，只是懂些清毒消炎的常識罷了。救得來了就是救來了，救不來，她也是沒法子。

燒了開水化了鹽，給大寶洗了個澡，把他的衣裳放到灶火裡燒了，讓他穿了小老虎的衣裳，又先餵他喝了鹽水，等到大寶緩緩睜開眼後，張小碗拿著藥草水餵了他一些，又把用了一小片參片熬成的粥餵他喝了。

如此忙到晚上，許是參片提了氣，大寶有了一點精神，儘管還是沒力氣說話，卻還是能躺在小老虎的床上對著他的老虎哥哥笑了。

看他好了些，胡氏夫婦掉著淚傻笑，兩夫妻傻笑著面面相覷。胡娘子這時精神一放鬆，倒在了胡九刀的懷裡昏睡了過去……

等到胡娘子醒來，月亮已經掛在了天空中，房間裡一片月光。身邊的胡九刀見她醒來，小聲地和她說：「大寶現下和懷善睡得好好的，汪娘子說妳要是夜間就醒了，去她房裡找她。」

「啊？」胡娘子聽到這話，看了看她現在所在的整潔的房間，還有那小木桌上的一碗水，她立馬一拍胡九刀的大腿。「你可沒給人家找麻煩吧？」

胡九刀立馬苦了張臉，撓頭說：「晚間吃了她七張餅，還有兩塊肉、三……三碗粥……」

胡娘子聽得簡直就快哭出來了。「你當這是咱家啊？這是咱家嗎？就是咱家，也沒見你這麼吃過啊！」

說完恨鐵不成鋼地捶了他好幾下，這才趕緊爬下床，去小老虎的娘那兒。

一過去，沒睡的張小碗坐在門邊，正拿著針線在縫著什麼，因是深夜看得不仔細，胡娘子過去後才看清她在縫衣裳，便壓低聲音說：「姊姊妳怎麼這時辰還在幹活？」

「妳的衣裳我看著發了黃，怕是要好好洗過一番才好穿，我找了我幾件舊裳，改改先讓妳穿下。喏，裡裳已經改好了，妳先拿著過去，灶上的水還熱著，澡盆就放在灶房旁邊的小屋裡，那處房間就可以洗了。妳用溫水洗好澡和頭髮，別洗涼水，別貪一時涼快啊。稍下這外裳我也就改好了，待會兒給妳送過去。」張小碗笑著朝她小聲地、溫溫柔柔地道：「灶房水桶裡還冰著粥，不多了，兩小碗，還有小碗肉湯，妳也趕緊著去喝完，別餓著了。」

胡娘子聽得半晌沒說話，後才抹著眼淚往灶房走了，那哭著嘟著嘴的模樣，倒真像個受了姊姊照顧的嬌妹妹一般。

張小碗半夜打了個盹，清早就起來了。

剛燒了火，要看著熬粥時，胡娘子緊接著幾個大步走了進來，拿過了她手裡的柴火便道：「姊姊，妳且去忙妳的，這粥我看著火。」

「也好，我正要出去走走，有點事。」張小碗也沒跟她客氣，和她說了要是小老虎和大寶他們醒來了，就讓他們先喝一大碗淡鹽開水，再喝碗甘草茶解暑。

「曉得了，妳且去吧。」

張小碗走後沒多久，胡九刀就捧著砍好的柴進來了，幫著她一塊兒燒火。

胡娘子小聲地跟胡九刀碎碎唸著。「你就淨會吃，也不想想別人家的為難處！人家是人好，才任得了你胡吃海喝的，可這年頭能有這麼個吃法嗎？」

說完他的不是，又捨不得說他過狠，胡娘子只好給自己找臺階說道：「不過倒也是個有福氣的，隨便碰碰，也能碰上個好人家交往著。」

胡九刀聽了撓了撓胸，先是沒說話，過了好一會兒，沒憋住，對她說：「妳也是我有福氣碰來的，算命的說了，我這人就是能路中遇福。」

胡娘子本是心有負擔來著，聽得他這麼說，無可奈何地笑了，但還是不忘叮囑他道：「可能還要叨擾幾日，你可別這麼能吃了。大寶用了那麼貴的參片，那是現下用銀子都買不到的東西，我們已經欠了她天大的人情了，再給她添麻煩就不像話了。」

「知道了、知道了，妳且放心！」胡九刀連連點頭。

他昨天是餓得狠了，而汪家娘子一端就是端上了二十張餅，他一個沒忍住，她勸了幾句後，他就真吃了，事後想來也是後悔得很，哪能就這麼不講客氣呢？

第十五章

張小碗揹了弓箭出了門，她去山上看了看，也去村子裡看了看，逃荒的不少人家已經躲進山裡去了，至少山間的地裡、樹上，總能找得到點吃的，比餓死在家中強。

還好，她事先想過這事，所以挑的山洞周圍全是岩石，看上去就是找不到什麼吃的，而且她也做了一些掩飾，想來如果不是運氣太壞，藏著的東西也被人發現不了。

昨天她聽了胡九刀跟她說了外面的事，聽說現在外面已經亂得很了，怕是真有食人肉的事發生。

而她現在僅在周圍的村子裡走了走，就發現胡九刀所言不虛，那些沒餓死又膽大的，看到她就是撲過來，一路上，才十來里路的來回，她就遇上了兩個，兩個人看著她的眼神都想把她當生肉啃。

張小碗身上揹了弓箭，手上拿了鐵棍，本身就是力氣大，壯漢也未必打得贏她，何況是瘦得沒幾把力的男人？往往那人撲到離她三尺左右時，她手中的鐵棍就揮了過去。

這樣打不死人，但能打得人不會有力氣爬起來再追趕她。

她下手狠，那些周圍看著她下手的人，也是看不清她藏在紗帽下的那張臉，偏又覺得她凶悍得很，不好對付，於是她一棍揮出去，走上個近百米，都無人敢上來再挑戰。

張小碗沒去遠的地方，她轉了轉後，挑著沒人的路回家。

回去的途中，正要抄小道往後院走時，她聽到大路的另一邊響起了幾個人急急的腳步聲，她偏頭一看，看到了汪永昭帶著兩個青年自連著河邊的一條道上走了過來。

張小碗想了想，停下了步子，等著人要錯過她時，她微彎腰福了一福，行了禮。

她以為汪永昭會看都不看她一眼就走開，但哪想，汪永昭就這麼在她行禮時停了下來。

隨即跟著停下的是那兩個年輕男子，他們看著她的眼神滿是好奇。

「嫂嫂。」在汪永昭開口之前，那兩個年輕男人朝她抱了抱拳，兩個人都叫了她一聲。

張小碗輕皺了眉，未說話，但還是朝他們也福了一福，算是應答。

她靜待他們離去，但汪永昭卻沒走。

他看了她幾眼，說道：「小兒這幾日為何不來？」

「在家中勤練。」張小碗低頭答道。

「練好了？」

「是。」

「明日讓他再來。」汪永昭說完這句，便帶著他那兩個兄弟走了。

那兩兄弟——汪永安與汪永莊，朝著張小碗又匆匆一抱拳，就跟著他們的大哥走了。

張小碗看了他們的背影一眼，輕抿了一下嘴，站在原地想了好一會兒事，這才提步離去。

她知道，是汪家的這幾個男人住在了前院，才沒人滋擾得了後院。

要不然，那村中的人早找上門來了。

走了幾步，汪永安回頭看了看那提步往另一條道走了的婦人，再看著她那快速且敏捷的走路樣子，他回頭忍不住跟他大哥道：「大哥，我看大嫂像是個知禮的，並不像一般村婦那般粗俗。」

「身上還揹著箭呢，你沒看到，手中還有鐵棍，這哪是一般村婦？我看是莽婦也不為過！」汪永莊卻在一邊驚嘆嘖嘖。

他這話一出，走在前面的汪永昭回過頭，冷瞥了他一眼。

汪永莊忙頓住彎腰道歉。「是三弟妄言了，不該道嫂嫂的不是！」

「注意著點。」汪永昭皺了皺眉，回過頭繼續大步回屋。

待到家中，聞管家連忙上前說：「大公子，朝食好了，您可要現在就吃？」

「我爹呢？」

「老爺那兒剛送了過去，已經吃上了。」

「吃得可多？」

「剛送過去，稍下老奴就過去看看，再回您。」

「嗯，端上來吧。」汪永昭帶著兩個弟弟進了堂屋，對跟過來的江小山道：「你等會兒吃完飯，就領著陳柒、陳捌他們去河邊挖個大洞，把那幾個死人埋了。」

汪永昭坐在堂屋一會兒，似在沈思，來往的家兵誰也沒敢進去打擾他。

照顧表小姐的丫鬟小草站在門廊下擦了幾把淚，也是沒敢進去，抹著淚走了。

這年頭，哪還有什麼昂貴的參片給表姨娘吃啊？能喝口飽粥都不容易了！這日子啊，還是熬著吧……

她走後，那廂聞管家急步過來，到了門口彎腰叫了一聲。「大公子！」

「進。」

聞管家入內稟報。「老爺剛咳出來的痰帶了幾許血絲。」

汪永昭聞言站起。「我去看看。」

他大步去了汪觀琪的房間，汪觀琪這時躺在躺椅上，還在輕咳不止，汪永昭在他面前坐下，替他拍了拍胸。

他轉頭輕瞥了跟隨而來的聞管家一眼，聞管家一見，忙退離了。

「邊疆戰事又起，夏人又派了新將領兵，朝廷內鬥暫歇，忠王爺月後怕是會奉旨出兵。」汪永昭餵老父一口水，沈聲地說：「到時我會起復，跟隨他一起去。只是，父親您身體不安，家宅又不寧，我們家前路怕很是艱難。」

「我、我……咳咳咳……」汪觀琪咳嗽了半晌，才把完整的話說了出來。「我這兒你不用擔心。」說完，他看著汪永昭。「你心下怕是有了打算了，告訴為父你的主意吧。」

「我看那婦人，是個擔當得起大任的。」

「你……沒看錯？」汪觀琪很是遲疑。

「父親，你有看到那天性暴戾的小子被她教養出來的模樣。村中吃人，都有與他相交的小孩過來報信，我看日後好生教養，也是個成器的。」

「那婦人，我看也是個心裡有主意的，怕是……」

「我知。」汪永昭點了點頭，嘴角泛起了淺笑。「月後，我會帶那小兒出征。」

「什麼?!」汪觀琪看著大兒子，失聲迭叫。「他、他可只有七歲！」

「孩兒七歲已經跟您上了戰場，他不過是隨了他的父親罷了。」汪永昭依舊淡然道。

如此一來，那婦人倒是不可能不擔起這個家了。為了她的兒子，這個家她不僅得擔，還得擔得好。

汪觀琪搖搖頭。「如若你沒看錯，那就隨了你吧。」

汪永昭笑了笑。「孩兒已觀察她良久，自不會看錯，日後您且看著，眼下最重要的是您得養好身體。」

汪觀琪點點頭。

「我已派人去尋藥了，等藥來了，您多喝幾副，就會沒事了。」汪永昭又替他拍了拍胸，幫他倒好水放在他手邊，這才出了房，朝他母親汪韓氏的房間走去。

汪韓氏日日躺在房內，這時見到兒子，她伸出瘦骨嶙峋的手，緊緊抓住了他的手，問道：「可找著大夫了？」

「日後就來。」汪永昭安慰地拍著她的手。

「永昭，永昭，娘不想死……」汪韓氏月前因追打偷吃了食的婆子時摔下了地，下半身就不能再站起來了。她流著眼淚，緊緊地抓著汪永昭的手。「你一定要替娘尋好大夫，尋好藥材，娘就只能靠你了！」

「知了，您放心，孩兒定會為您找到好大夫的。」汪永昭見她哭得臉都花了，鼻涕也流了出來，只得偏頭對著門外的婆子喊：「進來照顧夫人。」

說著便起身，朝汪韓氏施了一禮離去。

剛走到走廊的盡頭，就又聽得那末關的房內傳來他母親打罵婆子的聲音。汪永昭搖了搖頭，抿著略顯嚴苛的薄唇往堂屋走去。

這廂張小碗不知前院的混亂與汪永昭對她的打算，大寶這幾日身體好了一些，但還是有氣無力。

胡九刀這天說要走，被汪懷善攔了下來，胡九刀只得跟小友講理。「你家糧食也不多，再吃下去，你們都要餓著了。」

「你和嬸嬸就吃著吧，地窖裡還有好幾袋糧。」汪懷善不依。

一旁的張小碗笑看著他攔人，這時見胡九刀也向她看過來了，她便微微一笑，道：「留下吧，不留下，先生教他的那些仁義道德，我看他又得拋到腦後去了。」

她這天大的話一壓下來，胡九刀可不敢說什麼了，只得嘆著氣拍著肚子，跟汪懷善保證道：「你且放心，我今晚會少吃些的。」

汪懷善聽了哈哈大笑，一腳踩上他旁邊的桌，再一個躍步騎上了胡九刀的肩，一把抱住他刀叔的頭，得意地說：「刀叔，你且看我厲害不厲害？」

「厲害，厲害得緊！」胡九刀笑著連連點頭。「可是極好的身手呢！」

汪懷善在他耳邊嘀咕了一陣，胡九刀聽他說著，笑著點頭。

張小碗見人留下了，她便回了灶房處搗米去了。

當天夕時，趁小老虎與大寶在一同玩耍時，胡九刀來了灶房找正在做餅的娘子與張小碗，他在門口看了一會兒，似是有話要說。

「妳快讓他有話就說吧！」看了他半晌都是一臉欲言又止的表情，張小碗笑著用手肘拐了拐胡娘子。

「你快說吧，沒看到姊姊一直在候著你？」胡娘子沒好氣地看了她家那拙漢子一眼。

「這……」胡九刀不好意思地搓搓手，走了進來，對張小碗說：「汪娘子，要是說得不對的，您可要包涵。」

「一家人不說兩家話，有話你就直說吧。」張小碗淡笑著點了頭。

「您……是不是和前院的人和好了？」胡九刀撓撓頭說。

「嗯？」

「我看妳這裡安靜得很，一般來說，應該是要被飢民找上門來了，我們胡家的村子裡，都被外姓的人進來過好幾次了……」胡九刀走到娘子身後，探出身體，繼續不好意思地說道：「我剛去外面轉了一圈，發現河那邊通往這邊的路被人砌了石頭、劃了線，好像是不許人過來，這可是您的主意？」

張小碗嘴邊的笑淡了下去，她搖了搖頭。

「我猜也不是，那是好幾塊大石頭，還有塊立著『閒人勿近』的大石碑，就算您力氣大，一個人怕也是立不起來的。」胡九刀呵呵笑了一聲。「所以我料想著，可能您和前面的人和好了一些，在幫襯著呢。」

說和好了一些，也是因她沒和那家人一起住，這幾日除了有人過來挑水，也沒見那家主事的男人來過，看樣子也不是夫妻倆和好了，所以胡九刀這話也不敢說得太滿。

「嗯。」張小碗淡笑著點了點頭，並未再說話。

見她臉色不對，胡娘子臉一沈，衝著胡九刀喊道：「閒在這兒幹什麼？有這碎嘴的工夫，還不如多去幹點活！去把後院的那牆再用石塊壘高點！」

胡九刀一聽，立馬頭也不回地跑掉了。只要聽他媳婦用這口氣，他就知道他做錯事了。

他一走，胡娘子這才小心翼翼地朝張小碗問：「姊姊，剛剛九刀說的話可有什麼不對？」

張小碗手中的擀麵棍這時停了下來，她苦笑著搖了搖頭。「我這啊，也不知前面的人是心真的變好了，還是另有所圖。」

「這話怎麼說？」胡娘子不明就裡。

「他們突然變得好了起來，又是教劍術，又是幫著擋災民，那汪家的幾個兄弟也陸續都過來挑過水，算是跟懷善都打過招呼了……」張小碗的臉沈了下來。「我不知道他們圖什麼，才這樣友善得厲害。」

「怕是……想認回懷善？」胡娘子猜測道。

「我想來想去，也料想大概就是如此。」張小碗點了一下頭。

胡娘子看著她那張內斂的臉，兀自垂頭想了一會兒後，嘆道：「要是認回去，那也是沒得辦法的事。」

張小碗沒說話，但手上包餡的動作卻越來越快了。

認回去其實不要緊，小老虎不肯，她也會好好與他說道理的，怕就怕……

那個男人看她的眼神中，探究意味太重了。張小碗並不認為他是突然想起了她是他的妻子，因為那個男人看她的眼神裡面沒有一點感情，他身上透露出來的意味也並不是對她有了興趣，一個男人對女人有沒有那種興趣，張小碗就算很多年沒有見過了，但前世的經驗讓她還是能輕易分辨得出的。

她怕的是，這個男人在打她怎麼想都想不明白的主意。

她甚至猜測過，這汪家的人，想去母留子。

如若如此，她要是死在了汪家的人手裡，到時候，她的兒子要怎麼活下去？倘真如此，現下這當口失去了她，就算那汪家人有掩飾，已然知事的小老虎肯定不信她會突然死去的，到時候他要是沒有了約束，怕是真會弒父弒祖！

張小碗心下越想越涼，現如今，只希冀這一切都是她的亂想。

她也希望那汪永昭的心沒有那麼狠，別逼得他們母子沒有活路。

第二天一早，張小碗看著汪懷善興沖沖地衝去了那塊空地學本事去。

他現在感興趣的就是汪永昭的本事，所以他攥了他娘給他的十枚銅板衝到了空地上，一把就將錢掏出來遞向那男人。「喏，你的師父費，接好了。」

汪永昭的眼睛本來看著他那紅光滿面的臉，這時看著這小孩手板心裡那幾枚銅錢，淡淡地開了口。「留著吧，晚上來挑兩擔水。」

汪懷善一聽，用鼻子哼了兩聲，把錢收好，嘴裡自言自語著說：「也好，省得我下次再來了，要是再學，你記好帳，來挑水便罷。」

汪永昭一聽他那不服氣的口氣，漫不經心地轉過眼，看向了不遠處那門邊站著的婦人。那婦人直直地看著他，似是要看進他的眼底一般，汪永昭見狀挑了挑眉，回視了過去，定定地看向了她。

那婦人卻不是個怕事的，尤其隔著點距離，沒有了一見到他就有的低眉屈膝，此時她身上的鋒芒畢露，雙眼銳利，那探究他的眼神似是要把他的心底看穿……

這日氣壓突然降低，空氣中滿是壓抑的氣息，到中午時，這氣息愈來愈重，張小碗當機立斷把曬著的衣裳收好，劈好的柴也叫胡九刀幫著放進了柴房，柴房的門也被拴得緊緊的，免得到時大雨來臨，會把柴房澆濕。

「刀爺，您幫我上樓看看瓦片。」整好了柴房後，張小碗搬來了扶梯，與胡九刀道。

「這……」胡九刀看看天。「可是要下雨了？」

張小碗點頭，臉上滿是憂慮。「怕是大雨。」

胡九刀當下什麼也沒說，爬上了梯去整瓦片了。還好這是新蓋不久的房子，瓦片大多地方都壓得很結實，只有幾個地方要重新壓上一壓，倒是不費事。

張小碗看著天氣不好，這雨說不定等一會兒就來了，也不多說，自行爬上屋，也檢查了起來，嚇得胡娘子在屋下的院子裡看著她，捂著嘴、跺著腳，哎呀哎呀地叫著，害怕得不行。

汪懷善卻一臉驕傲，看著他娘在屋頂上一塊地方、一塊地方地弄瓦片，轉頭對身後他揹著的大寶說：「你看看，你碗嬸嬸就是這麼能幹！」

大寶「嗯嗯」地點頭，也抬頭看著張小碗，一臉仰慕。「以後我也要找個像碗嬸嬸這樣的當小娘子，給我糖吃，還會修屋子！」

小老虎聽他還想著糖，哈哈笑了起來，點頭附和他道：「對，不給糖吃的不娶！」

胡娘子聽得這話，連驚訝都顧不上了，哭笑不得地看著小老虎。「你可別教壞弟弟了！」

「哪能啊？」汪懷善笑著回她道：「我也是，我也跟我娘說了，不給糖吃的不娶著當媳婦兒！」

「你啊你……」胡娘子拿著帕子替他拭頭上的汗，這天氣悶熱得很，就算是坐在那兒不動，一盞茶的時辰就能汗如雨下，何況他現在還揹著大寶。「趕緊進屋歇涼去，等會兒就要下雨了，也就涼快了。」

說著帶著他們進了屋，只是在走動間，她那眼還是往屋頂上頻頻望著，生怕張小碗一個錯步，就從屋頂上摔了下來。

而那廂，站在山頂樹梢上看向這邊的男人，看著在屋頂上如履平地的婦人，眉毛微往上挑了挑，冷漠的臉上閃過微微的讚賞。

果然是個膽大包天的婦人。說來，也堪稱得上有些許魄力，擔當起一個家的能耐還是綽綽有餘的。

大雨傾盆了足足三日也沒停歇，這時外面的河裡也漲起了水，天氣沒有涼多少，反倒因添了潮氣，濕熱得讓人難以呼吸。

大寶因此都咳嗽了起來。

張小碗拿著艾草熏了房，怕兩個小的這時候感染上什麼不得了的病。

外面現在是什麼景象，他們也無從得知，但河裡的水全漫過農田後，張小碗也知外面好不到哪裡去了。

現在的日子只會比前些時候乾得沒一滴水的日子更壞，怕是要等到大雨過後才能漸漸好轉，一時半刻的，這日子怕還是會難過得緊。

旱澇旱澇，湊在了一起簡直就是老天爺在要人的命。

不過這會兒，旱起來的日子比張小碗估計的要短一些。現在是十月，張小碗想著，待到這大水退了後，到時他們就把地裡全種上冬蘿蔔，再到山裡去看看，也許那些逃竄的動物也全都回來了，他們還可以獵些肉回來加加菜，不圖賣錢，但生活上還是會過得去的。

那時，活著的人繼續活著，待慢慢過些時日，許是明年春天，小老虎也可繼續上學堂。只要不是老天真要絕所有人的命，日子也會慢慢好起來的。

這日，就在大雨連綿不斷的日子裡，河水也快要漫到他們的屋子門前時，胡九刀帶著汪懷善，揹著大寶，打著傘出門看河邊的水勢漲勢去了。

前院的汪永昭敲開了張小碗的門，對她冷冰冰地說道：「有事與妳說。」終於來了。張小碗翹了翹嘴角，低頭伸手，作了個請進門的手勢。

坐在堂屋門階前做針線活的胡娘子一看到汪永昭，嘴巴立馬張成了鵝蛋狀，她看著那張跟小老虎相似得過火的臉，呆若木雞，直到汪永昭撐著傘、大步踏著雨水過來，錯過她進了堂屋，她這才回過神，看著也徐徐走來的張小碗，吃驚地說：「姊姊、姊姊，這是……」

張小碗把傘給她，對她不疾不徐地說：「妹子，妳幫我去門前看著，要是刀爺他們先回來了，就帶他們在外面再轉一圈，待我去找你們。」

胡娘子連忙接過傘，朝她一福，拿著傘、提著裙子往大門邊跑，替她看門去了。

張小碗看著她跑了出去，並還不忘把門帶上，她不禁笑了一笑。這胡氏夫婦，心腸好不說，兩夫妻還都是聰慧且知道變通的，小老虎認識了這樣的夫婦，日後也必會相信這世間還是有像他的刀叔、刀嬸嬸這樣的好人存在的。

說來，她與他都是幸運的，在這種境況中，還能遇上這樣至純至善且至慧的人家。

「大公子的意思是，在您走後，要我前去替您管家？」聽汪永昭說明讓她掌家的來意後，張小碗理了理那被雨水沾濕的衣袖，微垂了頭，看著地上淡淡地道。

夫人癱了，小妾病了，那老爺子也臥病在床，一家子沒個好的了，就想起她來了。真是好划算。

「嗯。我出征在即，娘臥病在床，妳是主母，自得替她擔當起內宅之事。」汪永昭也不鹹不淡地道。

「妾身怕是沒這份能耐，大公子高看了。」張小碗微微抬起了頭，看著眼前那張熟悉的臉，冷靜地評估著眼前這個男人的殺手鐧會是什麼？

「妳有沒有這份能耐，且看日後這家妳當得如何再說。」

張小碗聽得好半晌都未答話，過了一會兒，她還是把話問出了口。「大公子就認為我會答應？」

看著這時又不再自稱「妾身」的婦人，汪永昭淡淡地笑了。「這是妳分內之事，何來妳答不答應之說？」

張小碗跟著他笑，只是笑意很冷。「婦人還真是沒這份本事。嫁與汪家七年，汪家的廚房都未進過，哪敢擔當起掌家的重責？公子還是別折煞我的好。」

「喔……」汪永昭發出這聲後，看著外面消停下來了的雨勢，好一會兒都未再發出聲響。

張小碗則整理好她手上的袖子後，拿出帕子擦著手心裡的濕意。一會兒，雨又漸漸大了起來，汪永昭回過頭對張小碗說：「我五日後出征，屆時，小兒與我一道同去。」

張小碗聽了這話，左手把拭水的右手重重地一把捏住，顧不上手上的疼，她想都沒想地抬頭狠狠瞪向了汪永昭。

汪永昭沒有迴避，直視著她的眼睛，此時他眼裡的冷酷把張小碗的凶狠團團包圍住，他甚至還翹起了嘴角。「怎麼地，不裝恭順了？」

「呵。」張小碗輕笑了聲。「所以大公子是要用懷善挾制我嗎？」

「妳要這麼想也無妨。妳在家中照顧好了家中之事，我自會在戰場上教他如何成為一個頂天立地的男子漢。」

「可他只有七歲，還用不著您這樣的人教他什麼叫做頂天立地的男子漢！」張小碗狠狠地從嘴裡甩出了這句話。「您這些時日暗中盯迫我，敢情為的是想讓我替您賣命？大公子，我自問嫁與你們汪家後，你們汪家給我的屈辱我全都受之忍之，難道這還不夠？您還要如何才覺得是個頂？」

「話已至此，五日後，小兒跟我，家中歸妳，妳自己衡量輕重。」汪永昭說完就站了起來，打算提步而走。

張小碗也緊隨著起身，大步踏到門後，取了那掛在門後的弓箭，對著這時已站在了門廊下的汪永昭，拉起了弓，轉瞬間她就對準了他胸口的位置，眯著眼睛說：「大公子，您再走一步試試！」

汪永昭慢慢轉身，撐著雨傘的他站在突然又變大的雨幕前，英俊得就像一幅畫。

此時，他甚至還微笑了起來，笑容裡有著嘲諷。「張氏，妳要弒夫？」

張小碗也慢慢地勾起嘴角，微微地笑了。「您別說，您要是帶著我的兒子去了那戰場，別說弒夫了，到時您可以看看，這世上有沒有什麼是我做不出來的。」

汪永昭的嘴角冷了。「喔，是嗎？」

張小碗拿著弓箭對著他胸口的手頓都沒頓一下，她半眯著一隻眼睛，看著那可以讓她一箭致命的地方，用著比汪永昭更冰冷、更鎮定的聲音說：「您最好相信，要是不信，您向前走一步試試。」

人的忍耐是有極限的，她為了活著，已經忍了常人所不能忍的苦難和苦痛，那些為了活下去而日日夜夜的掙扎和辛勞，圖的就是能活下去見到那些掛在她心上的人，而他們美好的未來，就算是虛妄，也全是她活下來的力量。

而現在，這個人就要帶著她的命去那遙遠的戰場，在他只有七歲的時候，在只有一個她為他掛心的世上，他就要被這個對他沒有父愛，只是利用他來挾制她的人帶去忍受她看不到也保護不了他的苦難。

如今到了這地步，就算是她死了，汪永昭也別想從她手裡如此這般奪走他。

她會在這之前殺了他！

她已無法忍受。

汪永昭沒動，他看著此時渾身怒氣的張小碗，一會兒後，他開了口。「條件？」

張小碗估量著他話中的誠意，但很顯然，在這一刻，汪永昭確實是要跟她談條件的，他把她放在了同等的位置，在與她談話。

也只能如此了。

張小碗收回了弓箭。「大公子還是坐回談吧。」

汪永昭再次收傘入屋。

已經到了這步，都生死相逼了，也無須再遮掩。一落坐，張小碗便看著冰冷的汪永昭。「如若大公子願意，我們可以銀貨兩訖。」

「說。」汪永昭的臉沈了下來，那探究的眼神盯著張小碗不放。

張小碗連真正老虎的眼睛都對視過，倒也不怕他這時的目光如炬。她任由他打量，嘴裡有條不紊。「我盡全力保你一家老小，而我則得是汪家真正的主母，懷善得是汪家真正的長孫。家中如有欺我們者，大公子就別怪我下手狠了；沒有的話，大公子也大可放心，婦人也不會自找麻煩。」

她退一步，而她退讓後要得到的東西，汪永昭也得給她。

要不，兩敗俱傷也可。

反正都是別無退路的。

汪永昭沒有回話，像是沒有聽到她嘴裡的話一般，一會兒後，他收回了眼神，垂下了眼眸，淡淡地說：「如妳所願，但妳也得答應我兩件事。」

「您說。」

「五年間，爹娘必須無事。」汪永昭淡淡地說。

「盡力而為。」

生死之事，有時也是人無法全力掌控的，因此汪永昭頷了頷首，開口道第二件事。「三個弟弟的婚事，由妳來作主。」

「大公子……」張小碗面無表情地看著汪永昭。「您就這麼信任婦人？」

「嗯。」汪永昭朝她笑笑。「既然是交換條件，妳也應該知道辦不好的下場。」

他能推她上去，也能拉她下來。

要跟他談條件，最好是真有能耐了。

汪永昭要走時，汪懷善就站在門邊，他偏著頭看著汪永昭，那眼裡也全是估量。

張小碗伸手拉過了他，朝汪永昭道：「大公子走好。」

汪永昭朝他們微微頷首，臉色平靜地走了。

「他來幹什麼？」

「有事而來的，等會兒進屋跟你說，可好？」

小兒不滿的追問、婦人溫柔的腔調在耳後響起，汪永昭抬頭看著那傘外的大雨，重新斂起了眉。

這婦人太強硬，逼得他只能退步。

但奇異的是，他居然有一些信任她能把他交代的事辦好。

他知，她也聽得懂。

如此婦人，怎會是那鄉下貧家出來的女兒？

「為什麼要幫他們家？」晚上，躺在張小碗懷裡的汪懷善不解地問。

「嗯……因為我們也要跟他們要一些東西。」張小碗慢慢地跟他解釋。「我們住在他們的後院，這段時間也受了他們的保護，這些你可知？」

汪懷善不滿地扭過頭，不說話。

「這些是要還的。受了好不還，還有所抱怨的，只是那無用之人幹的事，我們不做那等人。」張小碗摸摸他的頭髮，在他的髮間輕輕地吻了一下，再細細地跟他解釋。「還有就是幫他管家，我得了身分，我們也可以利用此做一些以前辦不到的事情，例如不用為銀錢費心，還可以得到一些以前沒有得過的便利。

「但與此同時，」張小碗的口氣嚴肅了起來。「我們也要承擔我們的義務。懷善，這天下沒有白吃白拿的事情，你要給娘記住，你可以覺得汪家人對你不好，有朝一日，你也大可以幹你所想幹的任何事，你要幹什麼娘都會站在你這一邊；但現在，娘不許你在受了汪家人的照拂後，卻覺得這是理所當然的。就像該報的恩必須要報，你心中的仇娘也允許你去報一樣，你受了這汪家的好，哪怕你不願，你也必須還了人家的情，然後再談其他。」

「我沒讓他們家的人幫！」小老虎不服氣地大叫了起來，還掙脫了張小碗的懷抱。

聽著他孩子氣的話，張小碗頓時有些哭笑不得，只得重新把他擁入懷，細細地勸哄他。

「好，咱們是沒讓人幫，但受了好還是要還回去的吧？這樣就不欠人家的了，是不是？嗯？」

這說法，小老虎還是接受的，於是就不甘不願地允許張小碗在那個男人出外打仗時，幫著他管管家了。

到底，張小碗還是沒有把真實的原因告訴他。

他內心對汪家的仇恨已經夠多了，且他這麼小，現在還承受不了更多，在他還在長大成人的過程裡，在他還沒好好學會自制之前，她不能在這時候再增長他心中的戾氣。

第二天，汪永昭接受張小碗的要求，把僕人和留下的三名護院都帶了過來。

站在她的堂屋前面排成一排的，依次是聞管家、汪大栓、梁婆子、文婆子、丫鬟春兒、丫鬟小草、江小山、陳柒、陳捌。

張小碗一一掃過眾人後，走到汪永昭面前，朝他一福。「大公子幫我報報人吧。」

汪永昭的眉毛情不自禁地往上一挑，連帶他身後的汪家三兄弟也全都齊齊看向了這膽子不是一般大的嫂嫂。

「大少夫人，我幫您報吧！」那邊，聞管家連忙鞠躬答道。

張小碗只是低著頭，一句話也沒答。

汪永昭看了她一眼，一撩袍子，走至排成了一排的人面前。

張小碗小步跟在了他身後，此時她已然抬起了頭，臉上沒有什麼表情。

「聞管家。」

「見過大少夫人。」

「汪大栓。」

「見過大少夫人。」

「梁婆子。」

「見過大少夫人。」

「文婆子。」

「見、見過大少夫人。」

「春兒。」

「春兒見過大少夫人。」

「小草。」

「見過大少夫人。」

「江小山、陳柒、陳捌。」

「見過大少夫人！」

最後三人一起齊喊，聲音大得堂屋都起了回音。

四日後，汪永昭帶著三個弟弟與家兵離家而去，與此同時，張小碗正式接管汪家。

這天胡九刀與汪懷善去了孟先生家，把孟先生揹了回來。

孟先生大病初癒，身體虛弱得很，見到張小碗只能虛虛地行了個禮，說了幾句話就已經無力再說下去了，張小碗朝他福了福禮，也並未跟他多說客氣話。

張小碗把小老虎那間房讓了出來給他住，讓小老虎跟著大寶搬到了她的房間，而她則搬到了前院汪永昭的房間。如此一來，算是把懷善的先生接到了家中了。

前幾日雨一停，她這兒子就跑到先生家探望先生去了，哪料先生家中大變，孤父已過世，先生也只剩半口氣，張小碗這裡送了藥材過去吃了兩日，才緩回了氣。

因小老虎與胡九刀言辭中對這位先生很是敬仰，當晚張小碗就與汪懷善商量著把人接來，等到日後光景好了，人再走也不遲。

至於吃食，除了地窖裡的糧，張小碗也找胡九刀把山間藏著的糧全都揹了回來，她對汪觀琪的說法是——這全是胡家的糧。現揹到她家中也是想藏著，為此，為表謝意，胡九刀還給了她兩擔糧。

在糧食如此匱乏之際，平白得了糧的汪觀琪也就默許了胡九刀一家住在了後院裡的事。

汪韓氏那裡，家中僕人沒一個不恨她的，加之張小碗當家幾日，誰也沒少碗粥喝，又有汪永昭幫她立了身分，於是誰也沒敢在背後嚼她的舌根，那兩個婆子也怕張小碗趕了她們出去，每日也是戰戰兢兢，規矩得很。

外頭日子不好過，汪家也如此。汪永昭雖留下了百兩銀子，也還有百餘斤的穀子留在那糧屋裡，但一家子，主子三個，僕人九個，他留了十二個人讓她養活，他這一去時日不知多久，只要他沒回來，她就得一個人替他養活這麼些個人。

說起來，她算是賠了。

但，如此亂世，她現在確實需要汪家的庇護，就算是日後，他們母子用到汪家的地方怕是也多，因此如果汪永昭願意與她互利互惠，那她也願意做這買賣。

此時外頭飢民中有人帶頭起義，但天子腳下，容得了你舉家餓死，容不了你一人造反。沒得幾日，官兵所到之處，血流成河，死的多是餓得只剩半口氣的男人。

胡九刀這天帶著非要跟的汪懷善出去轉了一圈，回來後跟孟先生說了這個情況，說婦孺沒人動手，但那參與造反的男人，無論老少，格殺勿論。

孟先生當下嘆道：「這是忠王世子的手法，此人向來有所為，有所不為，但心思一貫……」

說到這兒他就不說了，因此汪懷善抬起腦袋看著他的先生，引得孟先生伸手摸了他的腦袋一下，慈愛地說：「你日後就知道了。」

「先生現在不說嗎？」

「待你寫出第一篇策論，先生再告訴你。」

「唉，也好。」不是第一次聽到此答案的汪懷善深深地嘆了口氣，自我解嘲道：「誰叫我年紀小呢……」

說著就垂頭喪氣地往門外走，其間還小小地回頭了兩次，見先生不叫住他，完全沒要改口告知他的意思，只得真的走出了孟先生的房門。

出了先生的門，走了幾步後，他對著此時正坐在堂屋外頭搗糙米的胡娘子傷感地說：「先生還是要比娘嚴厲得多。」

他娘總是什麼事都細細說給他聽，先生卻總說有些事要待他日後懂很多事了才能告知給他。

胡娘子聽了笑出聲，拿出帕子給他擦了擦他額邊的汗，對他說：「先生自有他的道理，你要聽話，可行？」

汪懷善只得點點頭，把坐在小板凳上的大寶抱起坐到他腿上，他則坐上了板凳，接過大寶手裡揀豆子的活兒，細心地教導起他來。「這樣扁扁的要不得，要又圓又大的，這樣種下地去，來年才能收穫更多……」

「這樣嗎？」大寶迅速按他的指示揀起了又圓又大的一粒。

「大寶可真有本事！這樣一下就揀得極好了！」汪懷善讚嘆誇獎大寶，如同他娘讚嘆他做事做得極好時一樣。

大寶立時笑得眼睛彎彎的，還細聲細氣地回頭叫了一聲汪懷善。「老虎哥哥……」

胡娘子在旁看了笑個不停，就是這時在院子裡翻曬乾蘿蔔的胡九刀也不禁把大篾子盤端了過來，坐在他們身邊的石几上，邊翻著蘿蔔條，邊聽著兩個小孩你一句、我一句的童言童語。

死人多了，瘟疫橫行，外面的屍體往往就是堆起一座屍山，一把火了事。

小老虎偷偷去看過一次，回來後接連幾天作了惡夢，張小碗晚上便回了後院，在床邊坐著守著他睡。

去了兩日，汪韓氏不知從誰的嘴裡逼出了話，這天逼著婆子請張小碗過來後，開口就罵張小碗不守婦道，往那外人多的院子裡過夜。

張小碗這次待她罵完後，不再像平時那樣起身而去，而是搬來了銅鏡，放到汪韓氏面前，讓她看著鏡子裡那披頭散髮、猶如惡鬼一樣的刻薄嘴臉，嘴上則不輕不重地問她。「妳知道大公子為什麼來請我管家嗎？」

汪韓氏被鏡子裡的自己嚇了一大跳，這時「嗚嗚」地叫著，一手捣著眼睛，一手猛地連連推開她面前的鏡子。

張小碗把鏡子放到一邊，把椅子搬過來，正坐在她的面前，手撐著頭看著外邊天上的白雲，等到汪韓氏嗚咽完，她才繼續慢慢地說：「看清楚您自己現在的樣子了？您的大兒子怕您拖累死了整個汪家，您的夫君也怕您把這個家管得四分五裂的，這才忍下了我這個鄉下婦人來替您管這個家。」

張小碗說完這句，搖頭笑了笑。說實話，她也替汪家那兩個主事的男人感到悲哀。但凡換個有眼色一點的主母，他們何須來忍她這個堵他們心的婦人？何須非要把那個受他們白眼的小兒拿來當長孫？

不過，要不是汪韓氏，她哪有能跟汪永昭談判的一天？真是時勢造人。

「您就繼續折騰吧，您折騰死了，不過是您那幾個剛起復的兒子得從戰場回來為您奔喪，一輩子再無出頭之日；然後，拉著整個汪家陪葬的您，想必在地獄裡也會過得上好日子的。」張小碗站起了身，坐到了此時把頭埋在枕頭裡的汪韓氏面前，猛地把她的頭抬起，盯著她那混濁的眼睛，繼續清晰地說：「您聽好了，如果不想下地獄受油煎、受火燒，那就好好吃您的飯，好好用您的藥，待到您的兒子們飛黃騰達了，您的位置穩得不能再穩了，再想著怎麼折磨我這鄉下來的村婦吧。」

汪韓氏這時不知想說什麼，但說出來的話卻成了哇哇叫。張小碗替她整理了一下胸前的衣裳，又替她蓋好了被子，便在她的哇哇聲中走出了門。

她力盡於此，汪韓氏要是再蠢下去，就注定汪永昭再怎麼替汪家謀劃前程，以後也還是會被汪韓氏拖累的。

要真是到了那地步，可憐的汪韓氏都不會知道，按她丈夫與兒子的心狠，他們自會好好決定她的生死。

汪家人那往上爬的野心，完全寫在了他們的眼睛裡。野心這麼重的男人，哪容得了身邊致命的絆腳石一直礙著他們的路？

對於張小碗在汪家的所作所為，汪觀琪根本沒插手，張小碗要用到他出面時，他也出面替她振威。

張小碗替汪家管家的日子，其實沒難在養活家裡頭的這些主子、僕人身上，最難的，不過是吃的不夠，藥材的難買。

後院的糧食她就挑了和汪觀琪所說的那兩擔過來，更多的，她沒給。所以在外面一團亂時，她買來了種子，勒令家中的僕人挖地種蘿蔔。這時她積威已深，無人敢與她頂嘴。

汪懷善現在除了跟孟先生學學問之外，其他的時間也跟在了張小碗的身邊，看著他娘是如何持家的。

這年年後，氣溫回暖時，張小碗讓他們也下地種田。那爬上了老爺床的一個丫鬟因這段時間的忙碌，洗了種田的男人們太多衣裳，在剛剛化暖的冰水裡，她洗得手都紅腫、起了凍瘡；這日她實在委屈得緊，氣得狠了，便在汪觀琪的院子裡抱著汪觀琪的大腿哭鬧了一回，倔著氣，口口聲聲說要尋死。

她這一鬧，把汪觀琪的臉面也算是丟了。

張小碗跟著汪觀琪在堂屋裡面對面地坐了一炷香的時辰，一炷香後，汪觀琪先開了口，搖著頭說：「賣了吧。」

「怎麼賣？」張小碗淡問。

「這事我來，妳管妳的家即可。」汪觀琪淡淡地說。

當晚，那丫鬟被綁了手、掩了嘴，被汪大栓拖到了後門，與一言不發的龜公一手交錢、一手交貨，就地拖了去。

這一幕被原本躺在樹上看星星的汪懷善看到了，過來迷惑地問張小碗。「那丫鬟要去哪兒呢？」

張小碗搖搖頭。「不知。」

「娘也不知嗎？」

「娘也不知。」

汪懷善又去問他的先生，先生一大會兒沒說話，只是又道：「你日後就會知道了，現下還無須懂得。」

第二日，張小碗到後院來給汪懷善疊被整理床鋪，與孟先生湊巧在院子裡碰上了。

孟先生朝張小碗作了個揖，這是這位守禮的先生第一次與張小碗主動說話。「夫人，您且放心，假以時日，懷善必成大器。」

張小碗笑了笑，朝他福了福禮，臉色依舊平靜地朝前走去了。

這時手裡提著桶子的胡娘子過來，見到孟先生，連忙跟他行了禮，打招呼笑道：「孟先生又出來轉轉了？」

孟先生點點頭，看了看不遠處大門邊上，那兩個正在嬉戲的小兒，他撫了撫下巴處的山羊鬍子，對胡娘子和顏悅色地說：「等到村子裡的人家都回齊了，我也可以回去坐堂了。」

胡娘子點頭笑道：「待九刀給您打聽好了，咱們這就搬回去。您可別急，孩子們跑不了。」

孟先生又撫了撫鬍鬚，想起胡家村裡他教過學問的孩子怕是所剩不多了，他的臉色不由得黯然了下來。

「世道難啊！」孟先生看著那冒出了春芽的樹，胸中的千言萬語只化出了這幾個字。

「是啊，世道難啊……」胡娘子看著他那默然的神情，也低頭低低地附和了一句。

是啊，難啊。這次回去，那些親人們，不知有多少要下輩子才能見著了……

第十六章

大鳳朝十八年。

邊關的將軍打了勝仗，那往京城趕考的書生沿路對此津津樂道不止，待過了這個歇腳的鎮子，離京城不遠了，那聲音便歇停了下去，這些遠道而來、中途結交的學子也不再一路談笑風生了。

在進京趕考，還有往京城那邊辦事的人群中，一個拉著牛車的高大漢子「噓噓」地喚著他的牛走慢兩步。

這時牛車上那滿是灰塵的布被掀起，一個十三、四歲模樣的小姑娘探出頭朝他喊道：「大哥、大哥，這還有多遠啊？」

這大哥，也是從大鳳朝的南方那邊出來的張小寶聽後，那形似牛眼的眼一瞪，用著家鄉話朝她訓斥道：「姑娘家家的，別老出頭！」

說著，按著她的腦袋把她塞了回去，又掀起簾子對著裡面的劉三娘喊道：「娘妳管著點，小姑娘沒個姑娘的樣子，回頭大姊見了，準得訓她！」

「大姊才不會！」張小妹聽到此言，那剛坐到牛車上的屁股又彈了起來，像個小辣椒一樣地朝著她的大哥氣憤地說：「大姊只會抱我，給我肉吃！」

說罷，朝她大哥揚了揚握著的拳頭，一臉憤恨不平。「你莫誆我，我全記得！」

走在另一邊的張小弟聽了，慢吞吞地抽了牛兒一鞭子，便回頭朝妹妹好聲好氣地說：「小妹莫大聲，大姊喜歡知禮的人。」

那張小妹聽罷此話才蔫了氣，身子往後一倒，靠在了她娘的小腿上。

這時劉三娘顧不得他們兄妹拌嘴，只是憂心地往後看著那裝著什物的麻袋，對張阿福小聲地道：「也不知這些臘肉閨女喜不喜歡？」

他們儘管一過完年就趕路了，但越到北邊，天氣就越是熱了起來，這上百斤的臘肉儘管得好，但這幾日味兒似乎重了些，劉三娘確實有些著急，怕壞了，就沒得什麼給閨女吃的了。

「無妨的、無妨的。」張阿福嘴拙，只得拿著「無妨的」翻來覆去地說。

這時馬車外，那與大哥一道牽牛車的張小弟為了安爹娘的心，探頭對他大哥道：「大哥，離咱姊家是不遠了吧？」

張小寶點著頭，笑道：「不遠處了，娘舅說的那葉片子村就在前面一個村，我問過的，再趕半日路即到，到時再近點，我們去問問細路就知道了。」

張小弟嘿嘿一笑，整了整身上早上剛換上的新裳，便對張小寶問道：「你看我這衣裳齊整不？」

「齊整、齊整！」張小寶又連連點頭，也著眼打量了下自己過年時才縫的新裳。這衣裳現在穿著雖然熱了點，但勝在嶄新。

大姊見了，見他們穿得好，心裡定也高興。

那舉家而來的張家老少正在路中時，這邊葉片子村的汪家堂屋裡，張小碗與汪永昭隔著一張桌子，面對面地坐著。

大鳳朝用了兩年時間戰勝了夏朝，得來了夏朝萬兩黃金的上貢，這京城裡外的平民百姓說到這事時滿臉的喜悅，就好似那黃金入了他們自家口袋一般歡欣。

而汪家，那汪韓氏一得了她家四個兒子都受封的消息，尤其大兒子受封為正二品的總兵後，癱在床上的她都能下地走兩步了！

汪家在京城的宅子也賞了下來，那靠近忠王府的宅子有大小八個院落，足可以讓汪家的人一人占一個了。

汪韓氏盤算了一番後，把前面一個院子和後面一個院子，分別給了老爺和大兒子當處理公務的地方，剩下的六個，四個兒子再加上她與老爺，一共占了五個，剩下的那個小院子，則先由那不爭氣的丫頭住著。

那張氏說她不會跟著進京入邸，汪韓氏聽罷此話心裡冷笑不已，心道這話她說得還算識相，要不，待她給總兵兒子納了那門當戶對的妾，生了兒子之後，看她還容不容得她在汪家作威作福！

這廂汪家的人都搬入了京，連帶那些奴僕也全搬走後，在公事中抽了空的汪永昭趕到了這處小宅，跟手裡還忙和著針線的張小碗大眼瞪小眼。

這婦人，竟還像以往那般冷硬。

「大公子走吧。」張小碗替兒子的新夏衫又縫了兩針後，抬頭對汪永昭不疾不徐地道：「給二公子他們打聽的事已寫在紙上了，您估摸著要是可以，找媒婆上門即可。」

汪永昭聽得皺眉，眼睛又瞥過那信封，不過這次他伸出手，抽出紙張快速地看了起來，見那剛勁有力的字把那打聽來的姑娘家的父兄還有母系來歷，都一一寫道得很清楚。

看罷，他合了紙張，裝回了信封，隨口問道：「這字小兒寫的？」

張小碗點點頭。

「妳不是要讓他認祖歸宗？」

「日後要用得上了，自會來煩勞大公子。」

「他也是我的兒子！」汪永昭聞言，不禁怒拍了桌子一下。

「嗯，沒說不是。」張小碗面色平靜地看了他一眼，依舊縫著她的衣裳，淡淡道：「日後待他有了出息，誰能說他不是汪家的子孫、您的兒子，不是嗎？」

「妳！」汪永昭又用力拍了下桌子。「妳這無知婦人！這事豈是妳這婦道人家說什麼是什麼的？妳趕緊給我收拾好了包袱，立馬上馬車！」

張小碗看著那被拍得震動了好幾下的桌子，還不待她有什麼反應，這時門邊就響起了道嬉笑聲，隨後是一道清亮的聲音——

「喲，汪總兵來我家嚇唬婦道人家了呀？」

說著，那長得跟汪永昭的臉極相似的孩子幾個大步就走了進來，在只隔了三步遠時，他一步併作了三步就竄跳到了張小碗的身邊，在他娘身後抱住了她，撒嬌地問張小碗道：

「娘，妳可給我做好粟餅了沒有？」

張小碗微皺了眉頭。「不是說好明日空了再做嗎？」

汪懷善一拍額頭。「哎喲，我的老天，這不，我被總兵大人給嚇著了，腦袋一下子就傻了，妳可要諒解我！」

張小碗被他說得哭笑不得，失笑搖搖頭，開口和對面的人溫溫和和地說道：「大公子且去吧，該是您的跑不了，不該是您的，也還是別記著的好。」

她嘴角帶著笑，看向了汪永昭，但眼睛卻是冷的。

她在他打仗的這兩年，護好了這上上下下的一大家子，連汪韓氏她都找了法子讓她的腿好上了一點；儘管那汪韓氏不領情，但她確實還能多活幾年，也識了些不添亂的道理，不會在汪家這幾個男人正往上爬的大好時機病死添亂，也不會出外跋扈到不給她這個兒媳臉看。她能做的，都替汪永昭做了，汪永昭要是不識好歹，那他們這買賣，汪永昭就要做言而無信的那方了。

她看了看汪永昭，隨即，把視線放到了那信封上。

汪永昭也看了看信封，見她真是如此不識好歹，只得冷冰冰地看了她一眼，隨後連那小兒也不屑再看，拿起信封，起身大步離去。

汪懷善看著他離去，等他出門的聲音響起，他馬上跑到門邊，把大門關上，這才跑回來，亂拍著胸脯跟張小碗說：「可嚇死我了，我還以為要和他打一架，才趕得跑他！」

他現在知道了不能自個兒去打汪永昭的道理，老想著待出人頭地了再削汪永昭一頓。現下就怕汪永昭激得他發了火，他怕到時連狗子都攔不住他，就把那汪永昭狠狠地打一頓。

現在汪永昭自個兒走了，他再高興不過了。

「好了，去洗洗，娘就去給你做飯……」張小碗笑了起來，起身牽了他的手，帶著他去了後院。

她預料汪永昭會來一趟，所以今日無事，就在這前院候了他。

那男人也不出意外真來了，不過，她該做的事都替他做了，這汪家日後的繁榮與她無關，這以後內宅的爛攤子更是與她無關。

她只要她的兒子有個身分即好，只要汪家無人欺壓他，汪永昭能給她三分臉，汪家的人不添亂，她的小老虎的功名，日後自有他自己來掙。

這日入夜，前院起了啪啪大響的拍門聲，驚了在樹上練倒立的小老虎。

小老虎在幾棵樹上連吊了幾吊，爬到靠近前院的那棵樹上時，驚奇地看到了好幾個穿著跟他們這邊的人有點不同的人，此時站在了他家的大門前。

他們在一起說著什麼話，小老虎豎著耳朵聽了好一會兒後，頓時驚了，隨即他想都不想，如猴子一樣飛快地從樹上吊著、跳著溜回了後院，到自個兒院前的那棵樹上跳下時，還未到門邊，他就邊衝邊喊道：「娘、娘！不得了了，來人了，那裡來人了——」

這時點著油燈在看書的張小碗以為是汪永昭帶人來了，她想都沒想就放下了書，一臉沈穩地大步走到了門後，欲去拿那弓箭。

哪料，這時小老虎已經跑到了她的身邊，緊緊抓住她拿著弓箭的手，那小臉一片潮紅，激動地用著梧桐村的話跟她說話。

「那裡來人了，舅舅家來人了！我聽得有人叫『小弟』！」

張小碗一下子就懵了，此時弓箭從她手裡掉下去了她也不自知，她站在原地，舌頭竟像打了結似地問小老虎。「什……什麼？小弟來了？」

「來了、來了……」小老虎急得很，拖著他娘就往前院走。「娘妳快去看看，看看是不是我的小寶舅舅、小弟舅舅來了？」

張小碗這時踉蹌著被他拖著走，來了這世道這麼多年，她第一次覺得心跳亂得她完全掌握不了節奏，那心臟似要從她胸口跳出來似的劇烈起伏。

待到了前院的大門前，聽著外面那一聲比一聲高的「大姊」時，她的眼完全紅了。

她也傻了。

連去拉門閂的手都是顫抖的，如果不是旁邊著急的小老虎幫著她一起拉門閂，那門閂她都拉不開。

等門一開，門內、門外的人，相互看著對方，在那一瞬間，所有的人都傻了。

「大姊當年答應過我們，不離開我們的！」站在張家人中間的張小寶在一陣手腳顫抖後，喊出了這句話，然後這個高大的粗壯漢子就站在那兒哇哇地哭了起來。

他這一哭，那身邊站著的張小弟、張小妹，也都扯著嗓子哭叫了起來，那樣子哀戚得很。

他們這時連聲大姊也不再喊了，那嚎哭樣似是要把多年的傷心都哭出來一樣……

張小碗的心都被他們哭碎了，她軟著腳走到他們面前，把那比她還高一個頭的小寶拉低了頭來看了看。

這時見她過來，小弟、小妹也不甘落後地往她身邊鑽。

張小碗再也忍不住了，伸出手，一把將他們全抱在了懷裡，眼淚也終是掉了出來。「我的天啊，你們是怎地過來的啊？」

這梧桐村到京城，上千里的路程，他們是怎地過來的啊？得要吃多少苦啊？看著弟弟、妹妹那滿是風塵，又粗糙得像風乾了的硬皮似的臉，張小碗失聲痛哭了出來，流出了她多年都未流出的淚。

在她旁邊的汪懷善見娘親哭了，小男子漢也嗚嗚地哭著掉了眼淚。這時他見後邊還站著兩個瘦弱的老人，懂事的他邊哭邊走了過去，走至他們面前道：「您們可是我的外祖、外祖母？」

那在兒女背後抹淚的張氏夫妻本是傻傻地看著這神仙似的小兒朝他們走來，這時聽得他一聲梧桐村鄉音的「外祖、外祖母」的稱呼，那劉三娘抽泣得連氣都喘不過來了，她一下子就跪下地，伸出那滿是粗糙紋理的手。

此時淚流滿面的她，欲握不敢握地朝小老虎伸著手問：「可是信中小碗的虎兒？可是？可是虎兒？」

張小碗緩了好一會兒，才把眼淚抹乾，把人和牛車都拉了進去。

「爹、娘，可有吃飯？」張小碗拉著小妹的手，轉頭問張氏夫妻。

劉三娘抱著汪懷善還在掉眼淚，聽張小碗問話，看向了張小寶。

張小寶嘿嘿笑著搖頭，也不說話。

「我去做飯。」張小碗一掀裙子，大步朝廚房走去，邊走邊回頭朝小老虎說：「懷善，陪外祖他們坐著。」

「大姊，我也來！」張小寶也跟在了張小碗的後面。

張小妹也要跟著去，被張小弟伸手扯住了。

慢性子的張小弟朝著張小妹慢慢地說：「妹，別過去。」

「為啥？」

「大姊、大哥有話要說的。」張小弟朝著妹妹又笑了一下。

這時他從懷裡掏出那個他親手做的小鑼鼓，對著那跟小神仙似的外甥不好意思地笑。「可是會喜歡？」

「啊？」小老虎看著那小孩兒喜歡的小鑼鼓，一會兒眼兒又紅了。「這是小舅舅要給我的？」

「嗯，你拿著。大舅舅那兒還有給你刻的小木劍，還有給你做的虎皮鞋、虎皮帽，喜歡就全拿著。」張小弟見他喜歡，頓時笑得眼都瞇成了縫。

「都喜歡得緊！」小老虎慌忙拿過那還刻著神氣小娃兒的木鑼鼓，愛不釋手地看了起來。

張小碗大力刷著前院裡這只好幾日沒用的大鍋，她抿了抿嘴，看了看俐落地用打火石點燃木柴的張小寶，等刷完鍋，正要倒水時，蹲著的張小寶立馬又站了起來。「大姊，我來。」

張小碗沒說話，看著他出外倒了水，又把大鐵鍋給放在了灶上。

「大姊，還要幹啥？」

「倒水進去，先燒開水。」張小碗看了他一眼，轉身去後院拿了米、肉還有些乾菜，還去土裡扯了幾把青菜過來。

她一路快步走著，等到回來時，水還沒開。

這時張小碗已經鎮定好了心神，拿著木盆蹲到了燒火的小寶面前擇菜。

「大姊。」張小寶叫了她一聲，把屁股底下的矮板凳給了她。

「你坐著燒火。」張小碗把青菜帶土那一邊的根頭摘掉，把擇好的菜放進了盆裡，淡淡地說。

「大姊妳坐著。」張小寶還在推讓。

張小碗沒說話，只是拿眼睛掃了他一眼。

這時饒是近十年未見了，張小碗在弟弟們心裡的餘威還在，張小寶見他大姊瞪他，也不敢再推讓了，把板凳又塞回了自己屁股下面。

「媳婦呢？怎麼沒帶來？」張小碗抿著嘴擇了幾根菜，問起了話。
「沒媳婦。」
「你現在多大了？」
「二十二了。」
「怎麼還沒討？」
張小寶被張小碗微顯嚴厲的話說得頭不斷地往下低，這時說話的聲音已經接近蚊子的嗡嗡聲了。「訂過親，後來那姑娘家不嫁了。」
「為啥不嫁？」張小碗實在沒擇菜的心情了，乾脆放下了手，見他還低著頭，語氣又稍嚴厲了一些。「把頭抬起來說話。」
張小寶只得抬頭，對著跟過去無二的大姊一臉無辜地辯解。「不怪我的！訂親時送了彩禮過去，可是她家娘說，還要我給五十兩！我們家哪來的五十兩？這媳婦這麼矜貴，娶不得！」
張小碗聽後，看著小寶那張已經長大、並滄桑了很多的臉，鼻子又是一陣強烈地發酸，她緩了好半晌才說：「這個娶不得，總有娶得的吧？」
「嘿嘿……」說到這兒，張小寶不說話了，嘿嘿笑兩聲又添柴去了。
「說吧，為啥不娶？還有小弟呢？也快二十了。」
「這不是沒得空嗎？地裡活兒多。」張小寶不敢看張小碗，看著灶火說。
沒得空？張小碗看了他一眼，轉了個方法再問：「你們怎麼想著要來的？」

「想見妳，就來了。」

「說！這麼多年沒見了，你就光學會騙我了？」張小碗的口氣有些糟了起來。

張小寶的頭又往底下低了低。

「把頭抬起來，好好說話。」張小碗拉了下他的手，又緩了緩，讓口氣柔和了一些。

「不要騙大姊，家裡的事都跟我說說，要不我心裡沒數，不知道怎麼辦。」

「家裡頭……那個……家裡頭兩年多前接了舅舅大人的信，說……說妳日子不怎麼好過……」

「舅舅是這樣說的？」

「嗯。」

「他是怎麼個說的？」

「就說妳脾氣倔，不招人喜、喜歡唄……」

張小碗聽得此言，默不作聲了一會兒，見張小寶偷偷地看她，這樣子跟過去他做錯事、說錯話了時偷偷看她一樣，她便笑了一笑。「姊沒事，你繼續說。」說罷，臉色又板了一下，眉頭皺起。「什麼事都要說清楚，不許瞞我。」

張小寶遲疑了一下，這才低低續道：「我問了李掌櫃，他說京裡的大戶人家，日子要是不好過，手頭會緊。縣太爺不在我們縣當官了，我就託了那說是官家的人，給妳捎了五十兩銀子過來，也捎了信，過了些時日，打聽消息時，有人說那人是個騙子……」

說到這兒，張小寶的頭完全不敢抬起來了。他頓了一會兒，沒聽到他大姊說什麼，這才鼓起勇氣又繼續說道：「這下面的日子，大半年的也沒收到妳的信，舅舅那邊也不來信了，新來的縣太爺也不好說話，找他也見不著，再要託人問都無法問起，娘也老作惡夢，說妳快要活不下去了，一家人心裡實在記掛得很；我和小弟便商量了個主意，他在家種地，我跟著李掌櫃介紹的師傅跑腿做生意，想著攢點銀子就過來看妳……」說到這兒，張小寶的臉抬了起來，也有笑容了。「這兩年我攢了二百兩，就塞在牛車底下，等會兒就拿給妳！」

「先前那銀錢給了我，所以那媳婦沒討成？」張小碗沒理會他後面的一句話，只問了前頭。

張小寶見他大姊根本對他說的那二百兩不動心，臉瞬間垮了下來，無可奈何地點了點頭，但還是辯解道：「該給的彩禮錢都先給了的，是他們家多要。後頭退了親，那彩禮也沒還給我們家，還是大田叔幫我們討回來的。」

「還有呢？繼續說。」張小碗的腦袋都有些懵了，但還是儘量冷靜地問。

「還有，家裡妳給咱家辦的田地也都賣了……」說完這句，張小寶的屁股往後挪了挪，像是怕被張小碗打。

「為啥要賣了？」張小碗覺得她這時有些蹲不住了，一屁股坐在了地上。

「賣了這個得了些錢，我和小弟準備拿這個當本錢，在京裡隨便哪個地方尋個小鋪子，開個雜貨店。我們勤快，不會偷懶，也都會算帳，到時想來也缺不了一口吃的，能養得活爹娘和小妹，也能攢幾個子兒給妳花。就算尋不到鋪子，我們也有力氣，人也肯幹活，李掌櫃說，這京中也有人家要用人的；我們想著這京中再好，也是有人家要人蓋房搬石頭的，就算辦不成鋪子，我和小弟也可以賣賣力氣養家餬口。」張小寶又不安地挪了挪屁股，還是生怕張小碗責怪一般。

「所以你們就這樣來了？」張小碗揉了下臉，慢慢地站了起來。

「大姊……」張小寶見她臉色不對，緊張地跟著站了起來。

「來了就來了，好好過日子就成。」事已至此，責怪又管什麼用？張小碗掩下心裡的疲憊，朝著張小寶一頷首。「水開了，我去淘米，你把火燒小點，把菜擇了。」

「知了！」張小寶見她不責怪，還吩咐他做事，立馬高興了起來，又蹲下身坐在了板凳上，擇起了地上的菜。

一家人吃了飯後，張小碗安置好了張氏夫婦和張小妹，讓他們先歇息，有事明日再說。之後，張小碗也就見著他們帶來的肉，和他們帶來的銀子。

銀子共兩份，一份是給她過活的二百兩，一份是賣田、賣地得的一百兩。

「走了三個月的路，路上花了多少？」張小碗提筆問道。

「足足有二十兩！」張小寶忙說。

足足？張小碗揉了揉頭疼的腦袋，問了一句。「光吃饅頭了？」

「路上帶了糧，頭一個月沒買啥，後頭牛拉不動太多什物了，便把糧賣了，得了一兩銀，隨後就買饅頭帶著吃了。我和小弟也帶了箭，平時就去山中轉轉，一路上也吃了不少肉。」張小寶規矩地向他大姊一一說道著。

「這些肉呢？帶這麼多，怎麼不先弄著吃點？」
「爹娘在家裡弄的，說是要給妳，不許吃！」張小寶又忙說。
張小碗看了他一眼，轉頭便問張小弟。「你跟我說說，一路上一共花了多少？」
張小弟苦著臉看了他大哥一眼，然後緊張地對張小碗說：「好似是十多兩。」
「到底是幾兩？」
「……不到九兩。」張小弟也把頭埋胸前了。大姊還是跟以前一樣嚴厲精明，啥事都懂，啥事也騙不倒她。
「你們這是一路喝著白水走到這京城來的？」
「有吃饅頭。」見大哥這時已經在撓頭搔耳，什麼話也不敢說的樣子，張小弟只得硬著頭皮說了這麼一句。說完，想起有吃肉，又趕快補了一句。「一路有打獵，可吃了不少肉！」
「仔細說說這錢是怎麼花的？」
「一天買三十個饅頭，有的地方貴，有的地方便宜，有時三十個銅板能買得三十五個，有時只買得三十個。遇到打尖的地方咱也打尖，有時地方實在貴得很，爹娘也捨不得住，但怕他們身子骨兒禁不住，哥都花錢讓他們和小妹一人一間住了，這錢也、也就沒省下多少……」說到這兒，張小弟的聲音完全歇止了，再也說不下去了。
張小碗一手撐著額頭，聽到這時，她放下手中記數的筆，兩手都按向了疼著的太陽穴。
而小老虎在旁邊可憐地看著那兩個正襟危坐、被嚇得連話都說不索利的舅舅，突然覺得他頑皮時，他娘打他的那些板子其實都算不得什麼了。

有了親人，小老虎是有些得意的，這天進學堂之前，他的腳程比平時還要更快，他飛快地跑到了他刀叔家，跟他刀叔報信，說他外祖家來人了，一家子都來了，並特地跟他刀叔炫耀了一番。

他手勢誇張地在空中劃了好大一個圈，和他刀叔講道：「那堆給我的什物，吃的穿的玩耍的，能挑成兩簍擔！」

胡大寶在旁邊聽得猛吞口水，目瞪口呆地看著他得了兩簍擔什物的老虎哥哥，那眼裡全是滿滿的羨慕。

胡九刀聽得也讚嘆道：「竟有如此之多？可是喜歡你得緊才如此吧？」

「可不是！確實喜歡我，今兒個早上的鞋，都是外祖母幫我穿的！她也是給我做了新鞋的，娘說今日穿不得，等過些日子再穿來給你們看。」汪懷善這時揚了揚他的腳，特地把今天他外祖母給他穿的鞋露出了給他們看，這時他連下巴都揚了起來，那模樣神氣極了。「大舅舅今早還送了我走到村口岔道，看著我走了老遠才回去的！小舅舅還說學堂下課後，他來鎮子口那兒接我回家吃飯！」

現如今，他不光是有娘，還是個有舅舅送他上學堂、有舅舅來接他回家的人了！

這可比被大家羨慕的那個、被他爹爹只接了一次的胡昆厲害多了去了！

小老虎在胡九刀家炫耀完後，著急著趕去學堂跟先生還有小兄弟們也炫耀一番，這時他忙塞了一塊糖到胡大寶嘴裡，蹲下身吆喝著說：「大寶，趕緊上來，老虎哥哥揹你上先生的學堂去嘍！」

他走後，胡九刀對著堂屋，朝那剛轉身，現就不知哪兒去了的媳婦喊道：「娘子、娘子，汪娘子娘家來人了，咱們趕緊收拾點吃的送過去！」

胡娘子這時已經手捧了雞蛋籃子出來，朝他招手說：「快來數數，夠不夠三十個？不夠我再去嬸家借。」

剛在餵豬的胡九刀忙用布擦了擦手上沾著的豬食，過來數了數，抬頭道：「缺六個。」

「我這就去借！你去把番薯、蘿蔔挑一簍，等會兒一起揹過去。」說罷這話，胡娘子就匆忙借雞蛋去了。

張家一家子人過來，等知道現在這宅子和後面的田地都是張小碗的，跟那汪家的人無關後，也就安了點心，先住了下來。

小老虎因張家一家人對他的寵愛，連張小妹這個阿姨都恨不得上樹掏兩隻鳥兒給他玩耍，他這日子確實日日過得歡喜得很，連先生留堂都留不住他，偷偷地想溜走回家去玩；為此，他被孟先生逮著了兩次，被先生狠狠地罰著寫了好幾篇文章。

過了幾天，劉二郎不知從哪兒得來了信，這日上午來了葉片子村。

在堂屋裡，他先是訓了張小碗一頓，等跟劉三娘說話時，口氣和緩了些許，一臉苦口婆心地與她循循善誘道：「大郎已是二品的總兵大人，日後更是會有高官厚祿，這兩年她伺候公婆，撐著這個家，這村裡人是誰都看在眼裡的，待回到汪家，那誥命許是沒得幾天就會下來。妳勸勸她，別再倔著那股氣了，當時把她打發到那縣裡的鄉下也不是大郎的意思，當時汪家祖母在，她有那個意思，他也不好違逆長輩……」

他滔滔不絕地說著一些張小碗沒功勞也有苦勞、只要她回去就什麼都會擁有的話。

劉三娘先是沈默地聽他說著，待聽到細處，聽到京城前兩年災年裡竟有人吃親子的事後，便扭過頭輕輕地問張小碗。「那時家裡糧食多不？」

張小碗搖搖頭。

「那一家子，要怎麼養？」劉三娘低著頭問，眼淚卻從眼眶裡掉了出來。

「省著吃，也就全活下來了。」

「妳呢？妳吃多少？」劉三娘再知道她這女兒不過，那幾年間，她總是要等別人吃飽了，她才放心把剩下的吃到嘴裡。

這毛病，跟她爹一個樣。

張小碗笑了笑，看著桌上因劉三娘的淚水而形成的一汪，輕聲地道：「哪有什麼吃的？還有小孩兒要照看著呢，就算有點吃的，也得分他一點，總不能餓著他吧？跟他說著我不餓，跟自己也說著不餓，久了，也就如此了。」

那一年春後，忙了一年，那地裡也沒收穫多少糧食。後院的糧食分給了回家的胡氏小倆口一點，拿給先生一點，他們藏著的那些早就沒剩多少了，又拿了一點接濟前院，他們母子那小半年間哪還有什麼吃得飽的？也只有前半年，地裡收成好了，存了不少糧，小老虎也可以頓頓吃乾飯了，她才算是多吃了些。

這餓久了、餓瘦了的胃也就慢慢撐得大了點，胃口也算是好了些，身體這時才算是全好了。

剛好，汪家的那幾個男人就回來了，但這事她不意外。

但她沒想到的是，家裡的人也來了。

他們來了，而劉二郎現在也來了。

聽得她說完，劉二郎正要開口就此大說特說，但劉三娘突然跪在了他面前，咚咚咚地就給他磕了三個響頭，哭著對他說：「哥，我們家的人命賤，你就讓我們如此吧！我們家的閨女沒那個當高官夫人的命，現如今她有口飽飯吃，能好好活著，我就滿足了！你就讓我們一家子如此活著吧！以後不管是死是活，你就由得了我們吧！求你了、求你了，就讓我們一家子活在一塊兒吧！」

說著，又咚咚咚、不要命地給劉二郎磕起了頭，蒼老的臉流滿了眼淚、鼻涕，可憐至極。

「妳！」劉二郎看著妹妹給他磕頭的樣子，氣得身體都是抖的。

張小碗沒出聲，只是從身後緊緊地抱住了這個蒼老的可憐女人。

人啊，活著確實難。劉三娘想要她嫁出去過好日子、有飽飯吃，而她出嫁那日，她也沒能送她一程。

結果知道她過得不好了，便夜夜惡夢，能說她是不心疼她的嗎？

不是啊，她也是心疼她的啊……

張小碗死死地拘著她，任由她在自己懷裡顫抖著那蒼老的身體。她抬起眼，冷眼看著劉二郎，出口送客。「舅父大人，請走吧。」

「舅父大人，您走吧。」一直站在門口的張小寶領著弟弟走了進來，二話不說，就跪在了劉二郎的身前。

「妳！你們！」劉二郎怒瞪著他們，又迎上了張小碗那冰冷尖銳的眼，不由得冷笑了兩聲。「我倒要看看，妳會有什麼好下場！」說完，他拂袖而去。

張小碗抱著懷裡泣不成聲的劉三娘，輕輕地安撫著她。「別怕，咱們一家人在一起，活著一天就是一天，要是有一天，實在活不下了，我也會把弟弟、妹妹們安頓得妥妥的。妳放心，到時就算天塌下來，他們也會沒事的。」

「小碗啊，我的閨女啊……」劉三娘聞言，這時抬起頭對著屋頂，大喊了她那苦命的閨女一聲後，再也忍不住地放聲大哭了起來。

這時，她背後坐著的張阿福低下頭默默地抹著臉，張小寶、張小弟則緊緊地捏著手中的拳頭，忍下了心中所有的痛苦和屈辱。

拿著扁擔，站在門口沒進來的張小妹，也站在那兒嗚嗚地哭了起來。她想，他們家這個當官的舅老爺，跟他們縣裡那個讓人打死小花家爹的縣老爺一樣壞，只會欺負人！

五月中旬這日，張小碗在前院的院子曬乾菜時，門被拍響了。

汪永昭來了。

他來是告知張小碗，家裡幾個弟弟的親事都訂了，永安年尾成親，永莊明年初成親，永重明年年中。

說罷，他看了張小碗兩眼，又淡淡說道：「家中忙碌，妳要是這時回去，也可幫娘分憂些許。」

張小碗笑了笑，並未說話，只是搖了搖頭。

「月末納妾，妳要是願意，也可回去喝杯主母茶。」汪永昭說這話時，眼睛緊緊鎖住張小碗的臉。

張小碗依舊無波無瀾地淺笑著搖了搖頭，那平靜的神情好似他只是說了一句隨便得不能再隨便的話。

她完全不在意得很。

汪永昭在看過她一點波瀾都沒有的神情後，轉頭看向了那院子。

院子陽光灑滿地，五月是京城最好的時節，不冷不熱，天氣也晴朗得很。

他看了那燦爛的陽光半晌，良久後，他從袖中拿出銀袋，放至了桌上，一言不發地提腳就走。

他站起後，張小碗也站了起來，拿過那桌上的銀袋，跟著汪永昭送他到了門口，在他踏出門後，她朝他福了一福，把銀袋遞了過去，平靜地說：「大公子，願您和您的一家，吉祥如意。家中今年收成好，這銀子，您拿回去吧，二公子他們許會用得著。」

汪永昭看著她那粗糙、有著厚繭的手上的銀袋，眼皮跳了兩下，隨後，他再也未看張小碗一眼，頭也不回地往前走了。

張小碗見他不拿回銀子，猶豫了一下，但也沒上前去送了。

她拿著銀子，轉身回屋，關上了她家的大門。

門嘎吱兩聲，就那麼關上了。

汪永昭大步走到拴馬的樹前，終是沒忍住，回頭看去，卻只看到了兩扇緊閉的大門。

這時，那婦人平靜的臉在他眼前浮現了出來，他就這麼看著在他腦海裡的她，但她那死水般的眼睛裡，看不到他的影子。

汪永昭不禁輕笑了起來，他甩了甩頭，把人甩出了腦子，翻身上馬。

他沒有嬌妻，只有一個手粗得像硬皮的粗妻，但，他卻還是有美妾的。

那女子，膚白貌美得就像春天裡剛剛盛開的鮮花。

男人有的，他不會少。

既然他這粗妻非要待在這鄉下，那就由得了她吧！

「大舅舅，這個我可不吃了。」汪懷善大模大樣地朝還想塞塊烤肉給他的張小寶搖頭道。

「肚子可是飽了？」張小寶摸摸他的肚子，還湊上前聽了聽，之後搖頭道：「我看還沒鼓起來，還是吃得些許的。」說著，又哄著他道：「還是吃完這塊吧？吃完這個要是飽了，咱就不吃了？」

他如此好聲好氣，汪懷善只得嘆氣接過，飽得不能再飽的他一小口、一小口，愁眉苦臉地吃了起來。

他娘帶著兩個舅舅去深山打了一頭野豬揹了回來，肉賣完一些，還剩一些，他下午上學堂回來，見有多的，就說要烤著來吃。

兩個舅舅一聽，身上沾著血的衣裳都還沒換，就醃起了肉，劈起了柴，架起了炭火來。這不，夕食就是一家人烤肉吃。可是外祖把烤好的肉給他吃，外祖母的也如是，小姨更是挑了兩塊好肉烤了說要給他補補；他吃完他們的就已經飽得不行了，可大舅舅還要他吃他烤的，汪懷善真是有苦難言極了，頭一次覺得太受人喜歡也不是件太大的好事。

他實在是太撐了。

「好了，別撐著他了，已經吃得夠多了。」煮了麥茶出來的張小碗見兒子那張苦著的臉，連忙笑著上前，把他手中的肉拿起放到盤中，打算等會兒自己吃。

她把茶倒到茶杯中，叫上人。「都喝一杯潤潤口。」

說著時，見小弟伸著油手過來就要拿杯子，她不由得搖了搖頭，抽出帕子幫他拭手，嘴上也難掩責怪。「這麼大的人了，吃食時也不注意著點。」

張小弟的臉微微地紅了起來，看著他姊給他擦手，那嘴角卻是彎的。

小妹在一旁看了眼羨，也伸著手出來對她大姊道：「姊、姊，我這也髒得很！」

張小碗聽了她的話，看著伸到她面前的手兩眼，不由得笑了起來，口裡也柔和地道：

「好，姊就幫妳拭。」

這時汪懷善捧著吃得撐撐的肚子，偎在他外祖母的懷裡，抬頭好奇地問她。「大舅舅他們小時候是不是特聽娘的話？」

「嗯，聽呢，她說往北邊走，他們都不往南邊走的。」劉三娘伸著手幫他慢慢地揉著肚子，眼睛眯起，笑著回答。這時，她眼角那因笑而起的紋路不再愁苦，而是帶了幾許平靜的祥和。

張阿福此時端了杯麥茶到手上，他把茶杯送到汪懷善嘴邊，嘴裡小聲地哄道：「小外孫兒，喝上一口吧？」

汪懷善微低首喝了兩口，眼睛笑得眯起，朝他外祖道謝。「多謝外祖！」

張阿福連連搖頭。「不謝、不謝……」

說著，把杯子也放到妻子的嘴邊，小聲地朝她道：「妳也喝上兩口。」

劉三娘喝了幾口後，嘴離了杯子，也朝他說道：「茶好喝得緊，你也喝，多喝兩杯。我看閨女煮的這茶暖胃，對你肚子好。」

這兩年腸胃有些不適的張阿福點了頭，這才把杯子放到嘴邊，一小口、一小口，滿足不已地喝了起來。

月末汪永昭納妾前日，劉二郎過來發了頓火，張小碗和兩個弟弟忍住了，卻沒料到小妹沒忍住，提了扁擔要打人！還好張小碗及時攔住了，沒讓她真打著了人。

劉二郎也沒料到一個小丫頭片子竟然要拿扁擔打他，還口口聲聲稱呼他「狗官」、「壞官」、「只會欺負人的大壞官」，他氣得連頭髮都差點豎了起來，對著張阿福和劉三娘就是一頓痛罵，罵他們無用至極，淨養出些爬到長輩頭上撒野的女兒，不尊不孝至極！

他指桑罵槐，張小碗也沒多加理會，叫小寶他們把小妹拖到後院去了，她則親自去打開了大門，再次送走了氣得手都在抖的劉二郎。

汪永昭納妾這晚，京中的汪家派了江小山送了杯茶過來，說是那小妾的主母茶。

他彎著腰朝張小碗道：「大公子說，您不回，也就按您的意思，但這主母茶，還是要您喝的。」

張小碗聽時有些微的哭笑不得，不知這汪永昭是什麼意思？是膈應她？還是真為了尊敬她？

不過無論什麼意思，她也無謂得很，當下就對著要親眼看她喝茶的江小山的面，一口氣把茶喝完。擱下茶杯後，她用帕子拭了拭嘴，平靜地對江小山說：「回去告訴大公子，姨娘的這杯茶我喝了。」

說完，想了想，自語道：「這京中規矩可是喝了茶，就要給新姨娘見面禮？」

說罷，看了看江小山。

江小山彎了彎腰，不語。

張小碗覺得既然汪永昭給她做了規矩，她這規矩也要回做過去得好，當下就去了那書房，把放在抽屜中的銀包打開看了看，不想竟在裡面看到了金子。

當下她有些吃驚，沒料到汪永昭如此慷慨，上次竟拿了一荷包五十兩的金子給她。她先前還以為是銀子。

這時江小山還在堂屋候著，她也沒多深思，拿出其中的一錠就回了堂屋，交與江小山道：「這是我給姨娘的見面禮，你幫我捎帶回去吧。」

江小山聽罷，接過了金子，回汪家去了。

待到半夜，有人來叫江小山，說大公子回了書房，他連忙從床上爬起著了衣，到書房稟報詳情去了。

書房中，那剛擁了美妾的汪家二品總兵大人，聽得江小山把那婦人的表現說完後，抬眼看了那金子一眼，先前本是柔和的嘴角徹底冷了下來。

因先前為汪家的那三個公子打聽婚事，這京中的媒婆和村子周邊的幾個媒婆，張小碗是認識的。

這天張小碗找了其中一位與她交情最好的金媒婆來說事，金媒婆還提了家中的一點雞蛋過來，說是要給小公子補補。

張小碗迎了她進門，也沒跟她推託，把那三個雞蛋接過後就對她笑著說：「也正好，妳應該也是聽說我娘家來人了……」

「這我可是聽說了，前幾天就要來，怕叨擾了您，這才沒過來。」金媒婆呵呵一笑。「今兒個我可來了，得會見會見老爺、老夫人一下不可，您可別攔著我。」

「哪能啊？」張小碗半扶了她的手進了堂屋，對著正坐在椅子上的劉三娘笑著說：「娘，金大嬸來了，她是個心口開的，好打交道得很。」

她說的是官話，劉三娘聽得並不是很明白，但她知道今天是誰要來，連忙站起去拉金媒婆的手，用著梧桐村的客氣話說：「託您了、託您了……」

「哎呀，這就是老夫人了？我金婆子給您行禮了！您可坐著、坐著……」金媒婆也忙不迭地把人扶到了椅子上。

「我娘說，得拜託您幫著辦事了。」張小碗笑著請她坐下，這時伶俐的張小妹已經上了茶，還給弄了一碟子芝麻糖上來了。

「唉喲，這麼矜貴的芝麻糖，怎地拿上來了？」金媒婆見著糖可嚇了一跳，又轉頭看了張小妹一眼，立馬笑著道：「這可是誰？長得怪清秀的！」

「我小妹，以後許是還得要託您。」張小碗微微一笑，朝小妹說：「下去練字吧。」

張小妹先前是得了她大姊囑咐的，她抿著嘴笑了一下，給金媒婆福了福禮，這才拿著盤子退下了。

「可不得了，這麼知禮的姑娘！這還沒說好人家吧？」金媒婆忙朝張小碗問道。

「沒呢。剛說了，以後許是還要託您幫著摸摸人家。」張小碗笑著說。「吃糖吧，待我跟您細說。」

金媒婆看著糖，捏了一塊小嚐了一下，就一下，她就掩著嘴，對著張小碗不好意思地笑。「當家夫人啊，不是我不吃，這糖可矜貴得很，捨不得吃哪！」

張小碗搖搖頭，嘆道：「也是，這光景才好上一些，哪家能得糖吃……」說著就對她道：「嬸子，您帕子乾淨吧？」

金媒婆愣了一下，點了頭。

「拿來給我。」

待金媒婆拿出帕子，張小碗便把一碟的芝麻糖都給包上了，邊包邊笑著說道：「拿回去給您孫兒吃上一點，我家懷善可得了您不少雞蛋，這次總算是能回過去幾塊糖，給您家孫兒吃了。」

「這可怎生了得？」金媒婆聽著話好歡喜，也顧不上假意推拒了，接過她的東西便道：「我可不跟您客氣了。您要跟我說的事，快說吧，我準幫您辦成。」

張小碗也就跟她說起正事來。

「說來得為難您一下，我這兒啊，有兩個弟弟，兩個都是未成家，眼看著這幾年也是要待在我身邊的。他們啊，這些年為了幹活掙些銀子，耽誤了正事，年紀也有些大了，我就想著給他們找個媳婦。我這是有看中的一個，現下就是想讓您幫我支個招，讓我那個大弟弟遠遠地看一眼那個姑娘，要是相中了，改明兒就得託您去那姑娘家說親去。」張小碗慢慢地一一跟她說道。

「是哪位？」金媒婆奇了，不曉得這當家夫人是看上誰了？

「這個，是你們村子裡的，您也認識的，跟您家住得也近，就是叫趙桂桃的那個丫頭。」

「桂桃丫頭？」金媒婆先是一愣，而後搖頭。「可不行，當家夫人，這可不行！這丫頭沒爹沒娘的，一點兒身分都沒有，配不上您弟弟。」

「她勤快，還有這嘴啊，也是一等一的好。」張小碗想起去年她去金媒婆的家中找她時，看到這丫頭跟人吵架的凶悍樣，不禁笑了起來。

金媒婆這時也想起了這事，也跟著笑了兩聲，但還是小聲地跟張小碗講道：「丫頭家裡沒親沒戚的，單得很，怕是……」

「沒事，我們家人多就成。」張小碗說到這兒，靠近了她，跟她小聲地說：「我是看上她手腳索利，還有，不瞞您說，我也是看中她這點了。日後我這弟弟是要開小店過日子的，雖然不會讓她下地幹活，但洗衣、做飯這些家中後面的事，不得全靠她？我看她那樣，要是願意，也是擔當得起這個家的。」

金媒婆和趙桂桃的爹娘是打小一起長大的，這丫頭的爹娘在災年中全沒活下來，就活下來了一個丫頭，她平時也是能心疼得了一分就心疼她一分的，這時聽著張小碗這口氣，是真相中了這丫頭，頓時喜得差點一口氣都沒上來。

待與張小碗又細問了幾句後，這時張小碗便讓張小寶進來見了人。

見到張小寶那高大的樣子，這時金媒婆再也顧不得分寸了，提了裙子就往大門跑，嘴裡還大聲嚷嚷著道：「當家夫人您且等等，我這就領了那丫頭來！」

張小碗剛站起來開口攔了她一句「不急」，她就拉開了門跑了，看得張家人一家子目瞪口呆，確實見識到了這京郊媒婆的厲害。

第十七章

張小碗本是要讓她領著人，遠遠地看一眼，但這剛過午時呢，金媒婆就氣喘吁吁地帶著趙桂桃來了！

這門是張小碗讓小寶開的，這下子，小寶和趙桂桃在大門口就這麼見著了。

那一會兒，站在院中的張小碗見到那大方的趙桂桃就那麼一下，就一下，那臉蛋就全紅了。

而張小寶見著這姑娘那紅通通的臉蛋，還有那紅得冒火的耳尖尖，嘿嘿一笑，撓撓頭走到他大姊邊上去了。

張小碗憋著笑，讓金媒婆趕緊把姑娘領到堂屋去，她就稍後幾步，先站在院中，問張小寶道：「可喜歡？」

張小寶點點頭，但又不好意思地說：「就是看著太漂亮了，我配不上。」

張小碗笑著搖搖頭，這時小妹湊過來說：「大姊、大姊，我看這比咱大哥先前讓媒婆講的那個強上太多了，我看好！」

「那就是看上了？」張小碗捏了小妹的鼻子一下，笑著朝她搖搖頭，示意她在外人在時少說話，隨後又朝張小寶確定般地問道。

她這話問得認真，張小寶斂了臉上的憨笑，仔細地想了想，便認真地對張小碗說：「大姊，她要是願意，就她吧。」說著，又小小聲地朝她說道：「我看她是個好姑娘，剛進門時，那嬸子走錯了步，是她托了一把才沒摔著，看樣子不是個不顧別人的。」

張小碗聽了，驚奇地看了他一眼，忍不住笑著說：「你可真是長大了，都知道看人了！」

說著，眼裡的欣慰是怎麼掩都掩不住的。為了不怠慢了堂屋中的嬌客，張小碗也不再多說，快步往堂屋走去。

這親事說來也快得很，當劉三娘打量過姑娘，朝她點頭後，張小碗便當著她的面向金媒婆提了個結親的意思。

金媒婆聽後，話都顧不上說，猛地伸手一拉趙桂桃，而那小姑娘被這麼一拉之後，當下就猛點頭。

見她那拙樣，金媒婆急了。「說話呀！」

「願意、願意、願意！當家夫人，我嫁，我嫁，我嫁給您大弟弟！」趙桂桃被催，也急了，一股腦兒地把話說了出來，隨後，別說臉和脖子，連她那手也都全紅了！

那站在門邊的張小寶聽到這話，粗臉也莫名地紅了。偷看她嫂子的小妹這時回過頭，正好看到了此景，頓時看著她大哥嘎嘎怪笑，嘲弄他難得的大紅臉。

於是這親事，上下沒得幾個時辰，就這麼閃電般地訂了。

關於這成婚的日子，金媒婆當即說要跟張小碗去鎮裡找算命先生算日子，如果不是張小碗說這日頭快下山了，明早再去不急，她還真就能拉著張小碗去鎮裡找人！

因趙桂桃也是願意的，張小碗給小寶與她訂親的日子就訂在了六月十八日，一個宜嫁娶的黃道吉日。

急是急了點，但張小碗也不打算虧待人家姑娘，知道她家裡什麼都沒有，先送了些布過去，讓姑娘家給自己縫衣裳。

聘金她也給得不算少，給了五十兩，並讓金媒婆傳話，這錢讓她留著自個兒用，可以隨便花，要置辦啥就置辦啥。

「哪能隨便她自己花？」剛接過錢的金媒婆忙道。桂桃丫頭這可是平白得了天大的福氣事，她可不想讓這當家夫人覺得這丫頭是個心眼大的。「她啊，這銀錢肯定不敢收您的，我還是會勸她收著，到時帶過來，就讓她花在一家子身上，這才是這銀錢的歸處。」

張小碗也不再多說，笑著點了點頭。

小寶這邊已經定下，張小碗便操心起了小弟的事。小弟是個慢性子，但心裡的主意並不比小寶要少。

這小寶的事一定，張小碗就把他叫來了，等她問他想要個什麼樣的媳婦後，他就與張小碗說——

「等大哥這婚成了後，家中再歇一會兒，再說我的事吧，大姊妳別太忙了。」

張小碗當下聽得好笑不已，對他說道：「要忙就一起忙完了，要是一陣一陣的，大姊才累得很。」

因親事訂得急，她每每忙瑣事要忙到半夜，已經有幾天沒好好睡了，她說這話時，眼眶下都有點黑眼圈。

張小弟細細地看了她兩眼，便還是搖頭，慢慢地說：「大姊，還是緩緩吧。妳別操心我的，待到明年了也一樣。現如今我們剛來，要是我和大哥兩個趕在一起都結了親，怕有人說妳閒話，我不愛聽。」說完這句，他朝他大姊笑笑，說：「地裡還有活兒要忙，我先走了。」

張小碗頓了一下，點了下頭。

等到她點頭後，張小弟這才慢慢地出了門。他還是像小時一樣，無論是走路，還是細聲細氣說話的腔調，都顯得乖乖的，又有點呆。

這時站起的張小碗看著他慢吞吞走遠的背影，眼角都酸了。

她沒有白疼他們，一個、兩個、三個的，個個都願意貼著她的心，為她著想。

葉片子村最深處的那處宅子，這日喜氣洋洋，村子裡有不少人都拖著家中的兒女過來，因這汪家的當家夫人說了，今天是喜日子，家中有娃兒的全都帶來吃喜酒，來給他們家添個熱鬧。

於是這朝食剛過，儘管拜堂還要到晚上去了，村民們就被家中的孩子們催著過來了。

小孩兒們精得很，早在汪懷善那兒得了信，知道今兒個他娘為他們準備了許多糖，他們就淨想著要早點來得糖，免得晚到就沒了。

張小碗家中這時也忙得很，胡九刀早帶了胡家村的漢子們過來，去鎮上拉桌椅了，這桌椅眼看午時就能擺得上。

今天喜宴的廚子也是胡家村的，他一大早便趕了過來，得了張小碗的一錠喜銀，這時正樂得帶著人飛快地切菜、洗菜，那手腳輕快得就像是他自個兒家中在辦喜事一般。

這時已來了不少村民，再加上胡家村裡的人，還有早先就帶來了的孩子，就算是一大早的，宅子也熱鬧得很。

人多，嘴難免也雜，待在後面的村裡婦人幾個人圍坐在桌子邊，嘴上飛快地嗑著這主人家的瓜子，關於主人家的那閒言碎語也就碎碎地說出來了。

這些婦人，無一不奇怪這汪家的人今天怎麼一個都沒出現，不過村裡人多數也是遠遠見過汪永昭的，那般人物、那般大官，想來確實也是會嫌棄這糟糠妻的。

因張小碗是個厚道的，她們也並沒有說太多的閒話，說來她們也有些憐憫她，不得丈夫喜愛的婦人，日子總是要煎熬些。

可能人在背後說人，人就會到，這不，這後院的人剛說上幾句，前院胡家的人就跑來了後面，對正在廚房幹活的張小碗說——

「汪家的官老爺來了！」

「來了?!」張小碗驚訝道。

「是，大娘子，您快過去看看！」傳話的人緊張得很，嘴巴說話都不索利了。

張小碗忙擦了手，快步往前院走去。

剛進堂屋，她就聽見汪永昭說話的聲音——

「桌椅辦妥了的話，就去鎮裡拉幾罈酒過來，這裡拿了錢去弄頭羊，送到廚房，多添道羊肉。」

這時進來的張小碗已經完全看到了身著青衣的汪永昭，還有汪永昭那三個長得跟他有點相似，但樣子還是差上些許的弟弟。

「大嫂！」那三人一見她，彎腰拱手齊齊叫道。

張小碗朝他們福了福禮，算是回應，她直接看向了汪永昭，走到了他面前，也朝他福了福禮。

「大公子。」

「嗯。」

汪永昭沒看她，只是指著堂中那幾個他抬來的箱子，淡淡說道：「左邊的箱子是妳大弟的，第二個是妳小弟的，其餘幾個是妳的。」

說著他一撩袍子站了起來，看著她，頷首淡然說道：「現下，帶我去拜見一下岳丈、岳母。」

汪永昭跪下、朝他們磕頭時，張阿福與劉三娘嚇得夠嗆，他們根本就不敢受他的拜禮，他一跪下，他們就驚慌地站了起來，老倆口手牽手的就要往門口逃。

還是張小碗在旁邊拉了他們一下，這對老夫妻才沒真的逃走。

但接下來的氣氛也夠冷凝，張阿福和劉三娘是根本不敢說話，他們知道這人是個大官，再加上汪永昭長得那樣子，還有那通身的氣派，根本就不是他們曾見過的人，所以哪怕汪永昭那張臉和他們的小外孫長得一模一樣，但在張氏夫妻心裡，他們還是怕他。

他們什麼都不敢想，就是單純地怕。

汪永昭起來站了一會兒，無人說話。

張小碗對上他總是稍顯冷漠的眼，不想再放他在這裡嚇唬她爹娘，於是走到他旁邊對他說道：「大公子，前面堂屋喝杯茶吧？」

汪永昭掃了她一眼，未語，這時又朝張阿福他們一拱手。「女婿告退。」

張阿福這時頭低得不能再低，劉三娘也如是。就算女婿告退，那老倆口也沒敢抬頭看他一眼。

等汪永昭出了門，走了兩步，才聽得屋內終於出了聲響，只聽有道聲音道——

「三娘，可是嚇著了？」

這話儘管帶著濃濃的鄉下鄉音，但話音還是清晰得能聽懂的，於是落入汪永昭的耳裡，也讓他聽了個明白。

「嗯嗯嗯……」

說話的婆子那喘都喘不過來的喘氣聲，聽得汪永昭皺了眉。

張小碗慢他一步的距離，這時也聽得了屋中父母的聲音，她不由得搖了搖頭，腳步往前快了一步，垂首對汪永昭說：「大公子，請。」

汪永昭冷冷看了她一眼，再細聽，卻聽得那屋裡老婦說話的聲音越來越快，這時並不能再聽得明白，他這才抬腳繼續往前走。

「大公子何時走？」前往前院的一路上，張小碗垂著首，嘴裡卻是開門見山地問。

「晚上。」

「拜堂過後？」

「嗯。」

「大公子很閒？」

「哼！」汪永昭聽到這話後，用鼻子哼了哼，腳步也頓了下來，他嘴角挑起嘲笑，看著張小碗道：「妳知我為何而來。張氏，妳弟弟成親，妳不告知我就罷了，怎地，我親自來了，妳也不想領我的好意？」

他不來，確實有很多閒言碎語，不過她也不是受不起這些，頂多被外人說道說道幾句罷了。

她不告知汪家人，也是汪韓氏之前就派了人來說話，說她娘家的事是她娘家的事，休想沾汪家的光；說完，還警告了張小碗，也休想就此事說汪家人的不是，現在的汪家可不是那個還容得了她大逆不道說壞話的汪家了。

不過他來了，她該問的問過了，人也請不回，所以他想待就待吧，汪家的誰人有意見，都不關她的事。

事實上，確也跟張小碗預料的一樣，這還沒到午時，汪家的人就來請汪永昭，說是老夫人病了。

「請大夫，我晚間就回。」汪永昭回了這麼句話。

這到了下午，小老虎跟著辦事的小舅舅回來了，一聽到人跟他說汪永昭來了，他立馬毛髮倒豎。

就在他跑去書房找人，準備和汪永昭對峙時，汪家又來人了。

汪家來人，因汪永昭沒帶僕人過來，他的幾個弟弟也被他派出去辦事了，所以他們首先能找的人就是張小碗。而這時家中誰人都有事要忙，再加上那汪永昭冷著那張臉，身上那峻厲的氣息也似有煞氣，所以這村裡人也好，還是那膽子大的小妹也好，連看都不敢怎麼看他一眼，張小碗也不好派誰領人去見人，只得自己出馬，領人去見那被她特地「請」到了書房坐著的汪永昭。

這不，她也是聽得了汪家人兩次的傳話，上午時是老夫人病了，這次更是沒新意，說是婧姨娘病了。

小老虎這時剛跑到書房來，還沒開口說道說道這個男人幾聲，就見到他娘來了。他娘一來，他還嚇了一跳，以為被他厲害的娘又猜到了他要幹什麼。

隨後他聽得了那僕人的傳話，不由得瞪大了眼，滿眼奇怪地向汪永昭問道：「你家的姨娘怎地這般不好，動不動就病？你就不能討個好的，省些銀子？」

說著，小老虎心裡慶幸不已。還好這家人搬出去了，要不然，那什麼成天窩在屋子裡、見不得光的姨娘，又得花他與他娘的銀子了！

他想得入神，想後還拍了拍自己的胸口，鬆了一大口氣，都沒察覺到汪永昭那向他射來的冷眼。

張小碗聽得他那話，剎那有些哭笑不得，但笑容飛快在她嘴邊閃過，看過小老虎一眼後，這時她看向了汪永昭。

她想看他有什麼反應時，正好對上了他冷冷向她看來的眼。

「這就是妳教養的兒子？」汪永昭揮手讓僕人退下後，對張小碗冷冷地道。

「他還小。」張小碗淡淡地說，把小老虎拉到了面前，蹲下身給他整理了一下衣裳後，柔和地對他說：「出去玩吧。」

在她不容他反駁的眼神下，小老虎不甘不願地出去了，中途還回過頭一次，張小碗不得不朝他做了個「快走」的手勢。

她笑著看他離開後，便轉頭對汪永昭說：「夕間就要迎新娘子進門了，您要去堂屋坐嗎？」

於禮，汪永昭是姊夫，這宅子名義上也是汪家的，再加上他有官員的身分，去堂屋坐她父母的下首也是可坐得的。他人看樣子現在也不走，張小碗只得禮貌性地問了他一聲。

他要是自持身分，不坐，那便更好。

汪永昭又看了她一眼，簡單地說了一個字。「坐。」

張小碗後面還有得是事忙著，也不再和他耽誤時間，朝他彎膝一福道：「那行，到時就來請大公子入席。」

說完，她轉身往外走，走了幾步，覺得不對勁，側頭一看，看到了汪永昭走在了她身邊。

她還以為他是要出門吩咐在門外候著的汪家僕人，哪想，汪永昭一直跟在她身邊，在錯過那僕人時，他淡淡地吩咐了句──

「姨娘要是病了，也請大夫即可。」

張小碗讓他跟了幾步，眼看就要踏過到後門的那扇拱門時，她只得開口問道：「大公子，可是書房坐得不舒服？」

「休得管我！」汪永昭不快地看著這個上午把他強請到書房，現下眼看著還準備再請一次的婦人。

聽他口氣裡還帶著怒氣，張小碗抬頭看了他一眼，見他臉上也有薄怒，也就閉了嘴，隨得這大爺去了。

後院廚房等著張小碗的那些細碎之事確實多著，像到時客人入席，菜要什麼時辰打出來、端出去？還有哪兒缺點什麼了，就是缺塊薑、缺根蔥這些事，都需要她這個當家娘子今日管著作主。

張小碗腳一踏進後門，那問話的人就一個個都來了，她平時不疾不徐的口氣也快了些許，很是麻利地解決著各種小事。

汪永昭一來本是驚了後院的人的，連幫忙切菜、端碗的張小妹一見著他，都慌忙躲至張小碗身後，小聲地跟她姊道：「看著他，怪害怕得很。」

還是張小碗安撫地拍了拍她的手，她這才扭過了身，繼續忙去了，不過還是離汪永昭遠遠的。

張小碗先是一口氣處理完五、六件等著她的事，這才有空對汪永昭微笑著說：「大公子，要是不煩勞的話，能不能請您幫妾身件事？」

「什麼事？」汪永昭看著這個從來不叫他夫君的婦人。

「大公子有騎馬來吧？」

「嗯。」

「可否把您的馬兒借我兄弟一騎？」說到這兒，張小碗的眉毛也飛揚了起來。說來他這一來也不是沒好處，至少小寶就有高大的馬兒去迎親了。

一輩子結一次親，張小碗非常願意給她的弟弟最好的，說來這也是對桂桃的尊重，日後她要是和人說道起來，也可以說自家的良人是騎著馬兒來迎娶她的。

女人喜歡的、看重的，張小碗都懂，心裡也是想著要對她這將成為她弟媳的姑娘好一些的，所以眼看著汪永昭就在身邊，看樣子也真不會就這麼半路回去，馬兒她是用得上的，她也就很乾脆地開了這個口。

看著笑吟吟地看著他的婦人，再看看她這時眼裡跳動著的光芒，汪永昭「嗯」了一聲，便道：「妳弟弟在哪兒?我去找他。」

張小碗一呆，但為了那馬，還是帶著他去了新房那邊。

一進小寶現在住的房，張小碗見他身上穿著她做的那套湛藍新衫，樣子精神極了，她顧不上身邊還有人，眉開眼笑地便過去給他整理衣裳。「怎麼看樣子現在才穿上？剛忙什麼去了？」

張小寶是一看到她就滿臉笑意，但再看到她背後那個跟小外甥長得一模一樣的男人後，他便斂了臉上的笑，朝這人上前走了一步，規規矩矩地作了個揖。「見過汪大人。」

這下子，汪永昭的眉毛完全皺緊了。他看著這個連「姊夫」都不叫一聲的張家人，覺得這一家子怎麼都那麼令人生氣！

張小碗抬頭看了看弟弟那板著的臉，在他臉上看出了幾許嚴肅，她先是替他整好衣裳，再用微笑打破了這時略顯僵硬的氣氛。「我向大公子借了馬，你等會兒騎了馬去迎桂桃吧。」

「不用了，大姊，路不遠，我走路去即可。」張小寶剛剛朝汪永昭說的第一句是官話，這時他說的就是家鄉話了。他先移了兩步，擋到了張小碗的面前，這才轉過頭小聲地跟張小碗說：「不用騎馬，姊，就讓我走著去吧。」

張小碗想了一下，又笑著點了頭，她這時往前走了一步，但小寶又往前走了一步，像是護在她前面的樣子，她不由得有些啞然。但這時不容她多想什麼，因為迎親的時辰差不多快到了，她當即用著官話笑著道：「是不遠，還是走路去好，騎著馬兒去，氣派是氣派了，但會被村裡人說閒話呢！」說著，她又轉頭對上冷著臉的汪永昭，無視他的臉色，笑著道：「看來，今天還是使不上大公子的愛馬了。」

這時張小弟給他大哥拿了紅綢花過來，也見到了汪永昭，他先是一愣，隨後就朝汪永昭作了個一揖到底的禮，但一句話都沒說。

他行完禮，就站到了張小碗的面前，與他大哥一道兒地把他們大姊護在了他們的身後，兩兄弟那看著汪永昭的臉，皆嚴肅得很。

張小碗也是愣了，她沒想到，她的兩個弟弟對這人這麼沒有好感，而此時是小寶迎親之際，她便推開兩個弟弟，從他們身後走了出來，笑著對汪永昭說：「既然沒什麼事了，大公子，我們去堂屋吧。」

她朝著汪永昭福了福身，示意汪永昭先走，等汪永昭冷著臉抬腳時，她朝後猛瞪了那兩個弟弟一眼，揚起了手，嚇唬他們──不好好聽我的話，就等著挨我的揍！

哪想，那兩兄弟沒看她揚起的手，只看著她後頭。

張小碗迅速轉臉一看，正好又對上了汪永昭的眼，隨即，她微微一笑，臉不紅心不跳，像沒事人一樣地走到汪永昭身邊，又福了福身，淡淡地說：「大公子，請。」

不論汪永昭這時心裡是怎麼想的，他們走後，張小寶都忍不住跟小弟說：「咱們大姊幹什麼都穩得很！」

「哥，時辰到了，咱走吧……」張小弟搖搖頭，示意他大哥別再說他大姊了。說著時，忙幫張小寶繫好紅綢花。

迎親，拜堂，送入洞房。有著胡九刀帶著胡家村的人出力，張小寶沒被村民們灌什麼酒，很快就讓張小弟推著進洞房去了。

張小碗這邊卻忙得很，等菜全上齊，人吃飽後，她還要做掃尾的。而因小孩來的多，她也沒吝嗇，剩下的菜，她全放在了一塊兒，讓帶小孩的人家一人到廚房來領一碗回去，家中有老人的，也可多拿一碗回去。

這村民又是吃又是拿的，當下這些村裡的漢子、婦人就二話不說，也不管夜多深，在空地上點了幾個火把堆，就把明日要還到鎮上去的桌椅歸整好了，把地也掃了，用水清了一遍，還把那幾大盆碗也給快手快腳地洗了，不知給張小碗省了多少事。原本以為明天還要她收拾半天的活兒，因人多，一個多時辰，都幹得差不多了。

這廂為幫她家的忙，連去鬧洞房的人都沒去了。

這做客人的居然大多都幫她做起了工來，張小碗這既是好笑，又是欣慰，對著人又把笑了一天已然僵硬的臉笑得更僵硬了。

等到人散，她這才想起了小老虎，不知他去哪兒了，於是她連找了幾個地方，安靜的洞房那邊也去看了看，又問了幾個人，連他外祖和小舅那裡也沒找到人，一時之間竟都找不到他了。

這時她也急了，不過她正急於找人之際，小妹不知從哪兒跑了回來，一見到她，就把她拉到一邊，喘著氣跟她道：「不得了了，大姊！剛才小老虎被那個大官拉到後山的樹林子去了！」

「拉？」張小碗微愣。「他們打架了？」

小妹不斷地搖頭。「沒有沒有沒有沒有！那人在教小老虎練著什麼，大姊，妳快去看看，可別讓我們家的小老虎被人騙走了！」

小妹著急的口氣逗笑了張小碗，她摸摸她的頭，安慰她道：「別急，大姊這就去看看。」

「妳快去把懷善給帶回來！」小妹很激動，那握著拳頭的樣子就像是要蹦跳起來一般。

張小碗轉身去了小妹說的地方，到了之後，果然在燃著火堆的小樹林裡找到了他們。

小老虎一見到她，就把手中的木棍扔了出去，一路小跑飛竄到了她身上，將兩手掛在了她的脖子上後，他就得意洋洋地跟她說道：「我剛剛和這人打了個賭，我賭贏了，他要教我兩式劍法！娘，我又可以學劍法了！」

張小碗笑著點點頭。「那現在學會了？」

「學了一遍，要練幾天才練得好。」小老虎認真地說：「我會練得很好的。」

「娘相信你。」張小碗微笑。「只是晚了，可要睡覺了？」

「要。」汪懷善儘管九歲快十歲了，但這時他把頭靠在了張小碗的肩上，沒想下來，想讓他娘就這麼抱著他回去。

他儘管已經能幹很多事、知道很多事了，但他有時還好似以前那個非要她抱著才肯睡的嬌兒子。

張小碗能給他的不多，所以這點，她一直縱容著他，這時，哪怕有外人，她還是用手托著他的兩條腿，沒打算放下，只是轉頭對那看著他們母子的男人淡淡地道：「大公子，夜深了，請回吧。」

汪家的那三兄弟先前就走了，張小碗也以為他早走了，沒想到卻還在這裡。

「送我到前面。」那汪永昭在深深看過她一眼後，走到她身邊時，拋下了這句話。

張小碗不解，身子沒動。

汪永昭走了幾步，聽後面沒腳步聲，便回了頭，看到那抱著孩子的婦人臉上此時完全沒有了笑容，還眼帶著估量地看著他，他再看看那小孩不滿地瞪著他的眼睛，心情突然又好了起來，這次他把話說得更詳細了。「你們倆，送我到前面樹林上馬。」

「娘，不要送這個人！」汪永昭的話一說完，汪懷善就喊了起來。

剎那，汪永昭眼帶怒意地看了過來，而汪懷善更是憤怒得很，不甘示弱地回瞪著他，於是，兩個長得相似的人，睜著長得差不多的眼睛，就在那兒怒目相瞪。

張小碗本還在想著要用什麼話拒絕，這時卻有些啼笑皆非了。

「娘……」汪懷善瞪了一會兒，還是不甘示弱地大力瞪著汪永昭，眼睛都不帶眨一下的。

這時，不遠處傳來了火把的光，還有張小弟在叫人的聲音——

「大姊、小老虎……大姊、小老虎……」

「小舅舅來了！」這下，汪懷善也不跟汪永昭對瞪了，他把手圈到嘴邊，朝發聲的那邊喊道：「小舅舅、小舅舅——」

張小弟很快就跑了過來，一看到汪永昭那冷如玄冰的臉，他下意識地就繃直了身體，眼睛也瞪大了起來。

他快步走到了張小碗面前，叫了聲。「大姊。」

他語氣緊張，以為這人又欺負他大姊了。

張小碗朝他搖搖頭，笑了一下，再轉過臉平靜地對汪永昭微笑道：「大公子，夜深了，恕我不遠送了，您走好。」

說著，抱著汪懷善的她朝他福了福，未再多語，往回家的小路走去。

走了幾步，小弟過來要抱小老虎，嘴裡柔和地哄著他的小外甥道：「小老虎，讓小舅舅抱一下下好不好？」

小老虎見他小舅舅那張笑臉，很大方地點了下頭，伸出了手。

張小弟立馬眉開眼笑地把他抱了過來，將火把交給了他大姊。抱著小老虎，他小聲吆喝著說：「小舅舅抱小老虎回去嘍！」

「回去洗臉、洗腳、睡覺嘍！」汪懷善哈哈大笑，接著他小舅舅的話說了下去，完全把剛才與他瞪眼的那個人忘到腦後了。

張小碗舉著火把走在他們身邊，聽到舅甥倆的對話，她偏過頭，目光柔和地看著這兩人，嘴角舒緩地微微翹起。

他們越走越遠，而他們的身後，汪永昭站在原地，那婦人彎起嘴角的側臉，似驚鴻一瞥般在他眼前掠過。

可能火光太柔和，黑夜又太深，那婦人此時的側臉，竟也有點像樣了起來。

直到人看不見了，汪永昭看著那黑暗的盡頭，又深深地攏起了眉頭。

看人，竟看得連生氣都忘記了。

他搖了搖頭，快步往拴馬的樹林走去。

不送也可，日後，就別怨他未曾給過她機會。

那廂汪永昭想著他已對他的正妻盡了責，這邊小老虎在候著他回來的外祖母的照顧下洗了臉、洗了腳，也上了床。

除了正在洞房的大舅舅未過來，小老虎在一家子的關注下就了寢，美得他睡覺時嘴都是笑著的。

夜太深，張小碗叫了弟弟、妹妹洗漱好就去睡覺，等在他們的房前一個一個問著他們是否睡下了後，她這才回了自己的房間，情不自禁地打了個哈欠，倒在床鋪裡沒得多時就陷入了沈睡……

第二天一早，張小碗進廚房時，發現趙桂桃已經起來了，跟著劉三娘在做朝食。

「怎地這麼早？」張小碗嚇著了，看了看外面，這天色還早得很呢！

「早點、早點好……」趙桂桃滿臉通紅地答了這句話，手又往灶裡塞了把柴，隨後又低著頭，拿起抹布擦起了灶臺。

「妳好好坐著，哪讓妳忙。」張小碗忙過去搶抹布。

「小寶說，您愛乾淨，我……」趙桂桃抬起臉，紅著臉朝張小碗一笑。「當家夫人，您就讓我幹吧，我就活兒幹得勤快而已，別的都不好。」

張小碗失笑。「叫大姊吧，還叫當家夫人幹什麼？」接著又說：「不是不讓妳幹，只是這幾天妳就好好歇著，等緩過氣來了，家中有得是活兒讓妳幹。聽話啊，可行？」

趙桂桃這才鬆開了手中的抹布，不好意思地點了點頭。

這小媳婦的事解決好了後，張小碗又朝劉三娘無奈地問：「娘，妳起這麼早幹什麼？」

「睡不著，早點起來，給小老虎蒸碗蛋羹。他正在長身體，一起來許會餓得很。」劉三娘說著，朝她招手道：「妳過來。」

張小碗走了過去，把她從坐著的矮板凳上扶了起來。「妳腰不好，就別坐矮板凳燒火了。」

劉三娘「喔」了一聲，把剛煮好、放在灶火邊熱著的糖水雞蛋掀了上面蓋著的紙，把碗端了起來，說：「剛煮的，小寶媳婦剛喝了一碗，妳也喝一碗補補。」

紅糖雞蛋？張小碗笑道：「我喝這個幹什麼？」

「喝。」劉三娘把碗放到她手裡。

張小碗只得笑著把這碗雞蛋喝下去了，隨後對趙桂桃笑著說：「大姊算是沾了妳的光了！」

這話臊得趙桂桃剛好一點的臉，又成了大紅臉。

等喝過敬親茶，趙桂桃又去掃院子了。張小碗挺納悶的，跟憨著臉傻笑的張小寶說：

「你也不勸勸你媳婦？這一大早忙這忙那的，不知情的還以為咱家找媳婦回來是當長工的。」

「隨得她吧。」小寶撓撓頭，笑了幾下，就過去幫媳婦的忙去了。

小妹站在她大姊身後，頭靠著她大姊的肩，撒嬌說：「大姊，我可以不去練字嗎？我今天陪新嫂嫂玩一會兒。」

「美得妳！現下我且有空了，今天這字我親自來教妳。」看著又要偷懶的小妹，張小碗毫不猶豫地捅破了她的小心思。

小妹聽了「啊啊」叫了兩聲，朝著張阿福和劉三娘嚷嚷道：「爹、娘，明兒個我也要跟二哥送小老虎上學堂，我腳程也快，不會耽誤工夫的。」

張阿福聽了，看了大女兒一眼，見她似笑非笑，他不敢幫小女兒講情，當下就轉過了頭，看起了外邊的天來了。

劉三娘則朝小女兒搖了搖頭。「妳明年就要及笄了，妳大姊要幫妳尋思個好人家，現下妳要學的就要多，以後去了婆家才不吃虧。」

「我才不嫁！」張小妹聽了，惱火地道：「這京城的人都不是啥好人，我要回我們家鄉去嫁，嫁給像咱大哥、二哥的人，那才不吃虧！」

「那妳現在就回去！」張小碗聽得冷笑出聲，她站了起來，緊緊拉住小妹的手。「如果不回去，現在就跟我去識字、練字，今天不識滿二十個，妳看我不打妳的板子！」

張小妹聽得慘叫出聲，被拖走的一路上，對著她在院子裡幹活的大哥求救。「大哥、大哥，你快來救救我！大姊閘下來，就又要打我板子了！嫂嫂，大嫂，我的新嫂嫂，妳快來救救我——」

張小寶笑咪咪地看著她被拖走，但他身邊的媳婦卻嚇著了，不知所措地問：「這……這是怎地了？」

「沒事，大姊教小妹識字呢！小妹不聽話，大姊總得嚇嚇她，她才肯認真識字。」

「我聽說過，當家夫人是識字的。」

「以後就叫大姊吧。以後要是想識字，我也是認得幾個的，到時候教與妳。」看著聽話懂事的媳婦，張小寶笑得很認真地與她道。

「嗯。」趙桂桃又紅了臉，但面上大大方方地應了一聲。重新拿起掃把時，她又握了握手上四個沈甸甸的銀鐲子。

婆婆給了兩個，大姊也給了兩個，這四個沈得很的鐲子，讓趙桂桃知道，她是受這家人喜歡的。

她從來沒想過，當家夫人會看上她，讓她當弟媳婦。

一家人和和樂樂地過起了日子，要說這新媳婦，也真是個好的，家裡的活兒她上上下下都做得來，勤快得緊，張小碗的活兒都被她搶了不少去幹。

到最後，連小妹這個時不時要偷點懶的人，見著她這個幫她洗衣不算，還要幫她打掃屋子的嫂子時都有點怕。

這天趙桂桃又拿了掃把要來幫她掃屋子，小妹乾脆把她的門一關，衝著外面吼道：「妳可別來幫我掃了，要是被大姊知道我連屋子都要妳掃，非得打死我不可！」

趙桂桃在外面哄她。「就掃一下，我剛把爹娘的掃完，順便也來掃一下妳的。」

「妳哄誰呢？」隔著門，小妹想也不想地答。「咱爹一早起來就會把屋子掃了，他才不會讓妳掃屋子！我看妳是掃不成他們的，所以要來掃我的，我可沒這麼懶！」說著，氣得不行，打開門搶過她嫂子手裡的掃把，並怒氣沖沖地說：「妳可別來幫我掃，我自個兒會掃！」

張小碗這時正好過來要給她送新裳試，聽得她的話，頓時就笑了。

一家子的勤快人，倒還真是不愁事情沒人幹。

「行了，讓她自個兒掃。」張小碗笑著走過去，對著趙桂桃說：「快來幫妳小姑子看看這新裳合不合身？」

小妹得了新裳，把掃把都放下了，歡喜地道：「大姊，妳幫我做的新裳好了？」

「好了，妳先試試。」說著，轉頭對趙桂桃說：「也有給妳做一身，待會兒去我房裡拿回去試試。」

趙桂桃咬著唇，直直地點了頭，臉又紅了一半。

小妹看得稀奇。「這都嫁來咱家好幾天了，怎這臉還是動不動就紅啊？」

這下可好，她話一說完，趙桂桃的臉就全紅了，看得張小碗不禁又捏了小妹的鼻子，警告了她一下。

不知道為什麼，兩個弟弟又拙又呆的，偏偏她這小妹就活潑得很啊！

小老虎這日下了學堂，又去孟先生那兒聽他講了一會兒學，這才腳程飛快地往家裡跑。

剛跑到鎮子上，就有馬兒停在他的身邊，那人騎在馬上對他說——

「上來，一道。」

「什麼一道？」汪懷善不懂，懶得理會這打不得的人，於是說罷就又一陣風地往家裡跑。

但剛跑兩步，他就被人抓著後背的衣裳提了起來，一下子，就坐到了馬上。

「你要幹啥？」汪懷善急了，就要往馬下跳。

刀叔那消息靈通的朋友昨兒個就幫他打聽好了新消息，說是這人的那個姨娘新懷的孩子，沒兩天就掉了，他料想著這男人就是會來搶他，他才不幹！

關他什麼事？他是他娘的孩子，他要生就娶個能生的人生去，搶他幹什麼？

「快放我下去……」汪懷善被人抓得太緊，他急了，拚力掙扎著。

汪永昭可管不得他太多，停下馬，拿著馬鞭把他的手一捆，語帶威脅道：「再亂動就把這馬鞭捆你脖子上！」

汪懷善剎那閉了嘴，人也不掙扎了。

等到了家，那人下了馬，他也跟著下了馬，他即刻衝進了門，立馬喊道：「娘！娘、娘——」

他叫得又急又慌，嚇得正在廚房的張小碗急忙跑了出來。

這時，汪懷善一見她，眼都紅了，轉過背，把捆著馬鞭的兩手伸給他娘看。「娘，妳看看，那人綁了我，還說我要是亂動，他就把這鞭子捆上我的脖子，他要勒死我！娘！娘、娘，他要勒死我！」

這時，不待張小碗有什麼反應，聞聲過來的張小寶就已經跑去拿了院子牆頭靠著的鋤頭，朝那剛進來的人身上狠狠打去！

「去你的！你欺負我姊不算，還欺負我家外甥！」張小寶氣得臉上青筋都冒了出來，那鋤頭砸去的勢頭又快又狠。

這廂，不只張小寶拿了鋤頭，那本是去村口接小老虎的張小弟也跟著馬兒急跑回來了，這時他手裡還撿了一塊石頭，就站在門口，在他大哥打人之際，他就把石頭往汪永昭頭上猛地砸去。

說時遲那時快，小妹這時也拿了扁擔過來，衝過去就要一起作戰！

張小碗看著一下子就要跟人打群架的家人，腦門頂一陣抽疼，尋思起了要如何收拾爛攤子的辦法來。

張家人一起上陣，但汪永昭確實是個能升至二品的武將，張家兄妹三人全一起用上了，他只身體一閃，大步斜退了三步，就用恰好的角度躲過了這三人的攻擊，讓他們三人落了個空。

「好了，都給我住手！」見打不過，張小碗立馬厲聲喝道，上前裝腔作勢地橫了在前面的小寶、小妹一眼，然後對著後頭的小弟臉一板，冷聲道：「還不過來！」

小弟不情願地挪了步子過來，張小碗氣極了一般，朝他們冷喝。「還不趕緊道歉！」

「憑啥？」這弟弟、妹妹，連同小老虎，連聲喝問了出來。

張小碗被他們氣得腦袋發昏，冷笑道：「你們說憑啥？」

幾人一看她的臉，兄妹三人皆被她嘴邊的冷笑給駭住了，這幾個被熱血沖昏了頭腦的人，這時才想起他們打的人是大官，並且那人這時正看著他們，那張凶神惡煞的臉著實嚇人得很。

打不過就要認輸，立馬就跑，這話，是張小碗帶兄妹三人打獵時說過的。這下子，醒悟過來的小寶、小弟、小妹三人衝著那站著的人立馬一鞠躬，那硬邦邦、彎腰下去的樣子就像在拜死人般。「給您道歉了。」

說完，一哄而散。

在逃跑時，張小寶還拉了一把小外甥，見他還愣愣的，頓時急得不行，乾脆一把將他抱起就往那後院鑽。

他們逃得匆匆忙忙，一會兒就不見了，張小碗看得眉頭都皺了起來。

但隨即她轉身，朝汪永昭平靜地一福身。「家人失禮了，請大公子勿怪。」

「這樣都不怪，要如何才能怪得了？妳倒說說。」汪永昭冷冷地勾起了嘴角。

「那，大公子捆了我兒的手，這又如何說起？」張小碗半側過頭，並不直視這人，只看著他旁邊的空氣淡淡說道。

「這麼說，那幾人打人有理了？」

汪永昭這話說得太冷硬，並且過於輕蔑，這讓張小碗瞬間轉過臉，面無表情地對上了他的眼神。「大公子要把鞭子捆上我兒的脖子，這就是您的理了？」

「我只是隨便說說！」汪永昭頓時氣得滿胸的滔天怒意，聲音越發嚴厲。

「您隨便說說可以，但您捆了他的手卻不假。我家人疼愛他，為他出口氣，也沒傷及大公子分毫，還請大公子見諒。」張小碗冷冰冰地說完後，朝著汪永昭又福了福身。

這一福身，卻差點沒把汪永昭氣得頭頂冒火。他看著這個堵得他心火大盛的婦人，半晌，他才緩平了怒氣，揮袖道：「妳這婦人休得無理！」

說著就往那堂屋走，沒有幾步就進了前院的堂屋，看得張小碗不解，只得跟著進去。

剛進了門，就聽汪永昭冷冷地道——

「上茶。」

看著把她家當自家後院的汪永昭，張小碗頓了一會兒，這才離步去了廚房，端了白水上來。

「茶！」汪永昭看著那連杯蓋都沒有的茶碗，眼睛橫了張小碗一眼。

那眼神凶是凶了點，但他那眼睛跟她兒子長得一樣，因此對張小碗沒什麼用，她坐下，依舊不疾不徐地道：「無茶葉。」

「給妳的銀錢呢？」

「留著。」

「留著幹什麼？這麼會持家，就不會買些茶葉在家待客？」

「村戶人家，用不著茶葉待客，白水即可。」

「妳這嘴舌，究竟從何學來的?!」汪永昭這下氣得拍了桌，茶碗都從桌上跳起，灑了一桌的水。

張小碗皺了眉，不得不細看了汪永昭兩眼，之後輕嘆了口氣，問道：「大公子可是有心煩之事？」

這人絕不是為了剛剛的事在生氣，這個男人還犯不著為他不在意也看不起的人生氣。她弟弟、妹妹的那幾下，他不過一閃就躲過了，只會更看不起人而已，就算生氣，氣焰也不會這麼大。

聞言，汪永昭盯了她兩眼，過了一會兒，開口冷硬地道：「懷善也是我的兒，妳一口一句『我兒』是什麼意思？」

張小碗聽得笑了起來，她呵呵笑了兩聲，忍不住掏出帕子拭了拭嘴角，隨後垂眼淡道：「大公子這是又要跟婦人來搶人了？」

「胡說八道！」汪永昭又冷喝了一聲，聲音裡帶著強勁的怒氣。

「大公子要搶，也大可試試。」張小碗把手中帕子在膝頭慢慢展開，用手抹平著帕上細小的褶痕。「婆婆可是與我說道過的，只要我一日不上汪家的門，以後也不帶小兒爭汪家的家產，我與汪家便可井水不犯河水。」

「張氏，妳休得胡說八道！」汪永昭聽後，猛地伸出他的手，緊緊握住了張小碗的下巴，看著她的眼，對著她一字一句地說：「妳要是再敢妄言，就不怕我逐你們母子出門，讓你們一輩子揹著被棄之婦、之子的身分，永世不得翻身？」

張小碗一把揮過他的手，汪永昭卻把她掐得更緊，張小碗只好用著就算下巴會被他捏碎的狠勁，狠狠地別過了頭。在她把下巴抽出的那一刻，她的下巴疼得腦袋都發暈了，不過她還是緩著勁，轉過頭，厲眼看著汪永昭，冷笑出聲。「我怕什麼？婆婆白紙黑字在我這兒，這京城裡外，也不知多少人知道我至孝至順，大公子欲要休我，倒也可以試試。」

威脅她？也可，汪永昭要是不仁，她也敢不義。

她又不是沒準備。

「白紙黑字？」汪永昭氣得冷笑不已，隨即攤出手。「拿出來。」

張小碗冷眼看著他。拿出來？好天真！

汪永昭伸出手後，也知這婦人不是他喝個幾聲就會被嚇住的人，隨即收攏了掌心，看了一眼她冰冷的臉，閉了閉眼，轉過頭端坐在了那兒。

在那一刻，張小碗在他身上看出了一點點的挫敗之感。

她猜，這男人大概又被他娘，或者他愛的女人幹的什麼蠢事給打擊到了。

那兩年，她也沒有少見識過那兩個女人那顧前不顧後的手段，要是再加上新姨娘也是個不省心的，這男人這後宅的日子，怕也是不好過。

不過，這不關她的事。如果汪永昭在他家裡頭過不好，要往他們母子身上找補，那就是不可能的事了。

該為他做的，她都做了，不可能為他做的，汪永昭若是想要，她就不奉陪了。

儘管他與她的小老虎長得一樣，但對眼前的這個人，張小碗是一點感情都沒有的，他的煩憂，沒有共同利益，她根本不可能替他分擔。

汪永昭就坐在那兒，一直沒有說話，張小碗也根本沒想開口，看過他幾眼後，就起了身，去了門邊，用眼神嚇退了來打聽消息的弟弟、妹妹，把他們嚇走後，就又坐回了原位，口氣微有點不耐地道：「大公子，天色不早了，您還是回吧。」

汪永昭聽後，也未看她一眼，伸手端起茶碗，把那碗剩下的白水一飲而盡，就此大步離去。

張小碗本以為那瘟神總算是找完她家的麻煩走了，但半夜，她突感房中有人，猛地起身，就要拿著枕頭起來砸人時，黑暗中，那人擦亮了燈，隨後她就見到汪永昭把一個瓶子朝她身上扔來，說了兩個字──

「傷藥。」

張小碗沒理會那瓶子，手快速地朝床邊伸去，拿起外裳穿上了身，才朝那人看去，冷靜地問道：「大公子半夜造訪，有何要事？」

汪永昭看著她那腫起的下巴，淡淡地道：「送藥。」

「還有呢？」

「真有白紙黑字？」

「有。」

「呵呵……」汪永昭輕笑了起來，笑中帶有一點不能自已的悲戚。「饒我多年沙場奮戰，得來幾許軍功，一門心思想要振興門楣，無奈這絆腳的石頭不是出在外面，而是一直隱在家中。」

張小碗冷看著他，眼中無一許波動。

汪永昭嘆笑過後，看向張小碗，臉色沈靜了下來。「妳可有主意？」

「大公子是來討主意的？」

「妳要這麼說，也可。」

「大公子，這天下可沒有多少無成本的買賣。」

「妳要什麼成本？」

「近幾年，江山可會更替？」張小碗這兩年打聽了一些外面的事，關於汪家，她也從汪觀琪那裡旁敲側擊到了些許，對於目前的形勢，她心裡多少有那麼一點兒數。

現在的太子當了十二年的太子了，一個當太子的人當得久了，自然就會非常、非常不耐煩再繼續當太子了。

「會。」汪永昭的眼中有幾許訝然，但隨後點了點頭。

「汪家會否涉及進去？」

汪永昭不再言語，他盯住了張小碗好半晌，見張小碗那完全不閃躲他的眼神，他思量了一會兒，輕輕地點了點頭。

「大公子要是答應我兩件事，我或許有幾個主意能替您分點憂。」

「說。」

「一是，如若汪家涉事，要是有一丁點兒不對，請大公子多提前些日子告知我們一聲。」張小碗平靜地道。

「嗯？」汪永昭皺眉。

「我們一家好及時逃走。」張小碗說得很坦然。

汪永昭卻被她膽大包天得不知所以然的這話給岔了氣，被口水嗆到，強烈地咳嗽了起來。

無視他的驚訝，張小碗繼續說她的條件。「二是，如若汪家成事，日後懷善自會以汪家族子身分出仕，到時還望大公子照看一二。」

敗了，她是要舉家都活著；成了，她也要占好，要汪懷善靠著汪家的庇蔭順風順水！汪永昭看著這腦袋不知怎麼長出來的婦人，眉頭攏得死死的，完全不知該如何看待她才好。

第十八章

靜默半晌，汪永昭開了口，張嘴便問：「妳是哪來的膽子？」

哪來的膽子說得這話？張小碗沒作聲響，只是半垂了頭。

「妳認為我會應允？」汪永昭這次問得極為平靜。

「不知。」張小碗從他的口氣裡聽出些許不對，隨即抬起了頭，看向了汪永昭。

這時的汪永昭，冷硬裡透著沈穩，身上哪有一點剛才的悲戚？

張小碗心下一涼，不過，表面上還是不動聲色，平靜地看著這個男人。

「看來，妳心中無汪家。」

「汪家心中也無我。」

彼此彼此罷了。

聞言，汪永昭輕笑出聲，嘴角微微翹起。「妳這婦人果然不凡。」

「不凡到讓大公子特地來詐我？」張小碗心裡大概有了數，此時她在心底重重地嘆了口氣。

她還是太高看自己了，自詡眼界要比這些人高，想得深、想得遠，也自以為能拿捏別人的把柄。

她在汪永昭的面前，表現得還是太高調了。反常即妖，這汪永昭怕是早就想來弄清她的底細了。

「要不如此，誰能猜得出妳這婦人的意思？」汪永昭輕笑出聲。他母親是個什麼樣的人，如若以前還不甚清楚，在家中敗落期間，還有在他升至二品期間的所作所為，他心裡已經全然有個數了。他就是想知，這張氏穩穩坐於這村中小宅，靠的是什麼，竟讓他那陡然跋扈起來的娘，不再派人來找麻煩了。

「把東西拿出來吧。」汪永昭閉了閉眼，輕吁了口氣。「如此，妳便安住在此處，要是我被拉下馬，自會派人送你們一家出凶險之地。」

張小碗確也驚了，不可思議地看著說此話的汪永昭。

「呵……」汪永昭看著她吃驚的眼，突地又笑出聲。「但如妳所說，這天下沒多少無成本的買賣，我們汪家要是折了進去，日後，怕還得靠妳那小兒傳宗接代了。」

說罷，他再次伸出了手。「拿來吧。」

他看著張小碗，此時的眼睛裡，冷漠得毫無情緒。

張小碗估摸了一會兒，起身去了另一間放什物的房間，在暗處摸出了盒子，把汪韓氏的白紙黑字拿了出來。

放至汪永昭手中時，張小碗多問了一句。「想來，大公子已然有辦法了？」

「想知道？」汪永昭展開紙，快速地看了一遍。

張小碗未語。

「告訴妳也無不可。」汪永昭抬眼看她。「她身體不好，我把她送到京外神醫處就醫去了，想來，沒個三年五載的，也是回不來。」

「大公子，為何來此？」張小碗再問。

「如妳所說，京中要大變了。」汪永昭伸出手，把紙在燈火上點燃，任它燃燒，他看著突然大了起來的火光，平靜地說：「而我們汪家，還是謹小慎微的好。妳不回京宅也對，誰知下一步汪家會走到哪兒。」

張小碗皺眉，坐在床邊不語。

「妳是汪家婦，也如妳所說，妳有至孝至順之名，我休妳不得。日後要是有全家之禍，我等逃不過之時，自會派人送妳與小兒出京，但要是無滅門之禍，妳也只得跟著熬著。有些事，妳心裡要有個數。」

說完，汪永昭沒再出聲，靜待張小碗的答話。

張小碗權衡了半晌，終於開口。「大公子請說。」

「那婧姨娘是上官送我的人，她前日小產了。」

「大公子節哀。」

汪永昭輕搖了下頭，淡淡地說：「無哀可節，她未小產。」

張小碗抬眼看他。

汪永昭面容沈靜，不再像白天那個暴怒的男人，他這時的神情平靜，城府深得讓張小碗的心底不斷地發涼。

「大公子的意思是？」

「她未有孕。」汪永昭淡淡地說。「我送得了家母出京，但送不得她出門，只能把她關在內宅。現在家中後宅由她掌家，但有一日，形勢要是對我不利，我需妳返家鎮宅時，妳不得推託，也得按我所說的辦。」

「知了。但大公子也應明白，我只得一時聽您的，為您所用，但聽不得一世。我與您，大概也只有這等偶爾來往的情分了。」張小碗輕頷了首。

「呵，我也沒想由妳管我汪家後宅一世。說來也真是荒唐，我竟任由了妳躲在這鄉下清閒……」汪永昭說到這兒，奇怪地笑了。

「因我該為汪家做的，都做了。」張小碗也淡淡地道。她能做的，確實都為汪家做了，她一介婦人，受了汪家多少的恩惠，就償還了多少回去，她也沒那個身為汪家婦就為汪家鬼的心思，自然，也就到此為止了。

她吝嗇得很，但也沒奢求更多。

與汪家，也真是彼此彼此罷了。

說來，今晚鬧的這一遭，更讓她視汪家與汪家的這個男人如洪水猛獸了。

她為了活著，為了一家子老小，已然夠心累了，她不會再攤上汪家這麼一個大攤子。

外表再恭順、再對這個朝代卑躬屈膝，骨子深處，她還是那個趨利避害、識時務，但也不會苛刻自己的現代人。

她不會為不值得、不心甘情願的東西多付出什麼。

張小碗面容平靜，汪永昭看過一眼後，也並未多語，只是把帶來的包袱交與了張小碗。

張小碗接過，被手上的重量嚇了一跳，打開一看，竟是一包袱的金銀珠寶！

「妳找了地方藏著，日後自有用處。」

「大公子也未免太信任婦人了。」張小碗話中難掩譏誚。

「妳要保得一家，又要小兒飛黃騰達，妳這心不小啊，想必，這能耐也不小。」汪永昭說罷此言，站起了身，打開了門。

他看了看天上，這夜連星光都沒有，黑幕黯淡無光。

他終還是又轉回了頭，對那婦人說：「知妳不想進京宅，只是年尾要是汪家未出事，妳就回大宅主持大局一段時日吧。」

說罷，他終於走了，留下張小碗盯著那一堆金銀珠寶，不知要把它們藏於何處。

汪永昭三天、五天地找汪懷善於密林中教劍，汪懷善有些不解，問罷他娘，得來了他娘說的銀貨兩訖的答案後，這才安心地與汪永昭習劍起來。

十月，糧食收割後，張小碗未雨綢繆，狠下了心，帶著家中兩個弟弟，悄悄把剛曬好的的穀子運到別處藏了起來。

更讓張小碗暗中憂心的是，這月，桂桃有孕了。

一家人歡喜不已，只有張小碗時刻有種想帶著他們拔腿而逃的衝動。人一旦有了軟肋，尤其是這麼多軟肋之後，就會情不自禁地膽小怕事，她現如今就是如此。就怕京中那烏雲密布的天空也籠罩到了她自家上來，她上有老、下有小，比以往任何一個時候都害怕變故。

逃了，可能在別處，小老虎不能再出人頭地，他們也得坎坎坷坷才能尋得一處地方扎根，但就算困難無比，好歹要比全沒命，陪著汪家折在這裡的強。

等到十一月，汪家終於出事了，而張小碗卻放心了。

聽說曦太子死在了前門宮前，而汪永昭是當時跟隨他的官員之一。皇上震怒，三品以上的官員拖出去百杖板子，打死的拖回去葬了，沒打死的，免官為民；至於三品以下的，直接午門處斬，一刀弄死。

汪永昭這總兵升得好，正好二品，在三品以上，且最後也沒被打死，所以被抬回了家。

汪永昭沒死，張小碗真是欣喜不已，汪家人被勒令三天出宅這事也沒難倒她，她暗中早打聽好了，胡家村隔村的大村當中，就有處閒置的大宅子，住得下汪家的一家老小，最重要的是，離她這裡有點遠。

她拿了汪永昭的錢買了那處宅子，那天風風光光地出現在汪家一家人面前，領著一家人，把他們塞到了那處，隨後，吩咐了聞管家一些話，給汪觀琪磕了頭、道了別後，拍了拍牛車上坐著她家小老虎的牛屁股就回來了。

外邊說的話，就是張小碗這守在鄉下過活的當家娘子，賣了自家一年的糧食，並與父母、弟弟借了銀子，這才買了汪家的那處新住宅。

外面傳得很是轟轟烈烈，趴在床上養傷的汪永昭卻氣得笑了出來，看在伺候他的江小山眼裡，覺得他這主子其實是樂得很。

這時，要說張小碗給汪家三兄弟挑的媳婦也算是好的，只有一家與汪家退了親；另外兩戶算來是書香門第，門戶儘管不大，但氣節卻還是有的，讓人傳話來說，這成親的日子按他家的意思訂就好，這聘禮也可按汪家的勢頭來即可。那傳話的人言語之中甚是體貼，並沒有看低人一等的口氣。

汪永昭見了這兩家的家人之後，就坐著轎子過來了葉片子村，言語之間不無諷刺，說讓張小碗這個當大嫂的，再賣田、賣地去給小叔子們下聘去吧。

張小碗又不是個臉薄的，聽罷一笑，把他的銀子取來，該還給他的都還給了他；另一部分，她拿著跟媒婆置辦了大禮，從她家中抬出，去給那好命的汪永安與汪永重請了期，訂了最終成親的日子。

如此，也再次坐實了她至孝至順的名聲。不過這次張小碗還是稍微跟汪永昭客氣了一番，說這銀錢是汪永昭交與她的。

到底，她也不敢過分，她還得等著那什麼三王爺上位，汪永昭地位水漲船高，而她那胸中此時已有大抱負的小兒能帶著他的本事，真能一飛沖天。

張小碗給汪家老二和老四訂好婚期後，這日，這兩兄弟特地過來了一趟，給張小碗拜謝。

汪永安已知道了他那小姪的厲害和其重要性，這次來時特地牽來了一匹小黑馬。

小馬兒眼睛黑黑的，皮毛也黑得發亮，一在門口看到了牠，這日先生放假而在家玩耍的小老虎，就覺得牠怎麼長得有點像狗子。

他確實是有些喜歡這馬兒的，只好放了這兩人進屋，拜見他的娘。

汪永安帶著看起來有些忐忑不安的汪永重進了屋，張小碗早在裡邊就聽見他們的聲響了，聽他們來了，就站在堂屋前微笑地等著。

「嫂子。」兩人又是一聲齊齊的喊叫聲，雙手拱起行禮。

「二公子、四公子。」張小碗也朝他們福了一福，溫和地說：「進來坐吧。」

說著就招呼汪懷善進來，見他手中牽了馬，抬著頭看她，她笑著搖了搖頭，對站在一邊的小寶道：「帶他出去溜溜，現可別讓他騎，免得摔著了。」

「才不會，刀叔已教我騎過！」小老虎一聽他娘的口氣，知她已應允收下，立馬眉開眼笑地答道。

「好，知道你會，但要慢些騎。」張小碗看著因日子過得好而齒白唇紅，又因有人關愛而有些小小的趾高氣揚的兒子，嘴角忍不住挑起笑意。

「大姊，我看著呢，妳且放心。」張小寶看小外甥那急不可耐要出去溜一下馬的樣兒，朝著他大姊憨厚一笑，就帶他出門去了。

趙桂桃不放心，跟著他們出了門口好幾步也不想回。

小老虎見了朝她揮手道：「大舅母，妳且回去，我們好得很。」

趙桂桃憂心忡忡。「我可聽說有些馬兒會摔人哪……」

「這馬小，不會的。」小寶安慰媳婦道。

趙桂桃拉他一把，和他低聲說：「這可是汪家的人送過來的，你看，莫不是要害我們家小老虎？」

看著疑神疑鬼的媳婦兒，小寶哭笑不得。「妳又胡思亂想啥？大姊剛替他們擇好了成親的日子，他們哪來的臉送馬兒過來害人？」

趙桂桃仍是一臉糾結。「如此便好。唉，你還是小心點，可千萬別讓小老虎給摔著了……」

他這媳婦自有了孩子後，小老虎要是跌一跤她都要掉眼淚，多愁善感又愛胡思亂想得厲害。大姊說，有些懷孕的媳婦會這樣，讓他好聲好氣哄著。小寶心疼媳婦，也見不得她為這愁、為那愁，便還是柔聲地回道：「知道，妳且放心。家中有客，妳去廚房幫娘看著點，別讓她把活兒都幹了。」

趙桂桃一聽，才想起廚房裡有活要幹，也不敢再耽誤時辰了，看著他們走遠後，又快步回了家，關了大門。

關門聲一起，小老虎回頭一看自家的門，便朝他大舅舅感嘆道：「大舅舅，我看明兒個早上我上學堂時，大舅母怕是又要哭上一趟了，肚子裡有孩子的大人可真是惹不得。」

「你知惹不得就好，還不乖乖聽話。」張小寶哈哈一笑，把小老虎抱起放到馬匹上。「你試試，要是小馬兒不聽話，咱趕緊下來，可行？」

一騎到馬上，汪懷善可樂得緊了，立馬揚頭，驕傲地說：「我可會騎馬，牠哪會不聽話！」

說著低頭去問小黑馬。「你說可是？」

那小黑馬是汪永昭特地幫著汪永安他們選來送他的，被關在圈裡馴養過一段時間，性子也不算暴烈，聽罷小老虎的話後，又見小老虎帶笑看著牠，便朝小老虎哈了一口氣，又往小老虎的臉邊靠了靠，還伸出舌頭舔了他的臉一下。

小老虎立即高興得哇哇大叫起來，抱著牠的頭不放，在馬上手舞足蹈的，差點樂成了個小瘋子。

張小寶在旁邊聽得他格格笑著又哇哇叫著，臉上也滿是笑意，心下對收了汪家東西的那點彆扭也就此擱了下去。

請汪家的兩兄弟坐下後，張小碗拿出紙，跟他們細細說道：「這紙上的什物，你們且叫聞管家都備好了，先準備著，到時也不易出差錯。」

汪永安接過，看罷兩眼，又朝張小碗拱手道：「謝過嫂子。」說著猶豫了一下，又問：「嫂子那日不來？」

「會去。」張小碗微微一笑。「且放心。」

她自會穿得妥妥貼貼地去。汪永昭讓她做的事，她自會做好，如此換得她這邊的寧靜，誰能說這不好？

「這就好。」汪永安算是鬆了一口氣，和汪永重對視一眼後，又朝張小碗道：「嫂子不回家中去住嗎？」

張小碗沒料到他會問得這麼直接，頓了一會兒，才淡淡地說：「帶著懷善一處住慣了，我這也是粗手粗腳的，許多規矩也不懂，過不得太富貴的日子，如今能住在此處已是幸事，就不回家中給老爺、夫人添麻煩了。」說罷，朝這兩人一笑。「這些紙上的事我都是問過外邊的老婆子的，要是有不對的，你們且叫聞管家再去問上一問，我看他許是懂得要比我這婦道人家的多。」

汪永安見張小碗那話直往客氣裡講，便知道剛才他那話是問錯了，趕緊往回找場，問起了懷善的飲食起居來。

說罷幾句，張小碗就起身送客。

兩兄弟被送出了門，隨後他們倆看著那緊閉的大門，兩人面面相覷，一會兒，汪永重沒憋住，跟汪永安說：「大哥早囑咐過，不該說的話就不要說，要不，熱茶都討不得一杯。」

汪永安唉聲嘆氣了一句。「嫂子要是回去多好，我看她管家厲害得緊。你看看這院中歸置，乾乾淨淨又井井有條。」

「你莫再亂來了……」汪永重拉他去了拴馬的樹前，左右看無人，這才小聲地跟汪永安說：「我聽大哥的意思，是讓你媳婦管家。」

「我媳婦?!」完全不知情的汪永安驚了。

「你媳婦那家的人，聽說其母就是那內宅夫人，是個厲害的，據說他們那家子三代秀才，家裡卻是窮得連鍋都揿不開，是她嫁過去後，家中從無到有，這才好了起來。現下他們家中良田都有數百畝，怕是還會陪嫁過來一些予你。你那媳婦我也聽人說道了，那小姐繡活也好，才情相貌也好，都是拿得出手的……」汪永重把他這些日子以來派人打聽到的事情告知了他二哥，隨後還嘆了口氣。「回頭三哥知道了，見著了你那個品性好的媳婦，還不定怎麼說大嫂的不是。」

「他有臉說？」汪永安一聽一瞪眼。「是那家品性不好，見我大哥免官，家道一落千丈，這才狗眼看人低，推了他的婚事，這關嫂子什麼事？」

「他性子如此，不說也罷。」汪永重翻身上馬，臉色沈穩地道：「且看大哥怎麼安置咱們這一家子，我看咱們這嫂子，是不會回咱們汪家的了。」

這時已到十一月底，離過年就只剩一個月了，汪懷善的先生突地生了場大病，懷善與他感情好，淚眼婆娑地求他娘接了先生著家醫病。

孟先生是底子虧，大夫說了，這病治不好，得藥拖著命，人死不了，但費錢得很。

說來張家人也是真心疼愛小老虎，小老虎這才在飯桌上剛跟他娘求呢，眼睛才一紅，那桂桃就哭著把手上的銀鐲子往桌子上放，哭哭啼啼地跟張小碗說：「大姊，妳依得懷善吧……」說著就去摸小老虎的頭，安慰他道：「你別哭，都依你，你先生就讓咱家給他治病！」

小老虎看著掉淚比他還要快的大舅母，目瞪口呆得完全哭不出來了，那眼淚到底也是沒掉下來。他心想，他的大舅母可是一日且比一日會哭了。

張小碗也是被懷著孕以來就特別心軟又善感的弟媳給鬧得有些哭笑不得。她點了頭，溫和地說：「明日就接了回來，他是懷善的先生，不知教了懷善多少學問；再說，一日為師，終身為父，他家中之人也沒有了，我家替他頤養天年也是應該的。」說罷，問張阿福和劉三娘的意思。「爹、娘，你們且看呢？」

這家向來是張小碗當家作主的，張阿福和劉三娘哪有什麼看法？都是連連點頭。

第二天，那孟先生就被張小寶和張小弟趕著牛車接了回來。他們也與先生說了，每日早間，待先生好了、能動了，張家兄弟自有一人駕著牛車送了他與懷善去學堂，晚間再接了他們回來，都不誤事得很。

孟先生與懷善的感情確也是好得很，他孤身一人良久，年齡也老矣，小老虎又是個至情至性的，知道他冬日袍子薄了，都要央了家人給他置辦厚裳。因此，孟先生心下更是在對他寄予厚望之餘，又對他偏愛得很，當然不忍拒他的善心，也且歡喜能多些與他照面的時間，教予他更多。

他與汪家那娘子也曾照面接觸過，知她是個心寬眼寬的，不會計較他添的麻煩，如此便也讓張家人接了他過來。

張家人知道他是有學問的先生，都對他尊重得緊，他在張家待得舒適，加上藥汁跟上，這病情卻也是日日好了一些起來，不再像前些日子，連床都起不得。

那廂，汪永昭在聽得先皇帝師那隱在民間的弟子去了那婦人家後，當下就輕斂了眉頭。

他上座的忠王世子這時卻對他笑道：「果然虎父無犬子！我看你這小兒，日後也是個大有出息的！」

張小碗因汪家的事算是暫時歇停了，目前短時間內，至少今年過春節期間，她不用再擔心要不要跑路，心上的負擔算是暫時去了一二。

但現在形勢還不是太明朗，也不知日後會不會出事，她暫時就沒讓小寶、小弟去尋店鋪開店。

現下孟先生的藥錢實則也是一筆不小的銀錢，但好在張小寶、張小弟都是會盤算的人，大冬天的，還時不時地去河裡抓條魚、去山裡打點獵，家裡的吃食倒是無須擔心。

只是外面天寒地凍的，張小碗也不願意他們老出去，但兄弟倆勤快慣了，讓他們在家好好歇著，他們能蹲在堂屋前揪著頭髮，傻呆呆地你看我一眼、我看你一眼，然後唉聲嘆氣。

看得張小碗不耐煩了，一人一扁擔打出去。「都出去掏你們的魚、抓你們的兔子，免得在家看得人心煩！」

這下兄弟倆樂意了，找背簍揹的找背簍，找弓箭的找弓箭，尋好了東西就傻笑著一前一後一溜煙地跑了。

而他們背後，趙桂桃則「哎喲、哎喲」地跺著腳，大聲朝他們喊道：「跑慢點，別摔著了！衣裳穿緊了喲，腳可千萬別沾濕了，冷著了腳……」

瞧她嚷嚷著的那認真勁，也不管人已經跑遠了。小妹搖著頭、嘆著氣，去把大門關上了，回頭跟張小碗嘆氣道：「我還以為娶了個賊精明的回來，原來竟和大哥一樣，是個憨氣的。」

趙桂桃一聽，回過頭對著小姑好聲好氣地解釋。「多說兩句也是好的，他們會記在心上的。」

「那他們也得聽得著啊！」小妹一挽她的手，扶著她往裡走，笑嘻嘻地道：「我看妳一天到晚操心這、操心那的，還不如陪我去練練字……」

張小碗跟在她們背後走著。這小妹連嫂子都要算計上了，讓她陪了練字，到時能藉著嫂子的面躲懶！這機靈勁兒老往歪處使，她不由得失笑起來。

汪懷善這邊，把孟先生接到家中後，他的好日子就要少過許多了。上了一天的學堂回到家後，常常先生一想起啥來了，當場就要找到他考考他，害得他想找小黑馬溜溜的時間都未得多少。

汪懷善現下的功課還是很緊的，早起要練兩張紙的字，要蹲一炷香的馬步，還要練半時辰的劍術，練完這些，才吃朝食，上學堂。

這下，晚上也要補功課後，一天也確實累得很，往往一從書房裡出來，就算他外祖母餵他荷包蛋吃，他都是閉著眼睛的，到了床上，就是乾脆睡死了過去，連靴都未脫。

這樣過了幾日，劉三娘在張小碗面前抹了淚，張小碗想了想，還是去找孟先生談了話。

孟先生起得晚，並不知汪懷善現在還是雞打鳴就要起來蹲馬步、練劍術，聽完張小碗的話後，他感嘆了一下懷善的勤勉，也就答應了把晚間書房那半時辰的補課去掉了。

「慢慢來吧，先生，這世上無多少一步登天的事。」對著孟先生的感嘆，張小碗微微一笑，不疾不徐地說：「說來也是我心大，希望他文武雙修，這才耽誤了他不少工夫，但先生也知這世道艱難，我只求他將來就是孤身一人，也能自己護得住自己。」

自己有身手，自己能救自己，她的孩兒才能活得好、活得久。所以哪怕是要耽誤點功課，張小碗都希冀他能練就了得的身手。

孟先生稍一想，也明瞭張小碗的意思，點頭應允。「我知，是我魯莽了。」

「先生客氣了。」張小碗把來意說完後，就微笑告退而去了。

第二天學堂裡，孟先生和汪懷善待一起時，問起了小老虎，關於他娘平時是怎麼教養他的事。

汪懷善是得了張小碗的囑咐的，在家，無論他多黏她，無論他多想待在她的身邊，都可以；但在外頭，他不能提她一個字，尤其是有關於她跟他說的那些事。所以就算是孟先生提了，小老虎也有些為難。

他想了想，才這樣跟孟先生說：「娘是這樣教養我的，說在學堂要多聽孟先生的話，要多了解孟先生的意思；在刀叔家，要尊敬一家之主的刀叔，要敬愛操持家裡、勞心勞力的刀嬸嬸，還要愛護大寶弟弟，因為他還幼小，需要保護，對他好，他才能好好地長大。以前我不懂，跟先生學了學問後，想來先生您所說的尊師重道、尊老愛幼，就是這麼個道理。」

孟先生聽後點了點頭，看著汪懷善的眼睛裡滿是欣慰。

見先生並不再多問，汪懷善笑了，他給先生作了個揖，這才繼續說道：「娘多年來，養育我不易，我年幼時什麼都不懂，以為我喜歡的必是歡喜我的，那全都是我自己的東西，歡喜我也是應該的。後來吃了虧，受了教訓，那時候先生還沒來，是娘告知我許多，我才等得來先生告知我更多。」

與孟先生一番談話，回去後，當晚睡覺時，汪懷善讓張小碗等他睡著再回房。在入睡前，他問張小碗。「娘，那時要是因我不懂事，被人打死了，妳來不及救我，妳會怎麼辦？」

張小碗假裝認真地想了好久，才笑著道：「要是真有那時候，怕是會傷心得死掉吧！」說著又低低哄他。「所以為了娘，你要長命百歲，你要比娘活得更長，要好好護著自己，不要跟別人硬碰硬，你可懂得？」

「我懂得了。娘，我會活得長長久久、出人頭地的，讓妳不要幹那麼多活，好好享福。」汪懷善執起他娘的手放到他的肚子上，閉上眼睛，再三跟他娘、也跟自己保證。「妳且等著吧，妳的小老虎、妳的懷善，會讓妳過上好日子的。」

張小碗聽得低笑了起來，笑得淚都濕了眼。

說來，他那時要是一不小心就沒了，她豈止是會傷心得死掉啊，她會在那之前，把一干人全殺了也不可知。

只是為了不助長她孩子的戾氣，這些年間，她已經慢慢有意識地收斂起了身上的銳利，她讓自己變得溫潤，只是希冀她的平和能影響他，讓他因此也能學會平息血液裡那些暴躁的因子。

說來，確也不是不值得的，她的小老虎，漸漸長大成了懂事的現在，哪怕有時也有一些不可一世的驕傲，但那也是因他確實傑出。

一個每天花這麼多時辰練功學武、練字識學問的人，也確該有些驕傲，她只要確保他身上的那些驕傲，不會多得反過來灼傷他即可。

小寶與小弟都不太瞭解張小碗為何還要把糧藏起來，張小碗也知自己的這番行為，哪怕是在信服她的弟弟們眼中，也是謹慎得過了頭。

於是她想了想，還是跟小寶他們講了些未雨綢繆的事。

要是日子太平，那就每年存一些糧過去，把舊糧換出來吃了；要是眼看著不太平了，那就多存點，換得一家溫飽。

現下一家人多了起來，等到年後，汪家的親事辦完後，小弟的親事眼看著也快要辦了，到時一家老少那麼多人，這年月也不是那麼地好，平常三、五年的就有這個災、那個難，要是沒有存糧，這日子不踏實。

張小碗這麼一說，餓出來的小寶、小弟頓時覺得這是個好主意，只有餓慣了的人才懂糧食在手的踏實感，所以不待張小碗多說，兄弟倆就提了要打個隱密堅固的地窖的主意出來。

說來，張小碗也替一家子人盤算好了，在離京郊五百里處，她託胡九刀去找了一個靠山的、有河有溪的地方。

那裡人煙少，最近的一個村莊還離那兒有二十里地。胡九刀說了，那地方他也跟官府的人說下來了。

因地方有一點大，儘管那地偏僻得很，不值啥錢，但也還是花了一筆銀錢，這才辦了地契的文書下來。

張小碗打算待到開春，家中田裡、地裡的事忙完後，就讓兩兄弟名義上是出去當行商，實則過去把他們家的房子蓋了。

這事，張小碗也跟胡家夫妻說好了隱密辦，胡家夫妻不知她為何如此說，但因經過旱年那次，確實對她有些信服，這事胡九刀也就辦得隱密，那文書還是託他可靠的朋友給辦下來的。

那地，也有胡家的一份，他們也與張小碗商量好了，開春忙完田土裡的活後，胡九刀就帶著胡家的幾個人還有張家兩兄弟過去，把房子蓋起來。

這事因有些大，胡九刀是跟他當族長的族叔說了的，那地，胡家挪了錢出來，占一大半。

等到以後出糧了，就跟張家的打算一樣，把糧食的一半藏到那處去。

張小碗覺得她這行為有點「深挖洞，廣積糧」的意思，儘管花的銀子也會把家裡頭的這點銀子給折騰沒，但她還是這麼幹了。

不為別的，僅為她從汪永昭嘴裡的隻字片語中聽出來的意思。

這幾年，汪家不僅是要韜光隱跡，以後怕還得忍辱負重。汪永昭為了往上爬，他現在坐的那艘船，可是要翻上好幾翻才到得了岸那頭。

途中有多少凶險，張小碗弄不清，但她要做的就是給她自己的家人留很多條後路；至於汪永昭那頭，如他所說，汪家要是全滅了，他還要她的懷善替汪家傳宗接代，想來，他也不至於讓她一家折進去。

張小碗這邊暗中不著痕跡地做著很多事，有些事，除了兩個弟弟以外，她誰也不告知。胡家那邊也是聽了她的叮囑，平時做事再謹慎不過，表面上也平平靜靜的，一如往常。

大鳳朝二十年，汪懷善十一歲生辰快要來臨之際，這一年來除了汪家兩兄弟成親時來請過張小碗的汪家再次來了人，請張小碗過府一敘。

張小碗當天穿了她最得體的一套衣裳，上了妝，畫了眉毛，坐了汪家的轎子過去。她樣子實則不錯，只要不露出手腳來，妝容得體，倒也算得上好看。

這其實也不是最主要的，最主要的是她鎮得住場。汪永安、汪永重成親時，後院也不是沒鬧過事，是她一直站在那兒，該拖出去打的打了，該捉出去賣的賣了，該誰的罰誰也沒逃脫，這才讓背後興風作浪的手停了。

這次，是汪家現在掌家的二少夫人汪杜氏請她過去的，原因是汪永昭的小妾雯姨娘，把孩子生下來了。

孩子生下來是大事，但眼前更大的事，是有人在雯姨娘坐月子時的雞湯裡下了砒霜，雯姨娘哭哭啼啼地要求大少夫人給她作主。

這不，二少夫人不得不叫人請了她過去。

而張小碗只得穿了她的好衣裳，去看這一大家子又在使什麼么蛾子，動靜大得非要拖她這在一旁冷眼看著的人下水了。

抑或是，新納的溫柔美人生了個兒子，因此刻意叫她過去堵堵她的眼。

張小碗心願不是後者，要不然，汪永昭的姨娘這一個、兩個、三個都不是好的，這男人看女人的眼光未免也太差勁了些。

張小碗是被汪杜氏連請了幾趟才請過去的，她賣了汪杜氏這個好，自然也不白賣，一到門邊，見著了迎著她的汪杜氏，便開玩笑地跟她說道：「妳連著請了我好幾趟，怕是天大的事才這麼著急，只得為妳趕緊過來了。」

汪杜氏知自己的婚事是她作的主，哪敢怠慢她？使了眼色讓丫鬟、婆子走在後頭，才苦笑著與張小碗說道：「坐月子的身子，非得來我房門前哭，怎麼說都是剛生了孩子，只得替她出了這個頭，大嫂莫怪。」

「妳心善，該誇，哪能怪？」張小碗淡笑著。該說的話都說了，她也就不多話了。

她也沒想與這汪杜氏有多交好，能表面上維持了那點友好，夠用就好。

門戶一大，裡面的女人爭的就不僅僅是柴米油鹽這麼簡單的事了，心思一複雜，便知人知面不知心了。

所以，還是保持點距離的好。

兩人一坐下，張小碗笑著先開了口。「大公子呢？這事他可知情？」

「大哥聽說我請了您，說就讓您作主。」汪杜氏用帕子掩了嘴，微笑著道。

「嗯。」等丫鬟上了茶，張小碗掀開了蓋聞了聞，權當喝了，便道：「那人呢？」

讓她作主，那也就該出現了。

「這……」汪杜氏有些遲疑。

張小碗未看她，只是笑著道：「該不是請著我來作主，還得我去她那兒才跟我說吧？要真是這樣，我都要以為是我來拜見當家的姨娘主母呢！」說著，拿著帕子掩嘴，輕笑了起來。

她笑得歡暢，汪杜氏跟著乾笑了幾聲，這才板了臉，對身邊的婆子說：「還不請雯姨娘過來！有那身子骨兒去我房門前哭訴，怎地大少夫人來了，她就沒那個身子骨兒過來說話了？」

那婆子慌張領命而去，汪杜氏則扭過頭來朝張小碗又苦笑道：「嫂子莫怪，雯姨娘先前使了大哥的小廝過來，說她受了驚，下不得床。」

「喔，是嗎？」這時有人往後院堂屋這邊走來，聽得那越走越近的幾道腳步聲，張小碗眉眼未驚地淡然道：「當年表姨娘也如是，讓我這正妻去她房裡拜見她一個當姨娘的，我原來還以為是她不懂事，現下看來，怕是大公子的姨娘們都有這個習性。」

張小碗一語，就拉了好幾個女人下馬。

這時，那汪家的幾個兄弟也相繼推門而入了。

汪杜氏連忙站了起來行禮。「大哥，夫君，三弟，四弟。」

「大嫂。」汪永安、汪永重相繼抱拳叫道，而那汪永莊的聲音則慢了一步。

張小碗微微一笑，朝他們福了福禮。「二公子、三公子、四公子。」朝他們施完禮，才朝汪永昭再一福腰。「大公子，恭喜您喜得貴子。」

這話說得汪永昭眉毛直跳，隨即撩袍上座，朝她問道：「妳要看上一眼不？」

張小碗在他下座坐下，微笑著道：「不了，等會兒就回了，家中還有事等著。」

汪永昭未語，只是那如寒冰的眼睛又盯了張小碗一眼。

張小碗被他如此瞧得習慣了，早就不痛不癢，只微微笑著坐在那兒，不言不語。

堂屋突然就靜了，一剎那，便只能聽到人的呼吸聲。

靜候了一會兒後，張小碗站起了身，看了看天色，淡淡地道：「看來雯姨娘是來不了了。」

汪永昭皺眉，對著隨侍的僕人斥道：「還不快去叫！」

張小碗看著那被汪永昭的厲色嚇到的僕人連滾帶爬而去，隨即轉身朝著汪永昭笑道：「我還是不候著了，家中還有事。既然大公子在，就請大公子替雯姨娘主持公道了。再說了，汪家現在掌家的是二少夫人，我來一趟，也算是盡了您的姨娘非要見我的心意了，既然她來不了，我就走吧。」

她來了，姨娘卻拿捏著生了兒子的身分不見她，反倒要她去，要是這種話傳了出去，不知要有多少理要說到她這邊了。心想到這兒，張小碗嘴邊的笑都要更深了。

她來這一趟，原本想著還要找藉口推了這爛攤子，早來也早回，怎知這大公子的新姨娘還是不爭氣，現下眼看著連藉口都不用想，她就可脫身了。

她說著，不待汪永昭說話，就又朝汪杜氏笑著說：「二少夫人要是有空，可否送我出門？」

「妳——」汪永昭眼看就要拍桌子了，但在那一刻，他突然對上了張小碗向他看來的冰冷的眼，一時之間，也就想起了張小碗說的那些「他娶多少個妾、弄多少個孩子都不關她的事，最好也別麻煩到她」的話。於是，他用盡了全身的力才把那手收回了，放到腿上，然後恢復了他平時的冷漠。「要回那就回吧。二弟妹，送她入轎。」

如此，張小碗沒來得多時，就比她預計的要更快地又走了。

她走後，汪永昭抱了兒子去奶娘處養著，回頭到了雯姨娘的房裡，看著床上那個含著淚眼，卻一臉倔強地看著他的女子。他實在弄不懂，這些他喜愛的女人，溫柔的、善解人意的，還是骨子裡有倔骨的，無論是什麼樣的，到頭來，為什麼一個個全都認為憑著他的喜愛，就可為所欲為？

九月底，因田裡、地裡的活兒，小寶、小弟他們也回來了。

因著在山谷處蓋房子，人少活多，他們這大半年的只回來過一趟，在家沒待幾天就走了，連生了孩子的桂桃一等能下地，便也抱著孩子趕過去給他們煮飯了。

趁著農忙，這次一家人又全在了一起，覷著這時機，張小碗想把小弟的婚事給辦了，他還是搖頭拒絕。「等明年吧，咱們家那邊的活兒全幹完了再說。」

張小碗頭疼。「你等得，看好的姑娘等不得。」

小弟還是慢吞吞地搖頭。「那到時再說，再找就是。」

張小碗看著完全不著急的小弟，真是不知說什麼的好，但她可以逼迫他們練字、算數，這等事她卻是不想逼迫的，所以也只得靜待時機，再好好說道他幾句，讓他改變主意。

但小弟是鐵了心的，等小老虎的生辰一過，家裡的活兒一好，穀子也曬好了，就連夜駕著馬車，把穀子送到新住處去了。

他們說，跟胡家的那三位也說好了，今年的這段時間內要留在那邊打獵，等到春節前幾天才回。

胡家那邊的那幾位，說好了也是跟他們一樣，是出外行商，所以這一走大半年的，只要帶了貨物和銀子回來，誰也不會懷疑；這次一走，只道他們又是出去走南闖北了，就算是春節不回，也不會懷疑到別的事上去的。

這次胡九刀留了下來，陪著胡娘子，胡娘子因一直在家照顧唸書的胡大寶，夫妻倆也有大半年的沒在一起了。

張小碗家的桂桃也沒走，帶著胖兒子跟著一家子住著，等著他爹小寶回來。

還好這時離春節未得多久，過了差不多一個月，張小寶、張小弟就又回來了，不僅揹回來了過年的肉，還給了張小碗三十多張上好的兔子皮。

見著兔子皮，張小碗欣喜得很，叫上小妹和桂桃，連趕了幾夜，做上了好幾件衣裳送到裁縫鋪去，確實在快要過年的大好時機前掙了一小筆銀子。
張家的人都是實惠的，見著銀子了就歡喜，當夜一家人在桌上個個數了一遍，個個伸手都沾了一把財氣，這才讓張小碗把銀子收了起來。
小老虎更是一筆帳一筆帳地算得清楚，連這銀錢能買得幾畝良田，能替他的胖弟弟買得多少的麥芽糖，他都算得清楚，確實把他家小姨和他家大舅母逗得合不攏嘴，只道自己家中出了個精算盤，靠著他，以後家裡眼看著是不用愁吃、不用愁穿了。
說到這一年春節，張家人過得甚是和美，但汪家那邊卻出了事。
汪家的三公子，也就是汪永莊，在大年初五這天，在外頭喝花酒時，和一個官員的兒子搶起了花娘，被人家七、八個家丁圍毆，打傷了半條腿不算，因他也打了對方的公子爺，那家人把他一告告到了衙門，瞬間，這位三公子就把韜光養晦的汪家推到了人們的視野裡。
得了第一手消息的汪永昭當天便快馬趕了過來，拍響了張小碗家的門，氣急敗壞地說：
「你們一家現在趕緊收拾好了，半個時辰後，給我趕緊走！」
「出了什麼事？」張小碗一邊急跑進門，大叫著小寶他們出來，一邊問汪永昭。
「永莊中了別人的圈套，怕是有人要對汪家清算，你們這邊給我趕緊走！」汪永昭顯然是氣狠狠了，那臉色都是鐵青的。
「大姊，怎麼回事？」這邊，小寶、小弟、小妹們一窩蜂地跑出來，還以為是汪永昭在欺負他們大姊，眼看著立馬又要動手了。
「愣著幹什麼？」張小碗大吼。「收拾東西去，咱家趕緊走！」

吼完，厲眼瞪著他們，見他們只愣了一下，就又像被野獸追似地回過身，收拾東西去了，連跳到空中要過來救他娘的兒子聽到此話，得了她話中的訊息，也趕緊地回過身，一陣風地又快跑著回去收拾什物了。

她這才又恢復平常神色，轉臉對汪永昭道謝。「謝大公子過來報信。」

汪永昭聽後，連看都沒看她一眼，轉身就要走。

但剛轉過身，後面氣喘吁吁快馬趕過來的江小山一見到他，對著他就一把跪下，足磕了五、六個響頭，才抬頭雙眼含淚地道：「大公子、大公子，皇……皇上駕崩了！」

張小碗看了江小山一眼，再看看汪永昭。這男人鐵青的臉看過之後，又看了看哭哭啼啼抽泣著的江小山一眼。然後，她又看了看汪永昭，見他不開口說話，她實在忍無可忍了，只得力持冷靜地問道：「大公子，是走還是不走？」

鐵青著臉的汪永昭掃了她一眼，一言不發，揮袖而去。

江小山隨即也連滾帶爬地跟隨而去了。

張小碗輕皺著眉站在原地，剛站了一會兒，就聽到後面響起一串腳步聲，只見小妹手上提著四個包袱，背後揹著一個背簍；桂桃則背上揹著家中的胖娃娃，手上也是四個巨大的包袱。張小碗都不知道，她們是怎麼把這一大堆東西給掛在身上的。

這兩個人一站定，便氣喘吁吁地看著她，小妹喘著氣說：「大姊，大哥說他到後面套牛車去了，馬上就從後面趕到大門前。妳房中的東西妳且快去收拾，我這些放到屋前就來幫妳搬。」

她話一說完，張阿福和劉三娘也小跑著喘著氣過來，張阿福跟張小碗說：「大閨女、大閨女，我和妳娘先到灶房尋兩根棍子去，好趕路……」跟她交代了一聲後，就拉著劉三娘的手，往灶房那邊又小跑了過去。

看著這緊張兮兮的老倆口，張小碗無奈地搖了搖頭。

「把包袱暫時放下。」張小碗指著地上，讓她們把手中的東西放下。「現在不急了，妳們去後屋叫大寶他們別——不，讓我先想想……」

張小碗想了想離去前汪永昭那緊皺的眉，還有那鐵青的臉。他沒說讓她這一家子走，但也沒說不走，她思來想去，決定不怕一萬，只怕萬一，他們一家子的人還是走得好。

說來，這皇帝駕崩了，要是汪家倒了大楣，她跑遠點，得了信後，可以再跑遠點；要是沒，那更好，到時能用得上汪家了，再找上汪家就是。再則，汪家若沒出事，這裡的田地和屋子是她的，也跑不了，待到形勢一明朗，再回來就是。

現下走了，無非是先換個地方討生活而已。

如此一想，張小碗的思緒清明了，對著小妹說：「把能收拾的全收拾好了，咱們不趕著走，把能用的都拉上。」

這時，前面已然有了牛叫聲，張小碗快步走到門前，對小寶吩咐道：「眼下不著急走，你拿了銀錢買兩匹壯馬，轂轆也去相熟的工匠家買好，既然要搬家，我們就搬個大家！」

張家人行動力確實強，家中的什物，連鐵鍋都收拾好了打包上了。馬車買好回來後，半夜他們幾人把糧、肉全搬上了車，在清晨時分，一家人鎖好了家裡整頓好了的大門，趕著牛車、馬車走了。

買好馬車後，一家人身上其實沒啥銀子了，張阿福和劉三娘卻是手中抱著大孫子，擠坐在馬車上樂呵呵的，臉上一點擔憂也無。

孟先生這次也跟著他們走了，本來過年時他就因身體已經不行，跟胡家村請了辭，現下是汪懷善去哪兒，這位老先生便也跟著他去哪兒，他也算得上是張家的一員了。

老先生是和張氏老夫婦擠在馬車上時，才聽得了張小碗在他身邊輕聲說的那句「皇帝沒了」的話，隨後在張小碗給他們送棉褥子墊背時，他張口朝她說了一句。「走有走的好，這京中怕是要亂上一段時間了。」

張小碗輕輕一笑，點點頭。

她要走的另一個原因就在於此。要是有大亂，汪家肯定也不會太平靜，這不平靜要是小事還好，想必掌家的二少夫人也能解決；可要是出了點什麼意外，有什麼大亂子，她肯定是要被波及的。

到時候一陷進紛爭裡，進了汪家，怕是抽不得身了。

她不能讓形勢把她帶進汪家，她一直不喜歡那個地方，知道一進去肯定會被困住。儘管她現在也是被困住，但困在那種地方，對她還真是折磨了。

她現在確實是必須幹活才能好好活下去，但這種活法，比成天跟著一群女人勾心鬥角要來得強。

而且對她來說，現在這個有家人的家，是她在這世上努力才得來的生活，她為此忍耐過，流過太多血淚，現如今的日子得來不易，所以哪怕有一點點陷進那種地步的可能，她都要斷絕。

現在這關頭，想來想去，走是上上策，吃不了虧。遠著點看形勢變化，比近著看要安全得太多。

一家人連著趕了三天的路，總算是趕到了那山谷處的房子。

那房子張小碗從未來過，只聽弟弟們及胡九刀說過，現下一見，倒真是欣喜了幾分。

主屋是她跟兩個弟弟們說的那樣，屋頂高，房架大，內屋寬敞。後屋的三個院子都有天井，排水的渠道也都是石塊砌成的，紮實得很。

第一天時，安頓好了老人家後，張小碗帶著弟弟、妹妹把糧食搬到糧倉裡放好，隨即在屋子裡燒了火，各個房間裡都放了火盆，驅散房子裡的寒意。

因著張小碗幹活索利，這不管是當弟弟、妹妹的，還是當弟媳、兒子的，全都使出了吃奶的勁兒跟上她的腳步，無論是清掃房子的，還是上山砍柴的，都快手快腳地做得很好。

張小碗看著，心裡也欣慰。說來也是，如果不是有著世俗的身分和規則在桎梏著人的腳步，其實他們一家人到哪兒，依著這勤快勁兒，哪能過不好生活？

可惜，這世上完美的事總是在想像裡，不會出現在現實裡。

他們不可能一輩子活在這山谷裡，得要出去生活，而懷善要是想做什麼，也還是需要一個說得過去的身分。

他們要在這個世道活著，就得守這個世道的規則，就得受這個世道的桎梏。所以，現下如此，其實也不錯了。要是壞，再壞也不過是舉家逃亡藏匿，再壞也還有條命能活著。哪天就算死了，能死在親人身邊，有人為你哭，有人為你挖個坑埋了，其實也是好事，比孤苦伶仃什麼都沒有的好。

而要是待汪家穩定了，屆時懷善到了年紀，要闖蕩了，要一個身分做他願意做的事了，想必也不會給汪家蒙什麼羞，她和汪永昭說定的事也是對雙方都有利的，到時也不會有什麼太多的差池。

至於到時會不會有更多的意外，說來說去，到底也是說不準的。人活著，大多情況下，誰也沒有通天眼，只能看一步走一步了。

而現在，先盡了人事，努力了再說。

張家舉家的這一逃，確實把汪永昭給氣得不輕，但他知道詳情時，已是在半個月之後了。

他在三王府裡浴血奮戰，幫著三王爺殺出了一條血路通到了金鑾殿上，三王爺成功登基之日，他則在病榻上九死一生。

待活過來了，剛喘了兩口氣，當今皇帝陛下要給他那個糟糠妻封誥了，他派了人想把她打理得好看點帶過來受封時，結果卻得了這麼個信，他差點一口氣沒上來！

他用命搏來了個官復二品，皇帝也主動要給那個女人賜封了，他卻得來了她跑了的消息！

汪永昭氣得連捶了床好幾下，江小山看得膽顫心驚，也確實不太明白他家大少夫人是怎麼個心思，怎麼就跑了呢？

一家人現下去哪兒了，都打聽不出。

「去胡家村，找胡九刀！」汪永昭真是用擠的，才從口裡擠出了這句話。

不稀罕當汪家的當家主母，嫌汪家給她找事，可以！他倒要看看，她有沒有那個不領誥命的本事！

七天後，張小碗在皇帝要宣誥命的那天及時到了總兵府，穿得還甚體面，風風光光地當著汪家一眾老少的面，把誥命領了。

汪永昭從殿上回來，卻聽說她又跑了！

「跑了？」汪永昭看著給他回信的江小山，萬分不解地問。

「是……說、說是家中有事，出了門就不見了。我回村子裡一看，那家中並沒人……」

江小山硬著頭皮答。

「……跑得倒是索利！」好一會兒後，汪永昭才冷笑出聲。「去胡家村報信吧，讓她回來。受了汪家的誥命，卻躲那麼遠，她倒是想得美。」

「大公子……」

「就說今年府試要開考了，她的小兒也該下場試試水了。還有，她要是不出現，你就把那胡九刀一家接到府中作客幾天。我就不信，只半天時間，她能跑得了多遠！」汪永昭說完這句話，揮手叫江小山下去辦事。

等人退下，門一關上後，他長吁了一口氣。這日子啊，真是勞心勞力，且還有得熬呢！現在那婦人想跑，也得看看他願不願意讓她跑？汪家的門，不是她說來就來，說走就走得了的。

思及世子爺對那小兒的「看重」，汪永昭想到那婦人要是知情後，不知會不會再把她的箭對上他的胸口？

「弒夫……倒是她做得出的。」汪永昭摸摸胸口的位置，再想想那婦人冷得毫無感情的眼，和那雙殺人時抖都不會抖動一下的手，不由得輕笑出聲。

她倒是養了個好兒子出來，可這蠢婦現下還不知道，有時養得太好、光芒太甚可也不成。他不在意這個多出來的兒子會如何，可還有人想拿住那小兒來拿捏他呢！

自以為聰明的蠢女人。他倒是真想知道，她得知實情後的那張臉，還能不能給他假笑得出來……

第十九章

張小碗坐在張小寶駕駛的馬車上，剛趕到一個村子裡落了腳，半夜就被趕來的胡家村的人找到，於是沒得半晌，張小碗便由胡家村的人駕著馬車，帶回去了京城。

她讓小寶等信，等是否讓汪懷善也到京城的信。

張小寶先是不從，就連張小碗拿了棍子打了他，他也不讓他大姊一個人去，還是張小碗掉了淚，這憨漢才紅著眼，站在路的這頭，遠送了他大姊的馬車離去。

張小碗清晨進的城，她手上的包袱裡還裝著那二品誥命夫人的衣袍。

等她進那總兵府時，依舊是那汪杜氏迎的她。

張小碗笑著跟她去了給她準備的房，放下了東西，再去見了胡氏夫妻。

見到她，胡娘子抱著大寶走過來笑著說：「給姊姊夫人請安了！大寶，快給你碗嬸嬸磕頭！」

一聽她沒失親密的稱呼，張小碗頓時失笑，笑著說：「哪有姊姊夫人這樣的叫法？也就妳叫得出口……」

說著，搖著頭把在地上給她磕頭的大寶一把抱起，頓時「哎呀」了一聲，說：「怎麼養的，這才幾天不見，怎地又重了些許？」

大寶抱著他碗嬸嬸的脖子格格笑，特別大聲地說道：「這裡的梨子好好吃，還有好多糖！老虎哥哥說了，見著好吃的就要吃飽，我剛可啃了三個梨呢！吶，碗嬸嬸，我這裡還有得一個，給您吃！」說著，從他拱起的小胸膛前掏出一個大白梨，放到了張小碗的嘴邊。

「可是愛吃？」張小碗頓時笑彎了眼，引來了大寶不斷地點頭承認。

一旁的汪杜氏笑著抿嘴，對旁邊的丫鬟笑著道：「還不快再上一盤給胡小公子！」

張小碗笑了笑，抱著孩子問胡娘子。「刀爺呢？」

「在旁邊屋子呢，這裡全是姑娘家家的，我讓他坐屋子裡別亂走動，這可不是咱村裡，可不能那麼隨便。」胡娘子笑著道，把大寶接了過去。

張小碗微笑著看她抱了孩子去，便轉頭對汪杜氏笑著說：「這不，他們家裡農活多，一日都缺不了正主，讓他們回吧。」

「這……」汪杜氏有些猶豫。

張小碗也未多與她說話，又回頭對胡娘子笑著說：「回吧，回頭得空了，我再去看看妳。」

說著就去了桌前，看了看那上面擺著的糖果和水果，她眼睛四處找了找，見沒什麼大帕子之類的東西，便回頭跟汪杜氏笑著說：「快去給我找塊布巾。」

「啊？」汪杜氏沒見過這種場面，一時不知如何回答。

「布巾。」張小碗又笑著重複了一次。

「快去、快去！」汪杜氏真是愣了好大一下才回過神，揮著帕子連連叫丫鬟。

丫鬟快手快腳，片刻間就不知從哪兒討了打包袱的布巾過來。

張小碗把糖和那些在農家裡明顯是稀罕物的水果全倒在包袱裡。

大寶也是打小跟著他的老虎哥哥混的，那心眼愣是要比他爹多了幾個，見他碗孃孃幫他搜刮好吃的，便跳著腳、舉著手，指著旁邊的屋子。「碗孃孃、碗孃孃，那屋也擺得有！」

張小碗聽了笑道：「那好，碗孃孃幫你去拿。」

說著，也不管汪杜氏和丫鬟、婆子怎麼看她的，把這屋裡吃的打包好了，便進了隔壁胡九刀的那房，跟見著她就嘿嘿笑著、撓著頭的胡九刀打了個照面，把桌上那些吃的也全倒進了包袱，這才打好了結，彎腰跟大寶說：「拿回去慢慢吃，不可貪多，大寶可是要換牙呢，糖吃得多了，牙可長得不好看。」

「大寶知道呢，謝謝碗孃孃！」大寶吞著口水笑，笑得嘴巴一個不小心沒閉攏，口水滴答掉在了他的衣裳上。

張小碗看得發笑，掏出帕子給他拭了嘴和衣裳，這才起身對胡九刀他們說：「回吧，我送你們到門口。」

她一路領著他們到了側門，沒哪個誰敢上前阻攔她，連聞管家也遠遠著幾步跟在她身後，半駝著背，不敢上前。

僕人打開門時，張小碗伸出手給胡娘子整了整衣裳，垂著眼輕聲地說：「我們娘倆，給你們添了不少麻煩了，你們可別見怪。」

胡娘子知道她是在跟他們家道歉，便伸手握著她的手，也輕聲地笑著說：「妳別跟我們說這客氣話，當年沒妳幫助，我們一家怕是也沒了，這又算得了什麼呢？」

說著又輕捏了兩下張小碗的手，跟她打著暗號，說有什麼事背地裡來找他們即可。

胡九刀站得離她們很近，也聽不見她們說話，看不見她們之間的互動，這時在他背上的大寶便問他。「娘和碗嬸嬸在說什麼悄悄話呢？」

胡九刀想了想，便告訴兒子道：「碗嬸嬸說，她也要在這家住一天，讓我們別操心她。」

胡大寶聽罷，揚高著聲告訴張小碗。「碗嬸嬸您且住下，待吃飽了，我尋了老虎哥哥就過來接您回去！」

張小碗一聽，便鬆了胡娘子的手，轉過了臉對著他露出一個大大的笑。「知道了，你跟著爹娘快快回去吧！得了糖，可也要給哥哥、姊姊們吃上些許，不可打架。」

「知道了、知道了！」大寶跟著他爹轉過了背，卻還是回過頭朝著張小碗囑咐道：「碗嬸嬸您定要吃得飽飽的，還要留上一些，待明日老虎哥哥與我來接您，您再給我們吃！」

張小碗點著頭，微笑著朝他揮揮手，目送了他們離開。

等他們真的走了，她才回過頭，朝著那對她笑的汪杜氏淡淡地說：「大公子呢？」

她這時斂了臉上的笑，臉色冰冷，眼神冰冷，全身的氣息哪有剛剛那般的溫暖平和？汪杜氏只看她一眼，頓時心驚了一下，福了福禮，這才輕聲地道：「大哥說午時即回。」

「那便再等等吧。」張小碗說到這兒，朝聞管家那邊看去，那聞管家一見她看過來，迅速上前。

張小碗曾管家兩年，她的厲害，他是完全知道的，再說他對她也有敬意，萬不敢有所怠慢。

「二少夫人忙，就別煩勞她了，讓她忙她的去，你找個丫鬟領我回房，我且歇息一下。」張小碗淡淡地說。

「大少夫人，您不用點早膳？」聞管家小心地問。

「待大公子回來，就說我見不著他，便吃不下飯，讓他回來了，有空的話，讓我一見吧。」張小碗說完話就往那裡面走，嚇得一干人等全都齊齊讓邊，讓她快步通過了他們。

「您且等一步，我帶丫鬟給您引路！」聞管家一見她那帶著些微殺氣的走勢，忙朝著二少夫人一彎腰，頓時急呼了一聲，就跑到了她的半個前頭，帶著個丫鬟跟著她的步調走著，領著她回房。

而張小碗的身後，汪家的二少夫人還有奴才這些人，一時半刻的，都似啞了，誰也沒有先開口說話。

汪永昭一下馬，聞管家就忙上前輕聲地稟告。「大少夫人在房內休息，連早膳也未用。」

「怎麼？想餓死在汪家，讓汪家被千人所指？」汪永昭把馬繩一甩，漫不經心地說。

「我看是沒什麼胃口。」聞管家沒料到會聽見這麼硬氣的回覆，心裡叫苦不迭，嘴上還是有條不紊地道：「要不要請大少夫人過來黑燕閣用午飯？」

汪永昭瞥了他一眼。「你收了她的那點好，到現在還記得？」

聞管家聽得把頭都彎到了膝蓋骨上。「老奴不敢。」

「哼！」汪永昭冷哼了一聲，大步走遠了幾步，才頭也不回地開口。「那便叫吧！」

等他走遠，聞管家才直起了腰，苦笑著搖了搖頭，在嘴間感嘆了一句。「這哪是夫妻，簡直就是……」簡直就是冤家。聞管家嘆了口氣，這才提步匆匆往張小碗住的房間走去。

張小碗從聞管家那兒得了信，在聞管家領她過去的路上，這個老奴幾次欲言又止。

在一處拱門前，走在前面的他停下了身，轉頭對她施了一禮，輕聲地說：「有一句話，老奴不知當不當說。」

「說吧。」張小碗看他一眼。聞管家是家奴，跟了汪觀琪差不多一輩子了，她自認在那兩年對他不薄，幫過他一把，但也未曾想過他會幫她什麼。

現下看他這神色，怕是真有話要對她說。

「大公子不到十歲，就跟著老爺行軍打仗了，脾氣自然是有些許硬的。」聞管家看了張小碗一眼，小聲地說：「有時，您要是軟點，不定還能以柔克剛……」

在張小碗似笑非笑的注視下，這老奴的話越說越小聲，小得最後一個字都不怎麼聽得見了。

等他說完，張小碗又笑了笑。「謝您指點了，帶路吧。」

以柔克剛？要是有用，她肯定會用。

對他無用，用來幹什麼？

張小碗被領進了一幢氣派的閣樓，在大得寬敞的廳房內，見到了坐在最中心的八仙桌處的汪永昭。

汪永昭坐在那兒，眼睛定定地看著她，張小碗眉眼不眨地走了過去，朝他福了福身。

「大公子安。」

「大少夫人安！」站在一旁的幾個丫鬟和小廝也全都朝她行了禮，十來個人的聲音疊在一起，女的嬌、男的渾厚，震得整個廳屋都震動了起來。

張小碗抬臉，朝他們一一掃了過去，也沒笑，只輕頷了下首，便朝汪永昭說：「妾身可能坐下？」

「坐。」汪永昭在看過張小碗一眼後，吐出這個字。

張小碗在他面前坐下，看著他拿著毛巾拭手，用茶漱口，突然覺得有些好笑了起來。她希望這男人不是在她面前故意此番作態才好，要不然，未免太幼稚了。

氣派的廳房，富貴的擺飾，這些可以且想是平時的樣子，但一個人吃頓飯，還要用上四個美丫鬟、八個看來是武兵的小廝？也不怕被十幾雙眼睛瞪得噎死。

張小碗在心裡失笑，表面還是平靜地看著汪永昭擺弄完他吃飯前的動作，提起了筷。她剛看他動手挾了菜，她就拿起了筷子，端起了碗，飛快地挾起菜吃飯了。

她吃得不算失儀，也未露齒，只是速度快，在汪永昭剛吃半碗飯後，她一碗飯就吃完了。她把手伸到一邊，眉眼不抬地對著丫鬟那處道：「添飯。」

她說罷，汪永昭卻重重地放下了手中的筷子，看著她的寒目裡跳著怒火。「妳這婦人，沒有人教過妳什麼叫儀態嗎？」

「我有何失儀之處？」張小碗抬眼，輕聲地、不快不慢地道：「大公子是看見我掉飯粒了，還是吃得出了聲響？還是說，我露出了牙？如若有不對之處，還請大公子指教。」

她倒是想聽聽，汪永昭會不會埋怨她吃得比他快！

汪永昭看著她，眼睛裡的暴怒起得快，這時消失得也快。他看著張小碗，對著空中說了一聲。「添飯。」

有丫鬟快步上前，添好飯端了上來。

「你們下去。」汪永昭吩咐了一句，面容平靜。

又是在探她的態度？張小碗想起聞管家所說的以柔克剛，無奈地在心裡笑了笑。

她倒是想柔，恭順她也會，她也都裝了這麼多年的恭順了，只要日子好過，裝到底也無妨。

可實際上是，有些時候她要是不堅強，便也只有軟弱可欺這一途了。

她要是不堅定，沒人替她撐腰，沒人替她護住他們母子的安全，他們早就沒了，哪等得來有人跟她說以柔克剛的一天？

張小碗自嘲地挑起嘴角，把第二碗飯吃下了肚。

汪永昭也不疾不徐地吃完飯，擱下筷子，這才開了口。「食不言，妳犯了這條。」

「公子問話，婦人不敢不從。」張小碗看著他的眼，平靜地說。

汪永昭眼露笑意。「妳是否從不知什麼叫溫順？」

張小碗默然，低垂下了眼。

「妳叫懷善明日回來，這次的府試，他可參加。」

「大公子，望您恕罪，有一話，婦人想請問您一下。」

「說。」

「為何忽然想起懷善？」

「呵，他也是我的小兒，有何忽然？」汪永昭輕笑了起來，面目如畫。他嘴邊帶著笑意，看著張小碗說：「妳要知實情，也無妨。妳不是指望他飛黃騰達嗎？現下，你們的時機來了。靖世子見他天資聰穎，想見上他一見，來日，收他為門徒也不可知。」

「靖世子？」張小碗心裡不斷地冒涼，臉色也漸漸發白。「忠王爺的那位世子？」

「嗯。」汪永昭端過手邊還冒著熱氣的茶，輕抿了一口。

「大公子，有話您一次說完吧。」張小碗慘然地笑了笑。

「張氏，妳知妳嫁的是誰家吧？」

「知。」

「妳知？」汪永昭的臉冷了下來。「那就別想一邊受著汪家的庇蔭，一邊卻妄想逃脫干係。」

「是婦人先前那番膽大包天的話冒犯了公子？」張小碗把手伸到袖子裡，緊緊地用指尖掐住了手心，才沒讓自己顫抖。

汪永昭未語，嘴角卻勾起了笑。「自以為聰明的蠢婦。」他輕描淡寫地說完，便續道：

「讓他七日內趕回，我要攆他入世子府。妳最好讓他在這幾天內趕回來，要不，別以為你們張家人一家子住得遠遠的，我就無法奈你們何。」

「大公子知……我們住在哪兒？」張小碗吞了吞口水，此時，她的眼睛抬不起來看人，心中一片驚駭。

「我不知……」汪永昭合起手，捏了捏關節，捏得骨節喀喀作響後一會兒，才慢悠悠地接著說：「但妳舅舅查清楚了你們住在哪兒，他現是我手下的都司，想必到時讓他去接你們張家一家，再是恰當不過了。」

張小碗閉了閉眼，忍了又忍，還是流出了淚。

她扶了凳，朝汪永昭跪了下去。「求您饒恕妾身先前對您的妄言吧。」

早在好久前，她的那箭就應射出去，而不是等來今日汪永昭的這番秋後算帳。

來到這個世間這麼多年，她還是天真得可笑，以為憑著一己之力就可以力挽狂瀾，以為憑著名聲，就可以多少震懾住汪家一點，也以為她努力了，就能多多少少對抗得了這個世道一點……

卻完全忘了，強權之下，她又算得了什麼？

「妳知便好，起來吧。」汪永昭看了眼張小碗。「以後，要說什麼話，在說之前妳最好想想，妳是誰，我是誰，想明白了，那些話再出口。」

說罷，他看著桌上的杯子沈思了一會兒，便又淡然道：「且帶他回來吧，忠王世子是非見他不可的。這次不是我要推他入府，是妳替妳的兒子找了個好先生的結果。」

「還請大公子明示。」張小碗扶著凳子站起，眼淚還是未停，臉上一片淒然。

「孟先生是先帝帝師的弟子，一直隱身民間，世子爺本想尋了他，看他是否有那個本事教養得了他的小公子；哪想，小公子的先生不是非他不可，卻讓他把你們母子摸了出來。」汪永昭說到這兒，嘲諷地笑了兩聲。「妳這也是終日打雁，終被雁啄瞎了眼。教養出個不凡的小兒疏遠祖父、父親，卻不料，日後他能不能活著，有沒有那個命施展本事，還得看我這個父親。」

說到這兒，他想該說的都對這婦人說完了，便朝張小碗揮了揮手。「飯也吃完了，妳回妳的村子當妳的農婦吧，那小兒，讓他幾日後來見我即可。」

她與許能在內宅嚇住幾個沒見過世面的下人奴才，但她最好明白，在汪家裡，順從他才是她的為妻之道。

他才是那個說什麼便是什麼的人。

而她，不過是個粗俗妄為的蠢婦罷了。

張小碗帶著她的包袱從轎中下來，還在不斷地用帕子抹著淚。

江小山見她還在哭，心下憐憫，但也不敢多言，對她一彎腰，便道：「大少夫人，請您好好歇息，有事派人傳話來府裡即可。」

說完，吆喝著轎伕抬著轎子而去，等他走了一段路，回過頭時，看到大少夫人還淒楚地在看著他們這邊，江小山不知怎地，眼眶突地一酸。他抬頭抹了抹淚，自言自語道：「這真正是心狠了，花幾百兩的銀子給雯姨娘抬了梅花樹回來栽，卻把正頭的誥命夫人打發到鄉下來……」

說著，想起災年那些日頭裡，張小碗給他吃的那幾個從她嘴邊省下來的粗饅頭，他便越發傷心，眼淚越擦越多。

這廂江小山哭著走了，轎子也不見了蹤影，張小碗一屁股坐到了房門前，拿著帕子拭臉的手也鬆了下來，垂在了冰涼的地上。

她坐在房門前想了一會兒，才撐著地站了起來，在牆邊暗溝裡掏出了鎖匙，打開了大門。

進去後，她洗了個冷水臉，又去灶房裡弄了點吃的，等到黑夜，才急步去了書房，拿出藏好的筆墨紙硯，寫好了兩封信。

第二日一早，她去了胡家村，把信交給了胡九刀，讓他送信。

胡九刀聽說是七日之內要把人帶回，接到信後就啟程而去了。

當天，胡家村的另一人，拿了另一封信，去了鎮上的另一戶人家，託人把信慢了胡九刀半日送了出去。

那家人收到張小碗的信與其信封內的銀票，又替她存起了糧。

小老虎在第六天夕間趕到了葉片子村，離門好幾十丈遠時，張小碗在屋內就聽得他一聲高過一聲的喚娘聲。

待她跑到門邊，她那坐在馬上、風塵僕僕的兒子對著她就揚起一抹笑，叫了她一聲。

「娘！」

叫完，身子往前一栽，倒在了此時正站在馬下的張小碗懷裡。

張小碗那刻間，心顫抖了一陣，她緩了好一會兒，緊緊地抱著懷中的兒子，才覺得全身又有了點力氣。這時她對上後面壯馬邊也滿面滄桑的胡九刀的臉，愣是從漠然的臉上擠出了笑，對他說：「煩勞刀爺您了。」

胡九刀搖搖頭，抹了把臉，對著張小碗就是一笑。「沒啥事。他兩日未睡了，夫人，您且讓他睡上一宿，明日即好。」

「知道了。」張小碗的臉木了幾天，這幾天都不知道怎麼笑了，現下聽著了胡九刀的話，那臉上的笑容才有了點真切的笑意。

「我先回家，明日早間我和我娘子再來。」胡九刀朝她一抱拳，不再多言，翻身上馬回去了。

這一夜，汪懷善睡得很安穩，張小碗見他一個翻身也無。

第二日，待到太陽高高升起，張小碗狠著心，用著冰涼的帕子覆在了兒子的臉上。

這時汪懷善被冷帕激得睜眼，手同時往他平時放弓箭的地方伸去！

「箭收在桌上，等會兒拿。」張小碗拿了冷帕子，放到了放置在一旁的熱水盆裡滌了滌，拿出了熱水帕給他繼續擦臉。

「娘……」汪懷善一見是她，傻了一會兒，待他娘給他擦完臉，他才傻笑著說：「我跟刀叔打賭三日就到，他偏不信！嘿嘿，誰叫他小瞧了我，看我不把他的下酒菜拿回來吃！」

「賭的下酒菜？」張小碗也慢慢地笑了起來，目光溫暖柔和。

「可不是？」汪懷善大剌剌地一坐起，伸出手讓他娘給他穿衣裳，嘴上則回他娘道：「足有三隻燻好的兔子肉！娘，妳可記得提醒我跟刀叔要！」

「記得了。」張小碗笑著說道，給他繫好裡衣的帶子，拿了外褲給他穿上，在他要下地的間隙，蹲下身給他穿好了在這幾日裡她親手為他做的新靴子。

汪懷善站起了身，張小碗給他穿好了嶄新的新裳，看著在藍色衣袍下的孩兒那氣宇軒昂的神氣樣子，她不禁笑了，笑中且還帶著淚。「從今天起，你就要自己打自己的仗了。」

「呵呵！」汪懷善笑了兩聲，一腳抬起，踏到旁邊的椅子上，這時他站得比張小碗高了，他一把抱住他娘的頭，按在他的胸口，輕輕地拍了下她的後背，嘴上滿不在乎地說：「這又算得了什麼？妳別怕，我也不怕。我就不信了，在這世間，我闖不出一條我們的活路來。娘，實則現在我高興得很，因為我出去打仗了，過不了些許日子，我就可以掙銀子讓妳花了。妳且等著，別人的娘有的，我都會給妳！」這時胡家一家三口趕了過來，幾人一道吃了朝食後，送了汪懷善到了村口的岔道上。

「且回去吧，我夕間就回！」汪懷善揚起手，跟他娘和胡家一家子人揮了一下手，露出了個大大的笑容後，騎著汪家給他的小黑馬，快馬揚鞭而去。

他娘說了，這世間誰人都喜笑臉而不喜哭臉，所以他要笑給人看。要是心裡苦了，回家關上門，躲在她懷裡哭即好。

汪懷善答應了她，以後在外面，他只笑，不再哭了。

汪懷善一路按著他娘所說的路到了總兵府，一下馬兒，對著小黑就擠了個鬼臉，跟牠說：「你可是汪家出來的唯獨得我歡喜的了！」說著把馬繩拴到旁邊的石柱子上，拍了拍小黑的屁股，哈哈大笑了一聲，扯了扯牠脖子上的鬃毛，在牠耳邊跟牠說：「你且在外邊等我一會兒，回頭給你吃糖！」

小黑聽得給他打了個響鼻，伸著頭過來蹭了蹭他的臉，逗得汪懷善更是哈哈大笑。笑間，他快步踏上石階，用力拍了門。「開門、開門！」

那門當即就開了，一位四十歲左右的僕人看著他的臉，怔了一下。

「你去跟你們大公子說，就說他兒子汪懷善來了，請他見上我一見！」汪懷善伸出手指，在鼻下搓了搓，不只說話間帶著笑，連眼睛裡都如是。

他長得和汪永昭一模一樣，但這時看起來的神情卻截然不同，他閃閃發光得就像此時掛在天上的溫暖太陽，眼間眉梢都跳動著笑意，不像汪永昭那般冰冷肅殺，確實討人喜歡得很。

「就去，您等上一等！喔，不，小公子，請您進門，快快請進！」那僕人忙不迭地請了他進門，得了汪懷善一句帶著笑意的「煩勞」。

那僕人受寵若驚地躬了躬身，對著不遠處上來的僕人連聲叫道：「快去請聞管家，就說小公子來了！快快去，快快去吧！」

那僕人聞聲便像被追的兔子一樣，迅速跑走了。

這廂汪懷善跟著這個僕人走了沒幾步，那邊就響起了腳步聲，那聞管家在一條道上，已經小跑了過來，一見到汪懷善就收步躬身，滿臉恭敬。「小公子，您來了。」

「來了、來了！你幫我去傳個話，就說我來拜見父親大人了！」汪懷善笑著說道，隨後從懷裡拿出兩塊被油紙包著的烙餅。「這是肉餅，我早間吃剩的。知你喜吃這個，我這不今日要來見父親大人嗎，就隨手給你捎來了！」

聞管家實打實地愣了好一下，隨後他低頭接過他手中的油包，勉強地對汪懷善一笑。「虧您還記得。」

「哎呀，哪能不記得？那時你一個月才得一塊吃，我為了饞你，可沒少在你面前戲弄你，讓你遭罪……」汪懷善說到這兒，聳了聳肩。「那時我年紀小，對你不好的你就別記著了，啊？」

聞管家「唉唉唉」地發著聲，並不答話，只是躬著身，領著他往前走。

一路的僕人都停下了手中的活計看著他們，待走過一道拱橋，路上也見不著什麼僕人了，走在前面領路的聞管家才慢下腳步，靠近汪懷善輕聲說：「大公子剛下朝回來不久，看樣子臉色還好，就是……」

汪懷善「嗯」了一聲，看聞管家猶豫地看著他，他笑了，點頭道：「你且放心，我不會犯渾了。我跟了個好先生，學了不少學問，也知了不少道理，知我以前很多事不對得很，對父親大人也很是不敬，待會兒一見到父親大人，我向他賠不是就是。」

聞管家見他一口一句「父親大人」，心下有些驚，但又有一些高興。這父子倆只要能好好相處著，他想，大公子肯定會喜歡這聰明非凡的小公子的；更何況，父子倆長得如此肖似，這天下哪有父親不喜長得像自己的兒子？

一被聞管家領了進去，待見到了那坐在主位上的人，汪懷善就跪了下去，給汪永昭磕了個頭，朗聲說道：「孩兒懷善拜見父親大人。」說著抬起頭，笑容滿面。「父親大人身體可好？」

主位上的人見到此景，那兩道眉毛很快往中間微縮了一縮，不過只那麼一會兒，他就恢復了平時的樣子，面容沈靜。「起來吧。」

「謝父親大人。」汪懷善俐落地起身，又朝站在門邊的聞管家一拱手。「謝管家帶路。」

聞管家朝他躬了躬身，朝汪永昭看去，見汪永昭點了頭，他這才退出了門。「老奴先退下了。」

「你娘跟你說了？」等下人都退下後，汪永昭看著眼角眉梢都帶笑的小孩，淡淡地道。

「是。」

「怎麼說的？」

「娘說父親要親自教養孩兒，讓孩子好好跟隨父親，不可再頑劣，不可再不懂事。」汪懷善偏了偏頭，想了想才如此道。

他那偏頭的樣子，還帶著幾許天真無邪，說完，還朝汪永昭笑了一下。

「你可是不願？」汪永昭看他一眼，端起茶杯輕抿了一口，漫不經心地問道。

「有那麼一點。」汪懷善聳了聳肩，小臉上的笑也沒有那麼多了。「不過算了，娘說你能讓我見到很多有本事的大人，能讓我學更多的大本事，以後也能讓我當大官，我想來想去，想來也是好事。先生也說了，當兒子的，也確實得要對長輩恭敬，這才是他的學生。」

他娘說了，像他父親大人這種人，太假了是騙不了的，一定要依著本性去說些他聽得進去的話，他才會信上那麼一些。

但永遠都不要相信他是會相信你的，因為像他父親這種男人，非常擅長忍耐，他踩在腳底下的，誰也休得爬上他的頭，要不，遲早他就會收拾你。

汪永昭一聽這小兒的口吻，知道他還是那個混兒，心下的戒心鬆了一些，便抬眼正色道：「那便好。見你今日還算知禮，日後也且如此。我帶你出去見人，萬不可給我失禮，可懂？」

「知道了，你且放心。」汪懷善朝他一拱手。「我自跟隨我家先生學了學問後，也知以前多有不對，還請你多多諒解小兒年幼時的無知。」

「這些話，是你先生教與你說的？」

「是孩兒自己想說的。」

「嗯？」

「……好吧，是先生。」汪懷善沮喪地嘆了口氣，撓了撓頭。「你既看穿了，就別拆穿我了。」

「以後不可再犯，也不可用如此口氣跟我說話。既然跟隨了好先生學得了禮法，那就要真正懂禮。」汪永昭冰冷地盯住汪懷善道。

在他的目光下，汪懷善縮了縮肩，點了下頭，小聲地應了聲。「是。」

這才讓汪永昭微有點滿意地輕點了下頭，目光也不再霜冷如劍。

等到午後，汪永昭與汪懷善一道用了午膳，見他食不語，吃相也算是文雅，這才又稍多了些滿意。

午膳後，看他身上衣裳也算得體，就不再喚人給他換了，便帶著他、騎著馬兒去了世子府。

夕間汪懷善未回，太陽落了山，夜間也冷了，等候人歸來的張小碗從村口那邊慢慢往回走，走到家中，那在溫火上熬著的雞湯已經香滿了整間灶房。

她覺得有些冷，另在小灶火上燒了鍋熱水，喝了兩碗熱燙燙的白開水，身體這才感覺好了些。

為免思慮過多，熬不下去，她去點了燈。

她把院前、院後掛在門前的所有燈籠都點亮了，她搬著梯子搆燈籠，如此爬上爬下、來來去去的，確實費了好大的一番工夫才點燃了所有的燈。

儘管心裡還是涼颼颼的，但這身子骨兒卻是熱呼了一些。

等到亥時，此時正在做針線活的她似是聽到了馬蹄聲，她猛地站起身，拿起了放置在前的燈籠，快跑著去開了門。

回來了？她的兒子回來了？

張小碗急步往前走著，心跳急得像是下一秒就要從胸口跳出來一般。

馬蹄聲近了，她真的聽到了聲響！這時，她才手按著胸口，彎腰重重地喘了口氣，又猛吸了好幾口氣後，終於恢復了平時的從容平靜，嘴角含著笑，提著燈籠站在路口，等著那馬上的孩子回家。

汪懷善隔得老遠就看到了那燈籠的亮光，還有十幾丈，他就大聲歡快地叫著。「娘、娘，我回來了！妳等得急了吧？」說著又大力揮了下馬鞭，讓小黑跑得更快些，沒得半會兒，他就到了張小碗面前，勒住了小黑的脖子，看著站在下面的張小碗，嘿嘿笑著說：「娘，妳上來坐著，讓小黑帶著我們進屋。」

張小碗沒猶豫，把手搭在他伸向她的手裡，一把躍起，坐在了他的前頭。

這時離屋子沒得多遠，通靈性的小黑幾個快步躍升，一會兒他們就到了家。

一到家，張小碗帶著汪懷善就下了馬。

汪懷善一把回身關上了大門，轉過身後，他臉上的笑容沒了，他大步走到此時站在院中等他一塊兒進屋的張小碗面前，直直地在張小碗面前跪下，把頭埋在了她的膝蓋處。

「怎……怎地了？」張小碗猛地打了個冷顫，話都有些說不穩。

「沒，沒事。」汪懷善這時忙抬起頭，小小年紀的人，眼睛裡一片疲憊。「就是累了，娘，笑得累了，磕頭也磕得累了。妳抱抱我，我就好了。」

五日後，汪懷善收拾了包袱，住進了忠王府。

那天張小碗送他到村口，微笑著看他離去，待他走後，她抬頭看著天空半晌，這才低下了頭，慢慢地走了回去。

那天，靖世子問汪懷善。「你娘是個什麼樣的人？」

「是個想讓我好好活著的娘親。」汪懷善很認真地回答。

「你跟我說的那些真的算數？」世子笑著再問。

汪懷善也笑了，他狡黠地眨眨眼。「當然算數，我還想給我娘掙銀子花。」說完，他回頭朝府門那邊看了看，似乎看到了他娘就等在他回家的路上，就那麼左顧右盼著等他回去。

他轉回頭，對世子再次慎重地說：「您放心，您就看著吧！」

靖世子哈哈大笑起來，他輕拍了下汪懷善的肩，點頭道：「我當然信，你是個有本事的小娃兒！」

汪懷善走後，胡娘子日日都來，張小碗笑著說沒事，但她還是每日必來陪張小碗兩個時辰，風雨無阻。

這天兩人手上忙著針線活兒，胡娘子還是忍不住問了她。「既然如此，何不回去？住在汪家，好歹能時不時見著懷善兩回。」

張小碗想了半會兒，才平靜地說：「回不去了。」

「為啥？」胡娘子停下手中的針，看著張小碗。

張小碗抬臉笑笑。「那大公子請過我兩回，我未回，那時沒回去，這時，他就要罰我真回不去了。」

「他就如此狠心？」

「只怪我，當時不識時務。」張小碗笑著搖了搖頭。「人哪，總是要犯一些回過頭才會後悔的錯誤。我以為憑著自己，我們母子倆就算有些苦，也能圖些活得自在的日子，哪想……」

哪想，世事變幻無常，這世道，哪是她想當然就當然的？她啊，也真是太自以為是了。誰都要為自己的錯誤付出代價，她現下正是如此，每天忍受著為嬌兒擔憂的煎熬，擔心他吃穿不好，擔心他又受了什麼委屈只能偷偷躲角落哭。

這些無數關於他的擔憂，懲罰著她以往的太不認命。

她嘴角有笑，但看在胡娘子眼裡，那嘴角卻是顫抖得厲害。

胡娘子實在看不過去，撇過臉，暗自紅了眼眶。

汪家的那一位總兵大人，真真是再狠心不過的人了。這是他的妻兒啊，又不是他的仇人，何必如此睚眥必報？

這天，汪懷善走後半個月的戌時，張小碗剛洗完頭髮，披散著躺在院中的躺椅上，她抬頭看著月亮，手中一針不錯地納著鞋底。

突地，她似是聽到了馬蹄聲，這時她手中的鞋底連著針掉在了地上，她不敢置信地趴在地上聽了一會兒，隨即驚喜地站起，跑去打開了大門，看著黑暗中的那頭。

馬蹄聲越來越近了，面容清秀的婦人那臉上的漠然此時全部散盡，取代的是一派欣喜若狂的表情，她的眼睛這時亮得堪比天上的星星。她看了那黑暗中一眼，隨即她轉回了頭，取了燈籠，大步往路的那頭跑去，想在路口迎接她的小兒。

她跑得越快，馬蹄聲就越近了，張小碗的雙目都泛起了欣喜的淚，待到那馬兒再接近不過時，她停下了腳步，揚起了大大的笑臉，往那馬上的人兒看去——

那馬上的人，寒星一般的眼眸此刻也定定地看著她。

他們的眼睛是如此相似，但，這個人卻不是她期待的那個人。

慢慢地，張小碗的笑容消退了，她眼睛裡的亮光瞬間也黯淡了下去。她看著那看不到的黑暗盡頭，慢慢地閉上了眼。

她沒等來她想等的人。

「大公子……」張小碗只讓自己傷心了眨眼間的片刻，隨即她睜開了眼，朝著那馬上的人福了福身。

汪永昭未發一語，從馬上翻身而下，牽著馬往前走。

走了兩步，見那婦人還往路的那頭看，他的語氣依然平靜。「走著回吧。」

「是。」張小碗朝他又福了福身。

許是她眼裡的亮光消失得太快，而那刻她的眼神又太悲傷，汪永昭突然覺得她有些可憐了起來。

待走到家中，張小碗朝著滿身酒氣的汪永昭看了一眼，才遲疑地問：「大公子為何事而來？」

「沒事就不能來？」

「是婦人多嘴了。」張小碗看著汪永昭，低垂了眼，輕嘆了口氣。

汪永昭見她順從，那剛剛冷硬了點的口氣又柔和了下來。「妳一個人住在這裡不好，明日我派兩個丫鬟過來。」

張小碗搖了搖頭。「一人住得慣了，而且您知我身手。」

「妳……」

「大公子，是真一人住得習慣了。」張小碗苦笑著抬頭。

「我說派人來就派人來，妳是想讓外面的人傳我汪家苦待長媳？」汪永昭的口氣又冷了起來。

張小碗只得抬頭道謝。「這是大公子的好意，婦人就心領了。」

見她眼神黯淡，像是還藏著幾許憂傷，汪永昭莫名地覺得心煩無比，卻又不想在此刻再威脅她，只得說：「給我泡杯茶。」

「這……」

「怎麼，還是沒茶葉？」
「不是，還要起火燒水。」
「那就去燒。」
「要……些許時辰。」
「讓妳去泡就去泡，多嘴！」
張小碗只得起身，往那灶房走去。
她走至灶房門口時，忍不住伸手扶住了門框，露出了一抹貨真價實的苦笑。
裝柔軟順從，真是不知要裝到何時為止？但既到了這步，她那不到十二歲的孩子都在成人間爾虞我詐，她又怎能再拖他的後腿？
他被她生了出來，明明是汪家人卻不得汪家人的歡喜，起因不都在她這兒？
既然如此，就算是虛情假意，能好好應付汪永昭，那就好好應付吧。
張小碗燒火燒到一半，背後有了腳步聲。
她回過頭一看，看到了汪永昭，她抿了抿嘴，起身朝他福了福。「大公子。」
火光中，許是她那頭披著的長髮柔和了她沈靜臉孔的線條，也許是她的口氣低低中帶著幾許柔弱，這時，汪永昭也覺得她有些可親了起來。他走至她身邊蹲下了身，對著灶口添了一把柴。
張小碗站了一會兒，也蹲下了身。
剛蹲下，那在旁邊的人伸出了一隻手，把那矮板凳推到了她的身後。

張小碗看了他一眼，在那片刻之間，她就勢便坐到了板凳上。

好一會兒，張小碗看著灶火裡的火光，輕輕地開了口。「大公子，君子遠庖廚。」

「君子？我是什麼君子？」汪永昭的嘴角挑起了嘲諷的弧度，笑了。「我是個武將，殺生最在行。」

張小碗輕皺了下眉，不再言語。

「妳還懂得多少？都說來聽聽。」汪永昭像是興致好，那語氣竟好得很，不再那麼冰冷。

「就您看到的這些了。」張小碗閒來無事，拿著柴刀劈起了粗木柴。

「我來。」汪永昭卻奪過了她手中的柴刀，嘴裡還淡然道：「以後這種粗活就讓下人來，妳好好養養妳的手。」

張小碗聞言，看了看自己那雙粗糙如老嫗的手，把它伸到了自己的衣袖裡。

「也沒那麼難看。」

汪永昭劈好了手中的柴，另挑了一根粗的劈著。因離得有些近，張小碗這時還能聞到他嘴間說著話時帶出來的酒氣。

「妳不為汪家的臉面想想，也為妳的兒子想想，他以後要是有了大出息，待那些貴婦一見妳，這丟的也還有他的臉面。」

張小碗聞言一怔，想了一會兒，才苦澀地說：「他……」

「他沒事，暫時不會出事。」汪永昭說到這兒，把柴刀往那柴木堆裡一扔，柴刀穩穩地砍入了半根粗柴內，把它一劈為二後，他轉過臉，對張小碗慢慢地說：「妳可能覺得我無良至極，不曾好好對待過你們，又把你們推入虎穴。可妳有沒有想過，如果不是你們被靖世子察覺知道了，我會送我的嫡子進去？」

張小碗未語，汪永昭也不待她回答，站起身看了看那滾燙燒開了的水，對張小碗說：「水開了。」

張小碗起身，拿了大碗，放了茶葉，提著鐵壺倒了熱水進去。「只能如此了。」

「明日，我再讓人帶些茶葉和茶杯過來。」汪永昭笑了笑，說著抿了口茶，又說：「我餓了，妳給我烙兩張餅吧。」

張小碗聞言頓了一下，只一下就轉身去廚櫃裡拿了一個缽盆出來，再拿了一個小木桶，倒了一點磨碎了的米粉出來。

汪永昭見狀，拿著茶碗退後了幾步，靠在了門邊，看著她忙碌了起來。

他看著她拿著擀麵棍用力地在盆中攪著米粉，那垂下眼認真看著盆中麵糊的臉，這時看起來因認真而多了一點的好看。

他想，她其實長得不是那麼的差。

「我會護著他的，盡我所能。」汪永昭拿著茶碗又喝了一口粗茶，舔了舔嘴，覺得這茶還是有點甘味的，又喝了一口，才接著道：「更多的，我管不了，只能靠他自個兒了。妳要是覺得我心狠，那便是心狠吧。」

汪永昭喝了茶，吃了烙餅後，深夜踏月牽馬而去。

待走到小路盡頭，他回頭，黑夜中，依稀見那婦人還站在大門邊，他的嘴角不禁微微翹起。

到底，他是她的夫君不是？這世上，哪有不依戀男人的婦人。

第二日午間，丫鬟帶著兩馬車的什物來了，大到精細的被面、布疋，小到裝針線的小器物，一一備全了，捎來了一套完整的。

那兩個丫鬟看著年歲也不大，十二、三歲之間的年齡，待張小碗問過，果然一個十三歲，一個十二歲。

這時胡娘子已走，張小碗收到的那封汪懷善給她的私信也燒成了灰燼，被水沖到了後院的泥土裡，成了菜地的肥料。

張小碗看著眼前那兩個面貌甚是漂亮的小丫頭，一個叫柳綠，一個叫柳紅。

柳綠、柳紅，名字都挺好聽。年紀看著小，本事卻不小，灑水掃地、劈柴燒火、洗衣做飯，無一不通。

汪永昭真是替她的兒子想得周到。

張小碗心裡漠然，表面上還是微笑地看著這兩個看樣子極其懂禮的丫頭。

她們朝她福腰行禮，見她未出聲，那福禮的姿勢便一動也不動，顯得那般乖巧可人。

張小碗都不知道這兩個丫頭汪永昭是怎麼找來的，確實是費了好大一番工夫，才找了如此齊全的吧？

「好了，都起吧。看著可水靈，真幹得了那麼多活？」張小碗微微攏了眉，嘴角帶笑，但眼中還是有一些疑惑。

「夫人要是不信，就看我和柳紅妹妹日後的手腳吧。」那柳綠說話時臉儘管是紅的，但態度很是落落大方。

張小碗不由得笑出聲。「好，真是爽快的丫頭，我就喜歡這種的。」說著就站起身，牽了她們的手。「快快跟我去把帶來的什物收拾好了，我看有一些好布，正想挑了給妳們小公子做幾件新衣裳。」

那廂，得了下人的回報，知張小碗喜歡手腳麻利的那兩個丫頭，汪永昭的嘴角微向上翹了些許。

待稟報的下人退下後，同在書房內的許師爺沈思了半晌，這才開口道：「聽您所說的，夫人是個極其聰慧的，怕是……」

「就算知道了我的意圖，又如何？」汪永昭不以為然地道。「再說，那小孩也不定喜歡她們，不過只是先試試，要是他喜歡，那也是他自己的意思。」

師爺聽後撫鬚。「您欲與他親近，許還有別的方法。」

「有什麼更好的辦法？」汪永昭提筆練字，待一口氣寫完小半張後，才抬頭淡淡地說：「他與靖世子天天為伍，我連見上他一面都是難事，怎麼親近？」

「這……」

「別這啊那的了，師爺，這只是我這當父親的一點好意，他日後要是喜歡，那自然是好事，要是不喜，那也是給他娘添了兩個做活的丫鬟。他要是真跟他那位好先生唸了些聖賢書，知了些道理，就知道我的好意。」汪永昭一揮手，示意他閉嘴，隨即專心致志地練起了字。

隔日下午，劉二郎大駕光臨，送來了銀兩與米糧油鹽，並口氣和緩地與張小碗道：「還有些許我已著人送往妳爹娘處，儘管放心。」

丫鬟這時送上了茶，劉二郎喝了一口，嘆道：「好茶！」

張小碗笑了一笑，未語。

劉二郎也不甚在意，喝過茶，便帶著手下的人走了，留下柳綠、柳紅對著張小碗驚嘆。

「都司舅老爺竟送來如此多的什物，真真是大方！」

張小碗微微一笑，朝她們笑著道：「這下，妳們可有得忙了。」

「夫人妳可別亂說，這可不就是我們該幹之事？」說著，柳綠與柳紅已然快手快腳地搬起了東西來。

張小碗站到門廊下，看著她們忙來忙去，目光一派柔和。

待過了幾日，這日夕間，柳綠、柳紅燒火做飯之際，汪永昭再次騎馬而來，這次帶來了江小山。

江小山是個真傻的，捧著包袱一進門就對著院子裡的張小碗連聲迭叫。「大少夫人、大少夫人！大公子來看您了！」

看著他一臉的笑，站在堂屋門廊下的張小碗微笑了起來。「可有吃飯？」

「還未吃。」江小山撓頭，回頭看了看那停步不前的大公子，再看張小碗，他嘿嘿笑著對張小碗道：「這是大公子替您尋的擦手的，聽說這個靈得很，擦上半月，那手看著就可、可……」

「就可什麼？」張小碗上前，接過了他手中的東西，笑著問道。

「就可細皮嫩肉。」江小山小聲說完後，頭都低了下去。

張小碗笑看了他一眼，便朝後頭的人福身。「大公子。」

「嗯。」

「大公子可是未著晚膳？」

張小碗微笑著道，那笑容在江小山看來，帶了些許關心的欣喜。

「未。」

「那就一道吧，可行？」張小碗溫和地笑看著他道，她目光柔和，迎向汪永昭朝她看來的眼，一絲退避也無，神情從容不迫。

「嗯。」汪永昭看她一眼，朝堂屋走去。

晚膳後，汪永昭未走，命江小山煮了茶水出來，與張小碗一道坐在院中，看著夕陽最後一道光線消失在了天的那一邊。

等到黑夜降臨，汪永昭說了句。「點燈。」

後面的江小山便把堂屋前和大門前的燈都點亮了。

汪永昭抬頭看了看天空，此時他未看到星星，便偏頭尋話與那婦人說：「待到休沐日，他即可回家一天。」

「啊？」張小碗此時也正看著天上，聽到這話，愣愣地偏頭看向了他。

看在汪永昭眼裡，她難得的不解傻態竟有著些微的可愛，如此，他緩和了臉上的表情，語氣也溫和了起來。「懷善過幾日便能回家看妳了。世子說了，日後半月一休，他即可回家看望妳一次。」

「什……什麼？」張小碗是真沒在書信裡得知這事，嘴都不由得有些口吃起來了。如果不是知道汪永昭不是什麼信口雌黃的人，她都要以為這是他在誆她了。

「過得幾日他就能回家了。」汪永昭說完，以為又得以看到她欣喜若狂的表情，但等了半晌，卻只看到她慢慢沈靜下來的平靜臉孔。

「怎麼，他能回來看妳，妳不喜？」汪永昭的目光又漸漸冰冷了起來。

「不。」張小碗躺在躺椅上，緩緩地搖了搖頭。「喜過了頭，就喜不出來了。」

說著，背著汪永昭，偏過身，從袖中拿出帕子，小心地拭了眼角的淚。

汪永昭見此收回了眼神，嘴間淡然地道：「這有什麼好哭的？」

張小碗聽得身體一僵，被汪永昭的眼角餘光看到，他心裡不禁有些好笑起來。這婦人的脾氣，還真是強得很，連哭了都不喜人說。

想來，那小兒的脾氣，也是有三、四分像了她的，要不然，怎會如此冥頑不靈，與他這父親總是親近不來？

得知汪懷善要回之日，這日早間，張小碗就起了個大早，準備殺雞、熬湯、烙餅。柳綠、柳紅也起了個大早，欲要幫她。

昨晚張小碗已經和她們說好了，今日家中的事，除了灑掃外，不須她們插手；現今她們把她的話當作耳邊風，燒火的燒火、拿她手中米盆的來拿她的米盆，她的臉不由得沈了下來。「都給我出去。」

她話說得不輕不重，但字字都帶著命令，這讓兩個小丫頭身體一僵，面面相覷了一眼，慢慢地退到了門邊。

「妳們要知道，這裡誰是夫人，誰才是那個說話算話的人。」見她們走到門邊，張小碗也跟著她們到了門邊，淡淡地笑了一下。「要是誰再不聽話，我就打出去賣了，可知？」

柳綠、柳紅齊齊失聲「啊」了一聲，不可思議地望著這個昨晚看著還很是和善可親的總兵夫人。

「最好是知道。要知道，大公子可是把妳們的賣身契給了我，我想，賣兩個不聽話的丫鬟的權力，我還是有的。」張小碗說完，朝她們看了一眼，見她們眼中有了些許驚愣，也不打算再下力，便笑著道：「好了，現下去玩妳們的吧，要是沒睡夠，就去再睡會兒。」

說著，她半掩了灶房的門，不再費心門外的事，專心忙起了她手中的活計來。

這廂她剛把雞湯用溫火熬上，那太陽才正升起，就聽得一陣馬蹄聲。張小碗尖耳一聽，聽得那狂亂奔跑的馬蹄聲，自知這次絕不會再錯了，她當下快步跑向了大門，一打開，沒得半會兒，那少年就披著清晨的霞光而來，光芒萬丈！

第二十章

「娘、娘——」汪懷善在小黑身上老遠就見著他娘了，這時竟不能在馬上再坐上片刻，他一躍飛起，跳到小黑斜前方，落地後，他腳步半刻都沒有停留，就朝著那站在大門口，此時臉上笑容滿面、向他伸著雙手的婦人跑去。

「娘、娘！」汪懷善大叫著撲到她的懷裡，雙手掛在她的脖子上，臉蛋在他娘的臉邊蹭了好幾下，這才抬起頭，笑著問：「妳可是想我想得緊吧？」

張小碗聽得「噗哧」一笑，笑意直達她的眼底。「可不是，想你想得緊！」

汪懷善隨即轉過身，手扶著腿，彎下了背。

「做啥？」張小碗不由得笑出了聲。

「來、來！」汪懷善手往後朝她招手。「妳快上來，我揹妳進屋！」

張小碗笑得眼睛都彎了起來。「你哪能揹得起？」

「揹得起、揹得起！妳快快上來！」汪懷善催促道。

「等明年吧，明年再長高點，就讓你揹娘。」張小碗拉住了他的手，把他拉著直起了身，替他整理鬢邊掉下來的頭髮，問他道：「誰給你梳的頭髮？」

「自個兒。」

「挺像樣的。」張小碗誇他，替他把頭髮撩到耳後。

「梳得不好，娘妳等會兒幫我梳。」汪懷善反過來拉著張小碗的手進了大門，仰高著頭，笑意盈盈地看著他娘，走了兩步，還是忍不住又問：「妳是想我想得緊吧？」

「嗯，想，很想。」張小碗笑了起來，完全掩飾不住嘴邊的笑容。

現下，是她這段時間裡最快樂的時候。

「柳紅見過小公子。」

「柳綠見過小公子。」

娘倆走進門不到幾步，兩道嬌俏的聲音便在他們面前爭先恐後地響起，柳綠、柳紅都朝汪懷善福了禮。

汪懷善停住了腳步，打量了她們兩眼，回過頭便朝張小碗驚訝地說：「這是哪家的兩位小姐來我們家裡了？」

張小碗淡淡地笑著。「哪是小姐，是你父親送來照顧娘的丫鬟，手腳麻利得很，替娘幹了不少活兒。」

汪懷善聽了，「喔」了一聲，朝她們揮手說道：「那就去幹活兒吧，別擋著我的道。」

兩丫鬟一聽，身體僵硬了下。

見她們不走，汪懷善不快了。「還讓我請妳們不成？」

兩個丫鬟便速速退了下去。

汪懷善見狀搖頭，對他娘說道：「這要是真丫鬟才成，丫鬟得有丫鬟的樣，我在忠王府這麼久，就沒見過擋主子道的丫鬟。」

張小碗笑笑，「嗯」了一聲，不再言語，只是牽著他進了灶房，母子倆把朝食端了出來，兩人一桌說說笑笑地慢慢吃著。

只吃上了一會兒，不遠處又傳來了馬蹄聲。

母子倆的談話頓時停下，張小碗豎耳聽了一下，便微偏過頭，朝身邊的兒子輕輕地說：「你要忍住，可懂得？」

「懂得。」汪懷善點了點頭，笑著反過來安慰張小碗。「妳無須擔心我，我知的。」

他知的，他們都要忍得，如此，他們才不須受更多的屈辱。終有一天，待他羽翼豐滿，他們才能真正自在。

現下，連先生都拖著久病之身為他殫精竭慮，他還有什麼不可忍得的？

看著小兒堅韌的眼神，張小碗笑了笑，閉了閉眼，隨後站起身，身上一派溫和平靜。

她又牽了汪懷善的手，當著那兩個靠近的丫鬟的面，微微低首和他笑著道：「去門邊迎你的父親，可好？」

「好。」汪懷善大剌剌地一點頭。

不待話落音，他就大步拉著張小碗往門邊走去，邊走邊說：「我去看看，他是不是把他的棗紅馬也騎著來了？」

汪永昭下馬，就見那門邊的母子倆，為母的溫和地看著他，臉上有著淺淺的笑意，而那小兒子看到他，朝他一抱拳，就馬上盯著他的馬兒去了。

只待看了兩眼，就見那小兒不滿地朝他道——

「你上次騎的那棗紅馬呢？」

「那是戰馬，」汪永昭把韁繩往下了馬的江小山手中一扔，嘴裡則淡淡回道：「只可在營區騎。」

「營區？」張小碗一聽，卻有些愣，低頭問小兒道：「你可是去了營區？」

「去了。」汪懷善說到這兒，揉了揉鼻子，不甘不願地道：「世子爺說，父親大人的銀虎營是我們大鳳朝最好的一支軍隊，前些日子就帶我去見識了一番。」

汪永昭聞言微微一笑，朝那婦人看了一眼，便大步朝院內走去。

張小碗帶著汪懷善走在他後頭兩步，與小兒輕聲地道：「聽著可是厲害得緊呀！」

「還好啦……」

汪永昭在前頭聽得那小兒有一點點不滿，但緊接著又聽他說道——

「一點點而已啦！」

那婦人便笑出了聲，說——

「只有一點點，那也是要學習的，你先生可是有說過學海無涯？」

「娘，知道了，咱現在能不說嗎？」

汪永昭聽得那小兒說過這句後，便見他竄到自己身邊，抬頭問他——

「下次世子爺要是帶我去銀虎營，可否讓我騎騎你的棗紅馬？」

「待你騎得起，自然給你騎。」汪永昭看了一眼那長得跟他一樣的臉，淡淡回道，隨即掠過擺在堂屋前的飯桌，回頭朝那婦人道：「可還有早膳？」

那婦人微微一怔，但只一下便道：「還有上一些。」

「那我便也用些。」汪永昭說完，這時有丫鬟搬過來椅子，他便撩袍坐下，動作乾淨俐落。

「去拿一套嶄新的碗筷過來。」見罷，張小碗便朝丫鬟微笑著道。

「無須，一樣即可。」汪永昭掃了一眼桌上已然用著的灰碗。

看來是不好看，但夠大。

張小碗聽罷，朝丫鬟又道：「去碗櫃拿上一個過來。」

柳紅領命而去，張小碗這時朝著汪永昭福了一福才坐下，對汪永昭輕聲地說：「今早擀了一盆麵條出來，用雞湯打的料，大公子要不要嚐嚐？」

汪懷善聽了，在一旁有些忍不住地磨了磨牙，看著他娘為他做的那一盆麵。

他可是才只吃了一碗，剩下的這些，本是要留著待會兒站一會兒樁，消了食後再吃的。

汪永昭的餘光把他的此番小動作瞥在了眼裡，同時對張小碗的話輕頷了首，算是應允。

待那大碗拿來，張小碗便給他挾麵。

眼見挾了一大半，汪懷善真真覺得肉痛，忍不住輕呼了一聲。「娘……」

張小碗停下動作，朝他看了一眼。

汪懷善只得說：「妳可給我留上一些，我還沒吃飽。」

汪永昭聽罷卻不滿意了，輕皺了眉。

張小碗頓了頓，待到下一筷，筷子挾起的麵條就要比上一筷少上些許了，不過她還是把那大碗堪堪挾了一碗，放到了汪永昭面前，溫和地說：「大公子慢用。」

「娘……」汪懷善忙三兩下地把碗中的麵條吸溜完，把碗遞給了張小碗。

張小碗笑著接過，叮囑他道：「不要食太快，要慢著些。」

「知了、知了，妳快快幫我挾！」汪懷善催促道，眼睛直勾勾地盯著麵盆。

因怕麵條冷了會糊，張小碗的湯放得多，麵條卻是不多的，看著雖有一大盆，但也只夠四、五碗，除去先前吃的，再扣了剛剛挾去的那一碗，這剩下的……

待張小碗把所有的麵條都撈到了他的碗裡，汪懷善這才眉開眼笑了起來。他看了眼就算如此也還是偏心於他的娘，眼睛亮亮地繼續吃起了他的朝食。

坐在主位的汪永昭見狀，眉眼微冷了一下。

未管他們有什麼反應，張小碗見還剩一些雞湯，便抬頭對站在汪永昭身後、這時正在猛吞口水的江小山笑著道：「所剩不多了，去灶房拿個碗，打碗湯就個餅吃吃吧，可行？」

「行，行得很！」江小山頓時感激涕零，轉身欲要往那灶房去，但那腳只抬了半步，又猛地收回，他僵硬地轉過頭，朝主子看去，小聲地問：「大公子……」

「去。」汪永昭說完這句，不再言語，端起了麵碗。

見他食而不語，張小碗也不再出聲，待江小山拿來碗後，給他添了一碗湯、挑了兩塊烙餅。

江小山接過湯和餅，感激地朝著張小碗又行了好幾次禮，這才拿著吃食到廊下的另一頭蹲著吃飯去了。

汪懷善見狀，忙把筷子放下，把剩下的三塊肉餅全拿到了自己的手裡，拿好之後，看了眼他娘那裡，便又分了一塊給他娘。

張小碗失笑搖頭，接過他分給她的那塊餅，把那塊餅仔細地撕好，放至盤中，輕輕地推到了汪永昭的面前。

汪永昭看了那盤子一眼，不語，過得一會兒，他把麵條吃完後，便用筷子挾起了那肉餅，慢騰騰地繼續進膳。

這時，汪懷善私下猛翻了個白眼，快速地把麵吃完後，顧不得這時自己已經在打飽嗝了，把那剩下的一點雞湯自行動手倒在了自己和他娘的碗中，什麼也不再給人留下。

「不對。」汪懷善的劍法練至一半，汪永昭手中的棍子猛地就勢插了進去，狠狠地抽打了下他拿劍的手。「重來。」

汪懷善翻身回到原位，從第一式開始，快速演練。

他練的是刺招，招招奪命，速度一快就帶著虎虎生風的殺氣，兩個小丫鬟只遠遠偷看過一眼，就不敢再過來，連伺候汪永昭的江小山也隔得遠遠的，生怕小公子一不留神，那劍就會刺到他的身上。

張小碗卻是不怕的，她搬了張椅子坐在廊前，手中忙著做靴，眼睛時不時抬一下，看看她的小兒。

重練一遍，汪懷善沒再犯錯，汪永昭便教了他新的劍式，也不再站在身邊，隨他先自行演練。

這時，他站到了張小碗的身邊，居高臨下地看著這婦人手中的靴子。

「這是虎皮？」汪永昭看了看那擱物的簸箕一眼。

「是。」張小碗笑了笑，轉過頭見他站著，便道：「可要讓人搬張椅子過來？」

汪永昭未答，只是看了看那簸箕中的一大塊虎皮，又冷眼瞧著那婦人。

張小碗心下一窒，面上倒是不顯，在沈默過後，她又拿著針，鑽孔過了一行線，感覺到身邊的氣息越來越冷，知躲不過的她慢慢地開了口。「這是為懷善冬日做的靴子。」

「妳打的虎皮？」汪永昭也開了口。

「嗯。」

汪永昭未語，待過了一會兒，見張小碗也不接話，他心下微有點惱怒，但面上還是從容不迫地道：「要是有多餘的皮子，給我也做上一雙。」

那邊練劍的人眼睛一眨，翻身至空中一躍，劍招從頭再開始操練。

這邊，張小碗連停頓一下也未停，眉眼不眨，稀鬆平常般平靜地道：「未得多餘的，手上這塊，只夠一雙小靴。」

她說完，身邊人的氣息更冷凝，張小碗不疾不徐地拿著針頭在小油皮上蹭了蹭，繼續鑽孔穿線。

孩子一年比一年大，腳也如是，為讓他穿得舒適，張小碗一年要給他多做幾雙鞋換著穿；現下他住在外頭，也不知要跑多少路，要費多少腳程，因此張小碗在鞋上費的功夫也就更多了，一般的鞋納五層底就是好鞋，她做的，要納七層。

虎皮靴是給孩兒冬天穿的，就剩這小半張了，另外的，做成襖了，讓他穿了保暖，哪還有多餘的？

就是有多餘的，再滿山遍野尋頭她能對付得了的老虎，也是不易的事，弄來了，她還是想替她的小兒多做點衣裳，哪還會有給別人的？

不過，這是她心下想的，表面上，張小碗還是回頭朝著汪永昭溫言道：「下次要是打著了虎，就給您做一雙，您道可好？」

汪永昭冷冷地瞥了她一眼，不發一語，態度不置可否。

當晚夕間，他未吃晚膳便離去，他走後，汪懷善大大地鬆了口氣，把丫鬟們留在了前院看管院子，他則拉著他娘去了他們的後院。

晚上躺在床上的汪懷善滔滔不絕地跟他娘說著見過的人和事，坐在床邊看著他的張小碗聽得認真，偶有聽不明處，剛輕聲地問他更具體的內容，汪懷善便再說得仔細些。

說到世子爺對他的勇猛很是讚賞時，張小碗摸著他手臂上那道他為擋刺客而有的傷痕，問他。「還疼嗎？」

「這個算啥？」汪懷善把他娘剛撩起來的衣袖放下，認真地對張小碗說：「我不怕疼，娘妳忘了？」

張小碗輕輕地搖了搖頭。

這段日子，汪懷善其實在靖世子那裡見了不少腥風血雨，關於這些，他已然瞞了張小碗不少了。他知道他娘心疼他，現下見身上僅一點點的傷痕，她就如此傷心，要是知道更多，怕是傷心得心都會碎掉吧？

汪懷善心下黯然，決定把那些事死死地瞞著，嘴裡輕鬆地道：「娘，妳知我會好好保護自己。」

「知呢。」張小碗笑笑，心裡嘆氣，她摸了摸他的額頭，好半會兒才緩過氣，和他平平靜靜地說：「你以後做什麼事，都要先想想娘沒有你會如何，好不好？」

汪懷善聽得這句話怔了，好一會兒後，他流了淚，喃喃地問張小碗。「我死了，妳不會活著吧？」

「真是會活不下去呢……」張小碗笑笑，伸出手拭著他的眼淚。「現下每日在家裡熬著，就想著能見你一眼；想著能見你日後開開心心的，能娶得你心愛她、她也歡喜你的媳婦；想著你以後生的兒子，是不是也會像你這樣讓我時而生氣、時而擔憂？只有想著這些啊，娘的日子才能稍稍好過一些。要是你沒了，那些讓我想想的以後也就沒了，娘怕是也就熬不下去了，只得再去尋你，看下一世能不能對你好一點，不讓你再吃這麼多苦。」

汪懷善聽得傻了，他真真痛苦至極，無法再忍耐，只得轉臉把頭埋到了枕頭裡，忍不住地哇哇大哭了起來。

「哭吧，好好地哭，哭過了就當那些委屈難過全都不見了。」張小碗輕輕地拍著他的背，慢慢地哄著他。「在娘這裡你不要忍，咱們有多少的傷心，就要哭出多少的淚來，不忍著，你不要在娘面前忍。」

他在外頭都要忍常人所不能忍了，她不願回到家裡，他還要哄她開心。

她的孩兒，才不到十二歲啊！不知有多少人還在嬉戲玩鬧的年齡，他卻要跟著一群大人勾心鬥角，步步為營，在刀口上舔生活了。

這麼殘忍，那個男人卻告訴她，這是她的孩兒身為汪家人的責任。

第二日一早，雞還未打鳴，待張小碗再次進他的房時，汪懷善睜開迷迷糊糊的眼，打著哈欠說：「娘，妳揹上我一揹吧……」

張小碗笑。她這嬌兒子啊，昨日還要揹她討她開心，現下，就又來撒嬌了。

她笑著蹲下身，把還昏昏欲睡的人揹到身上，揹著他去了灶房給他做飯。

把粥放到火上，又擀好了烙餅的米粉，烙好了所有的餅，張小碗才揹了他去井邊，替他洗漱。

等她把他的靴子也穿上腳後，汪懷善重重地閉了下眼，待到再睜開時，眼睛裡一片清明，那明亮的眼中還帶著幾許笑意。

「娘，走吧，我先走。」汪懷善起身跺了跺腳，試了下踩在土地上的腳感後，便頭也不回地進了門，隨後埋頭吃了朝食，把那剛烙好的二十塊餅放到了包袱裡，看也未看張小碗一眼，便拖著嘶嘶亂叫的小黑出了大院的門，踩著剛亮的陽光，絕塵而去。

張小碗先是微笑著目送他遠去，直到再也看不見人了，她全身的力氣也就沒有了。她扶著門框慢慢地坐在了地上，頭靠著門邊，緩緩地流著眼淚。
她的孩子，又要像個大人一樣去戰鬥了。如果這世上真有老天爺，真有神明，她真想求求祂，不要對她的孩子那麼殘忍……
這天整個白日，張小碗都躺在椅子上，滴水未進。待到夕陽西下，太陽也要沒有光芒時，遠處又有了馬蹄聲。
她懶懶地躺在那兒未動，待那馬蹄聲近得不能再近，她才扶著椅臂，強迫自己站了起來。她站在那兒深吸了一口氣後，臉上終掛上了笑容。
她不疾不徐地朝大門走去，待到她打開門的那刻，馬上的人剛好翻身下馬，看到她，也只掃了她一眼，便拿過了馬上的大包袱，把馬韁往下人的手裡扔去，對她淡淡地道——
「進吧。」
張小碗朝他福了福禮，應了聲。「是。」
待進了堂屋，汪永昭把包袱扔到了八仙桌上。
張小碗瞥了一眼，便道：「我去給您燒水泡茶，請您稍候。」
「丫鬟呢？」
「今日要種新菜，令她們種好再回，怕是還得要一番工夫。」
「嗯，先別去。」汪永昭不關心那兩個丫鬟去幹麼了，問到了去處便朝張小碗看了一眼，再瞥向包袱，朝她示意說：「打開。」

張小碗笑問：「是何物？」

這時拴馬的江小山已進來，聽到這話，笑著接話道：「夫人，您且看上一看，看後您就知道了。」

張小碗笑望了他一眼，上前去拆了包袱，看到了三張虎皮。

「這可都是大公子獵的！夫人，聽說您缺虎皮做靴，大公子便令我去兵營庫房找了大半天，這才找到了這三張大公子以前親手獵的老虎皮子！您看看，這皮子您看著可中意？」江小山喜不自勝地上前與張小碗說道。

「甚好。」張小碗點頭笑道，朝汪永昭看去。「只是三張虎皮有些太多了。」

「多了妳自行處置。」汪永昭坐在椅中，看那婦人嘴邊泛起的淺淺微笑，覺得她這樣比前些日子那樣要順眼多了。看過幾眼後，他收回了眼神。「無須泡茶，做飯吧。」

「大公子要在這裡用晚膳？」張小碗看著他溫和地問。

「嗯。」

「那好，請您稍候。」張小碗微微一笑，朝他福禮，便轉身離去。

等她走得兩步，便聽見身後的人對江小山吩咐道──

「你去後面地裡幫一下那兩個丫鬟，事情做完了再回。」

汪永昭踏進灶房，見那婦人飛快地折著手中的青菜，一把青菜沒得一會兒就折了個乾淨。待她折好，似是察覺到了門邊的他，看向他時先是一愣，隨即微微笑了起來。

汪永昭是喜歡她這麼笑的，不像木著臉那般帶刺，更不像前些日子看著他那般笑得虛假，這笑溫和了許多，有點像她看著那小子時的笑。

「還要些許時辰，大公子要是乏味得緊，可在院中練練劍，飯菜一會兒就好了。」那婦人說著這話，便拿著青菜盆，臉上笑意盈盈地朝他走來。

汪永昭心下頓時一窒，待她停下看向他時，他的目光不由自主地看向了她的臉。

她長得不算難看，但皮膚不夠白，臉蛋不夠柔美，身體瘦歸瘦，但卻瘦得不能給人纖細之感。

她不是個能讓人有興致的人，但他的眼睛這時卻奇異地離不開她這個人，甚至因她的停頓，心上微微一驚。

「大公子，我去洗菜。」她朝他微彎了下腰後，便快步往那水井的方向走去。

汪永昭看著她的背影，微皺了下眉，便提步跟上。

待欲到水井旁時，他大步往前兩步，拿了打水的木桶，快速投下，提了一桶水上來，倒進了那盆裡，那婦人便又朝他笑了一笑。

夕陽下，她這有些燦爛的笑容微微刺傷了他的眼，汪永昭退後了兩步，抱臂看著這笑過便低頭洗菜的婦人，眼睛在她有些凌亂的髮間掃視。

不知在開門之前，她在做什麼？

一連好幾天，汪永昭日日都來，有一天，他突然就不來了，張小碗也就鬆了口氣。

待到汪懷善再次回來，母子倆帶著吃食在河邊轉悠了一天，儘管只抓到了兩條不大不小的魚，但無外人打擾，這一天確實過得歡快。

汪永昭那邊是新生兒子剛出世不久，又納了一位美妾，聽說那美妾天香國色，就是出身不好了點，其父曾是罪臣，洗冤後家裡也無多少人丁。但據說汪永昭對她甚是傾心，並特地挪出了他在後院的半個院子給她居住，日日在她房中歇息，恩愛無比。

不過，當晚母子說悄悄話時，汪懷善在他母親耳邊笑著說：「若再來煩妳，待世子爺再得了美人，我就求他賞兩個。」

張小碗聽得悶笑不已，笑後摸摸他的頭。

她與汪家大公子，眼看過了這麼多年，早就沒了當普通夫妻的情分，她不恨他，但也不喜，頂多就是溫和地對待他，成全他的面子與掌控慾，至於更親密一點，張小碗覺得這種可能性還是沒有的好。

汪永昭對她沒慾望，張小碗是知道的，她從這個男人的眼裡可以看得出來，要不然，他也不會從不過夜。但，他對她有興趣，這她也是了然於心的。所以，她不能讓他這種興趣維持得太久了，因為久了，興趣總有一天會變質，變成別的。

這次，是世子把那個汪永昭曾多看過兩眼的美人賞給了他，她這邊也就空閒下來了，汪懷善得了靈感，說是汪永昭再來叨擾，他就去求世子爺多賞他兩個。

他說的是傻氣話，但張小碗覺得，只要不是刻意，這其實也是個好法子。

男人嘛，有了心上人就會不一樣了，有了放在心上的美人，顧好公事之餘，時間心思也就會花到她身上去了，哪還顧得了太多旁人？

汪永昭不再來之後，張小碗不再受難，日子真是好過了起來。

孟先生也從山谷裡出來了，世子爺見過他後，本欲接他到府中，但孟先生說自己年歲已高，說不定哪天就走了，就不進府裡給世子府添晦氣了，打算去葉片子村住。

為此，世子爺這天特地召見了張小碗一次，待看過人後，就派人去送孟先生到張小碗家中。

張小碗走後，世子爺看著身邊那壞笑著的小孩，有些納悶地問他。「你娘是確實不想回汪家？」

「回去幹麼？跟一群女人勾心鬥角？」汪懷善大剌剌地一揮手，不以為然地道。

「我看你爹長得也是不差啊，和你就差不多，你娘怎麼就不動心了？」世子爺這時坐下了，讓汪懷善也跟著坐。

汪懷善朝他拱了拱手，這便坐下，道：「這哪能比得了啊？我是她兒子，她必須得歡喜我。至於我爹嘛，他那麼多女人，她歡不歡喜都無妨。您看她，長得也不好看，又是貧女出身，我看要是她說歡喜我爹，我爹隔夜飯都要吐出來了。」

世子爺聽了哈哈大笑，笑完之後便道：「再如何，不也生了你出來？」

「我那舅老爺逼的。您都不知道，我從我娘曾跟我說的話琢磨了一下，那夜怕是一出了門，我那爹還真是隔夜飯都吐出來了！」

「哪有你這樣說娘的！」世子爺拿起顆花生米，彈向了他的腦袋，笑罵道。

汪懷善一躲，躲過了襲擊，隨即，他正了正臉色，對世子爺說：「說到此，您也見過我娘了，知道那個撫養我長大的人是誰了，我便也放心了。我去邊疆後，先生與她，我就交與您照顧了。」

靖世子聽了，收斂了臉上的笑，剝了幾顆花生米吃，待剝幾顆後，他思索完了，便抬臉問：「你是真要去？」

「定要去上一趟。」汪懷善的小臉上一片嚴肅。「孟先生說了，機不可失，時不再來。世子爺，我當初跟您說的都不是說說而已，您護住我，我定傾盡全力輔佐您。」

「你還是太小了。」靖世子淡淡地說。

「那您就多派幾個人幫幫我唄……」說到這兒，汪懷善狡黠地笑了，伸出三根手指。

「人也不要多，三個即可。」

「哪三個？」靖世子饒有興致地笑了起來。

「兵小柒、兵小捌、兵小玖。」

「那可全是我的心腹！」靖世子臉都冷了。

「您就給吧！」汪懷善笑得捧起了肚子。

靖世子剎那也樂出了聲。「沒見過你這樣能拆你父親臺的！」

汪永昭掌管銀虎營，兵玖率領九個弟子打理黑狼營，兩營因爭軍功，向來水火不容；因汪永昭英名在外，兵玖以陰狠出名，朝上朝下，自然是汪永昭得人心一些，兩營同樣的軍功，受表的人往往是汪永昭在前，兵玖在後。
因此，兩營雖同歸忠王府，但私下歷來不和。
雖他父親忠王爺重用銀虎營，但黑狼營卻是他手裡的，現下見汪懷善用人都只用他的人，靖世子確也是樂開了懷。
哪怕汪懷善得不來他要的東西，他也不打算埋沒了這與眾不同的孩子。
孟先生為保弟子優勢，把多年隱藏於世的秘聞交與了懷善向世子投誠這事，張小碗是知情的。
對這位先生，張小碗敬重有加，現如今，為了她的兒子能得到信任，他甚至主動上京覲見世子，張小碗對他更是愧然。
孟先生卻是個開闊之人，做了的事也就做了，哪怕愧對他的恩師。私下密談時，他說這也是他私心作祟的報應，跟旁人無關。
因孟先生的入住，張小碗已帶著丫鬟搬回了後院居住，把前院留給了先生，但每日還是回前院做飯歇息，坐於堂屋前，打理一家的家務。如此，閒下來時，孟先生也就教她下棋，打發時間。
兩人並不常交談，僅日常瑣碎的事有個隻字片語，那世子爺派過來照顧孟先生的幾個老奴也挺覺奇怪，不過時日一長，也就習慣成自然了。

這邊張小碗過得很是平靜安然，那廂汪家私下卻鬧成了一鍋粥，但因汪家的二夫人管家得力，外人無從知道詳細之事，不過汪懷善是多少能從他的人這邊得知一些消息的。

所以，當他聽得他父親大人的美妾爭風吃醋到甚至抓傷了他父親的臉，讓他父親丟臉到好幾天沒出過家門的事後，他當場笑得在炕上打滾，一手握拳連連捶著桌子。「我定要回去說給先生和我娘好好聽聽，讓他們也樂樂！」

坐在炕上另一邊的兵玖聽見後，摸了摸臉上的肉瘤，對這小兒淡淡地道：「你不要如此猖狂，叫外人瞧去了不好。」

汪懷善笑得肚子都疼了，聽到此言，他爬起來靠了牆，揉了好幾下肚子，才笑著說：「這哪有什麼外人？」

他這話一出，聽得屋內兵玖那幾個長相醜陋的弟子都紛紛笑了起來，其中一個還站起來道：「小公子，走吧，聽完笑話了，我領你打獵玩兒去！」

「好咧，我正要去跑上幾圈！」汪懷善一聽，抓了桌上放置的馬鞭，從炕上一躍而起，朝著兵玖行了個禮後，大步往那門邊走去。

等兵小捌領了汪懷善出去後，兵玖的大弟子兵小壹朝師父道：「既然小公子樂意聽這些個，我叫那探子多出去一趟？」

「不必了。」兵玖淡淡地道：「他也只是聽個樂趣，別費他的時間了，世子爺不喜。」

兵小壹點頭應是。看著此時正若有所思的師父，他不再打擾，領著師弟們出了門。

這年入冬，天氣格外寒冷，離張小碗最後一次收到小兒的信已過三個月之久了，她偶爾問孟先生幾句關於塞北的天氣，孟先生只年輕時去過一趟，這三十多年過去了，他記得也不是太清了，便著人去尋了一些關於此的書回來，一字一句唸給張小碗聽。

張小寶、張小弟回來了一趟，給大姊送糧、送肉，聽得小外甥好幾個月都沒著家了，問他們大姊他去哪兒了，大姊也不說。兩兄弟回去後，只得哄著家裡人，說這次見著的大姊和懷善都很好，私下裡，兩兄弟卻連覺也睡不好。

張小弟沒捺住，又回了葉片子村見了他姊，說家中有小寶照顧，他現下又沒成親，單身一人，就讓他去陪陪懷善吧。

張小碗未理會他，張小弟這時卻不呆頭呆腦了，他去見了孟先生。

當晚一席談話後，孟先生隔日便找了張小碗，與她道：「就依得他吧，多一個後手，懷善撤走之日，也多一條路。」

張小弟與汪懷善長得無絲毫相像之處，尤其張小弟面容平凡，但身材高大，像那塞北之人，他跟著行商的馬隊去了塞北，等候在那暗號處，到時要是別的路不好撤，他這條平民之道，卻是最好撤的。

「我看妳小弟那頭腦甚是清晰，待蓄了鬍鬚，與那塞人也有幾分相符，我看確也是條路啊！」見張小碗低頭不語，孟先生只得再說上幾句。「到時要是懷善及時撤回，給他捎了信，讓他回了就是。這一趟，捎帶貨物，他也能得幾個辛苦錢，也是好事。」

張小碗聞言苦笑。「家中有一人涉險，我心已是如火燒、如油煎，再得一人……先生，婦人怕是會熬不住。」

說罷，她找了胡九刀，讓他押了小弟回去，讓小寶好好看管住他。

但哪想，在孟先生這番話過後的第二日，小弟就不見了！他留了信給張小碗，信上就一行字——

我找外甥去了，妳給我說好媳婦吧，接好懷善，我就回家中來娶！

張小弟這一去，張小碗連著幾天都吃喝不下。張小寶小心翼翼來看她，一見他，張小碗心火一起，拿了棍子就抽了過去！

張小寶躲躲閃閃，也還是被狠抽了好幾棍，肉疼得很。

趙桂桃也揹了娃兒來，在旁「哎喲、哎喲」地替自家夫君疼著，但一句求饒的話也不敢說。

他們家的孩子張安寧已一歲多大了，以為是大姑姑跟著他爹在玩兒，拍著小手板格格笑著，為他姑姑和爹爹助威。

張小碗抽了幾下，也確實是打不下去了。

趙桂桃見機立馬行事，忙把胖娃子塞到了她手上，拉著張小寶就往灶房跑。「大姊，俺倆給妳做飯吃去！」

說著就跑了，換張小碗抱著張安寧，看著他那骨碌碌盯著她的眼睛，心裡漸漸靜了一些下來。

她又怎麼可能不怕？弟弟也是她養大的孩子，要是出了事，她要如何才好？可是再怕又如何？人走了，她也只能聽天由命。

張小寶帶著媳婦、兒子來住得幾日後，又被張小碗趕了回去。

他們是夜晚趕的路，隨身帶了張小碗給他們的一千餘兩，因張小寶也得了張小碗吩咐的、拿錢打點一些人存糧的事要去辦，張小碗一趕，他自然也就帶著人回了。

張小碗也給小妹捎了話，說她一個女孩子要是敢摸路回來，她就著人送她回梧桐村嫁人去。

她這話讓張小寶捎了回去，小妹氣得直跺腳。「就知道天天說我，我還稀罕嫁在這地方了？」說著就哭了起來。「我去給她做飯也不成嗎？」

張阿福在一旁見閨女哭，心裡難受，小老頭見不得，背著手、躬著腰出去了。劉三娘則坐在那兒默默地掉眼淚，要是去得，她也是願意去給大閨女煮飯的。

可是去了，只是添麻煩，又如何能去得了？

只得先守在這兒，讓她安心。

這年入冬快要過年之際，世子府那邊送來了不少什物，包括銀兩。

其間汪永昭來過一次，被世子府派來的老奴帶進了堂屋，張小碗見到他時微笑行禮，溫順得很，與前段時間無二，但那次汪永昭只坐得一會兒，待用過午膳就走了，再也沒來過。

但到大年三十的前一天，汪杜氏帶了聞管家過來，請張小碗回府過年。

「沒有讓您一人在外過年的道理，大嫂。母親不在家中，您是長嫂，要是您也不回的話，外面還不定怎麼說我們汪家，一家老少，實在為難得很。」汪杜氏如此說道，說罷，面露苦色。

張小碗有些猶豫，汪杜氏一看，便又道：「知您家中還有懷善的先生，大哥說了，若他不嫌棄，能否請他一道入府中過年？」

「這……」張小碗頓了一下，便道：「先生的事我作不得主，請讓我跟他商量過後再說吧。」

汪杜氏又笑著道：「他是懷善的先生，自然也是我們汪家的先生，還請大嫂把這話轉予先生聽。」

張小碗笑著點頭應是，便又跟她商量好了明日早間再派人來接即可。

當天晚上，世子府那邊便來人接了孟先生出去了。

第二日，汪杜氏帶人來接張小碗回汪家，並未見到孟先生。

汪杜氏聽得張小碗說孟先生去了世子府後，隨即閉上了嘴，臉上的笑也顯得牽強了起來。

待張小碗到了汪家，暫在那安置她的房中剛坐下不久，柳綠就敲了門，得到應允後從外面走了進來，朝她福了福身，怯生生地說：「總兵大人著人來說，請夫人您過去一趟。」

柳綠、柳紅這小半年被世子府的那幾個老人訓了點樣子出來，見著張小碗不再像之前那樣肆意，平日在家中張小碗讓她們站多遠，她們也只得站多遠，罔顧主意的話，就得被世子府那幾個老人拿著釘了釘子的鐵板子罰。

她們被罰了幾次，就再也不敢像以前那樣跟張小碗說話了。

現下，也是張小碗讓她們站在外面她們就站在外面，是大公子那處來人了，柳綠才進門說話。

「現下嗎？」

「是。」

張小碗整理了下身上的衣裳，便出了門。

一出門，廊下的江小山便朝她行禮。

「請夫人安。」

「多禮了，帶路吧。」張小碗朝他笑了一笑。

一路行至那大院處，待進到大廳，張小碗便朝主位的男人行禮，溫言道：「給大公子請安。」

「坐。」汪永昭慢慢地掃了她一眼。

張小碗抬眼，朝他一笑，看到主位另一旁的位子，她便又朝汪永昭看去，見汪永昭無話，她便往另一個主位坐去。

剛坐下，就聽汪永昭淡淡地吩咐——

「叫姨娘們進來。」

張小碗進門時，就見得另一側門已然站了幾個風姿綽約的女子，心裡大概有了個數，這下聽得這話，眉眼未動。

汪永昭的話一說完，那門邊就有了聲音。「大公子請諸位姨娘進門拜見夫人。」話罷，幾個女子都半扶著楊柳腰進來了。

張小碗一看，從表姨娘看到最後那位天香國色，發現汪永昭的胃口也真是統一得很，個個瞧起來都別有一番楚楚可憐的味道，要說稍有點不同的，就是第三位姨娘，臉色顯得冰冷了一點，有點冰山美人的味道。

「拜見夫人。」這邊張小碗只掃了她們一眼，那廂那四位已然朝她福腰。

這幾人姿勢大致相同，但就這輕輕一福，又各自有了她們的味道。張小碗瞧得那表姨娘，見她嘴角還掛了點淺淺笑意，心道這麼些年了，這表姨娘大概又聰明了點，至少，學會了在表面上給她點臉了。

張小碗內心不無嘲諷，面上卻還是掛著溫和笑容。「有兩位是未曾見過面的，給妳們備好的見面禮還在房中，妳們且候上一會兒，我讓丫鬟給妳們取來。」

說罷，對門邊站著的柳綠、柳紅淡淡地說：「去把我給姨娘們備好的物件拿來。」

柳綠、柳紅這才領會過來，她們沒有在夫人說話之前就去拿物件！當匆忙退下去拿什物的途中，她們心裡暗暗叫苦，不知這事回去被管事的知道了，又得要被釘多少下鐵釘子？

「勞夫人惦記。」

「謝夫人。」

這四人又接續說話，這幾句話中，張小碗有聽得明白的，有聽不明白的，聽完她也就笑，並不再說話，靜坐著等丫鬟過來。

大廳裡靜默了些許時候，過得一會兒，汪永昭不疾不徐地開了口。「今晚妳領了她們在別桌吃飯。」

「嗯？」張小碗聽得一愣，回過頭看他，眼裡有困惑，聲音也堪稱柔順。「我與姨娘們一桌？」

她驚訝至極，汪永昭聽得朝她厲眼看過來，對上她困惑的眼，那冷冷的眼光更是顯得深沈。

他未語，張小碗也未說話，只是微帶困惑地偏頭看他，只過得一會兒，江小山便匆匆進門，對汪永昭道——

「大公子，世子府來人了，說世子妃知小公子生母入府過年，便送來禮物，還請夫人前去接了世子妃的正禮。」

張小碗聽了微訝，拿著手帕擋了嘴，恭順地朝汪永昭看去，希望得到他應允。

「去吧。」汪永昭微微一頓，收回了眼神，若無其事地淡然發話道。

張小碗便站起，朝他福了福禮，未再看那些個個漂亮得緊的姨娘們一眼，便朝大門走去。

待走到門口，她突然想起一事，便朝江小山道：「我給姨娘們的見面禮都是兩個銀圈子，待會兒丫鬟取來了物件，你幫我分發了下去，她們給我的，你收了過來給柳紅、柳綠她們即可。」

江小山應了聲，頭微微地往後瞧了一瞧，瞄到了大公子的冷臉，他心裡唉聲嘆氣了一聲，快步帶著張小碗去了那接客的廳屋中了。

說來，他也不知大公子的心思如何了，明明是要接了大夫人來正屋住的，卻又把她安排到了偏屋去；現下看來，姨娘們本是要朝夫人行跪拜禮的，偏又只行了福腰禮，當真叫他百思不得其解。

現眼下，世子妃都送了禮過來幫大夫人撐腰了，這大公子怎麼就讓她一個人去了呢？就算再不喜她，也不能這樣打大夫人的臉啊！吃了大夫人那麼多的飯，這點恩情都不給，真真是心狠。麗姨娘昨晚對他的一通撒嬌，就這麼叫他歡喜嗎？讓他換了大夫人的正屋，還免了她們的跪拜禮？

張小碗接了禮物後，剛到房中歇息了一口氣，汪杜氏就慌忙過來與她道：「大嫂，妳快快去後院看上一看！」

「怎麼了？」張小碗見她那驚慌的樣子，不由得疑惑。

「妳那丫鬟，不知是那個叫柳綠還是柳紅的，把小二公子推到池塘裡去了！」汪杜氏說完，眼淚猛掉。「那可是大哥的心肝，這可怎麼辦？大嫂，妳快去瞧上一瞧吧！」

張小碗聽完，當即冷眼看了這婦人一眼，淡然道：「是我的丫鬟犯的錯？那是大公子給我的人，妳去問問大公子，要怎麼處置即好。還有，二夫人……」張小碗微抬了臉，臉色冷冷地看著這汪杜氏。「一個庶子出了事，妳作為掌家夫人，現下不去看看情況，跑到我這裡來哭哭啼啼做啥？不明白的，還以為是我親生兒子死了，妳到我這兒哭喪來了。」

汪杜氏的臉色頓時一白，握帕子的手停在了眼角，都忘了動。

張小碗冷冷地看著她，這汪家後院裡的事，她們要怎麼鬧都可以，但扯上她就不明智了。

「弟媳知錯，請大嫂諒解。」汪杜氏只頓了一下，便朝她福了福腰。

張小碗未語，只是冷眼看著她。

「那，弟媳現下就去看看？」汪杜氏這聲音輕了一些。

「去吧。」張小碗淡淡地開了口。

她在房中把禮物歸置好，心裡列了一份清單，剛坐下想喝口桌上的冷茶，就聽到了一串急步而來的腳步聲。

她端起茶杯，剛抿了一口，腳步的主人就一腳踹開了門，站在門口冷冷地看著她。

「大公子。」張小碗站起了身，朝他福禮。

「妳好大的膽子，張氏！」

「婦人不解，望大公子明示。」

汪永昭聽得冷冷地勾起嘴角，大步進了門，伸腿一踢，把門踢上。他看著張小碗，一字一句地說：「看來我們得好好說說。」

張小碗淡淡一笑，朝他福了一下。

汪永昭在桌前坐下，厲眼也隨之掃了過來。「我的兒子就不是妳的兒子了？」

「大公子何出此言？」張小碗在心裡為那汪杜氏的告密搖了搖頭。

「剛說過的話就忘了？」

「您說的是二夫人剛來我屋裡哭喪的事？」張小碗緩緩在另一頭坐下，不疾不徐地說：「如若是那事，我倒是說了句她哭得像我死了親生兒子，倒也沒說那庶子不是我的兒子、不是汪家的子孫，大公子誤解了。」

「妳的意思是，庶子死了，哭都不許人哭一聲了？」汪永昭譏嘲地挑起了嘴角。

張小碗微微一笑。「這又何必哭？當年我兒被您一提一扔，高燒了數天差點死去，可沒人來為他掉過一滴淚，婦人更是苦得一滴眼淚都流不出。現下庶子掉進池塘裡，有事沒事都還不知，大公子就要婦人為他痛哭一場，才算是對得起您嗎？」

「妳都記得。」汪永昭聽得半會兒無語，隨後，他收回了眼神，閉了閉眼。

「依稀記得而已。」說到這兒，張小碗嘆了口氣。「您後院裡的事，何必要涉及到婦人？我會害您的庶子嗎？大公子，我早前跟您說過，婦人粗鄙，無大家風範，這輩子可老死在宅外，您要我為汪家的體面所做之事，我都會按您說的去辦，您又何必……」她話到此而止。

汪永昭聽了垂眼一會兒，淡淡道：「懷善去哪兒了？」

「不知。」

「不知？」汪永昭抬頭看向張小碗，目光漠然。「我都忘了，妳心中無汪家。」

張小碗聞言苦笑出聲，她起身跪在了汪永昭的腳前，抬臉看著他，眼睛微濕。「我心中無汪家？大公子，我要是心中無汪家，我今日會進這是非之門？我才剛來半天，這已經是有多少事了？婦人心裡已然苦不堪言。大公子，你若真有一點視我為妻，可否想想婦人的為難之處……」

她忍了忍，又將眼淚眨了回去，還是難掩哽咽地道：「懷善的事我是真不知，只知世子派人來說，他會有一段時間不能著家，並賞了我不少銀兩和東西，其他的，婦人真不知啊……」說著她彎下了腰，真正痛哭了起來。「我也想他啊，我也想知他去了哪兒啊！他從未離開過我這麼久，我夜思日想，這心都要想碎了……」

汪永昭聽罷，良久未出聲，許久之後，他起身抬步離去。

待站到門口，他聽到了門內那婦人崩潰的哭聲，眉頭深深地皺了起來。

他走回了書房，許師爺早候在那兒，見到他便施禮問道：「可有問出消息來？」

汪永昭先是沒說話，坐在椅中沈思了好一會兒後，他才抬臉對許師爺說：「師爺，我瞧不透那婦人話中的真假。」

許師爺聽罷捋了一下鬍鬚，緩緩道：「這事，還得找孟老先生才能問出一二。」

「王爺那邊沒得多長時間了。」汪永昭淡淡地說。

「要不，您再找找世子，說夫人思子心切，臥病在床，也許他會多少告知您一些……」

許師爺小心地探問道。

汪永昭看著師爺笑出聲，他搖著頭嘆道：「許先生啊，你還是不瞭解世子啊，忠王爺從他嘴裡都問不出的事，區區一個婦人的病就能讓我問出來了？」

「那……」許師爺只得再出一法。「待年後那孟先生回村後，您再多多去葉片子村陪陪隱居的夫人吧？想來，外人知您體恤農家出來的夫人住不慣高門大戶，才讓她隱在鄉下清閒自在，又因夫妻情深，憐她寒夜漫漫無人相伴，隔兩日就去陪伴過夜，說來這也是樁美事。」

汪永昭聽得雙眼含笑，輕笑出聲。「許師爺啊，你這也是個辦法，只是那宅子裡，現眼下都是世子的人啊！」

「所以，這就得讓夫人的心掛在您身上了。有了她幫您，滿院子都是世子的人又如何？」許師爺深斂了眉，慢慢說道：「只要她傾心於您，就是小公子，不管是在人前，即便是在人後，不也得規規矩矩地給您行禮，叫您一聲父親大人？」

汪永昭聽得大笑出聲，一串笑聲過後，他搖了搖頭，對許師爺淡淡地說：「師爺啊，我看您啊，也真是老糊塗了……」說罷，也不管師爺是作何想，揮手讓他退了下去。

讓那婦人傾心於他？真是再荒謬不過了。

她要是會傾心於他，也就不會放出那等「隨得他女人多少、子嗣多少，都不關她的事」的話了，更不會當他歸於美人鄉後再去看她時，笑得那般輕鬆了。

那婦人的心完全是硬的，她的眼中，怕是只有那小兒一人。

當夜，吃團圓飯堂屋的側廳裡，張小碗領著汪家的三位正妻入了座。

汪永莊的新媳婦在年前娶得，當時張小碗託病沒來，現下見得這三夫人，她直接給了人一匣子銀子，笑著對她說道：「來得匆忙，也備不了什麼好禮，這匣銀子妳且拿了去，是打手鐲還是打頭飾，妳且自行看著辦。」

汪永莊平日對張小碗言辭中有所不滿，他這夫人也是知道的，但眼下得了一匣銀子，她那鵝蛋臉上的笑也顯得真摯。「多謝大嫂賞賜！」她盈盈一拜，接過了張小碗手中的匣子。

其餘兩位打扮得體，不是明豔就是嬌豔的二夫人、四夫人見狀，忙拿帕掩嘴輕笑了起來，房內一片歡笑連連。

「妳們的，以前給過，就不給了……」張小碗也輕笑了幾聲。說到這兒，她突然想起一事，忙把手中世子妃賞給她的玉鐲褪了下來，對那四夫人汪余氏笑著說：「說來還是有件要給妳的，這物件是世子妃賞的，本不應再拿出來給人，可一看到這綠鐲我就想起了妳，妳這等漂亮，閨名中含玉的人才襯得起這鐲子，若是不嫌棄，就拿了去吧！」

說著，她傾過身，笑意盈盈地把鐲子送到了這汪余氏的面前。

汪余氏今天本就著了一件綠緞面的衣裳，看得這極配衣裳、透體碧綠的鐲子，心中一喜，但面上還是有些猶豫。「這可怎麼好意思？」

「不嫌棄就拿著。」張小碗笑望著她那嬌豔的臉。「永重幾個月前，還送來一腿牛肉與他那頑劣的小姪吃，都沒讓他小姪來給你們道謝，妳就當我是替他道謝來了。」

「大嫂您這話說的……」汪余氏忙起身，福禮接過那綠鐲，遂戴在了手上，更是襯得她那纖纖玉腕潔白纖細。她嘴含著笑，把鐲子掩到袖裡，便對張小碗略帶感激地道：「多謝您的賞，把這上等的玉鐲子給了我。」

張小碗這時坐回了身，聞言便淡笑道：「永重和妳都真心記掛著我們母子，我這不就也記掛上你們了？」

說罷，若無其事地轉過別的話，與那汪杜氏笑著說道：「我看家中一團和氣，想來二夫人這家當得真是好，可真是煩勞妳了。」

未得東西的汪杜氏臉上的笑容有些勉強。「大嫂謬讚了。」

張小碗微微一笑，掃了她一眼，不再言語。

她儘管在外宅管不得什麼事，但她畢竟是汪永昭明面上的正頭娘子，汪杜氏要是不給她臉，她也就能讓她看看，自己要掃掃她的臉面，是何等輕而易舉的事。

當晚用膳，汪永昭發了話，姨娘們去自己院中吃，於是這已經進入後半堂廳的美人們又領著丫鬟走了。

張小碗坐在後堂的主位，面帶微笑，她看著她們進來，也看著她們出去。

看樣子，汪永昭也並不是真把這些個女人當回事。可惜啊，這女人娶進了門，可沒哪個女人是容得了你說讓她們來她們就來，說讓她們走她們就走的。

果不其然，當汪觀琪也進了堂屋，提筷領了汪家人一道用團圓飯不到半會兒，那屋前就有雯姨娘的丫鬟來報，說是小二公子發了高燒，現下連氣都喘不過來了。

這廂女眷桌的汪杜氏看了張小碗一眼，猶豫了下，還是叫來了身後丫鬟說了幾句話。

張小碗無心聽她說什麼，垂了眼挾著菜慢慢嚼著，不動如山。

那廂汪永昭得了報，沈默了一會兒，起身而去。

汪杜氏得了他的反應，像是鬆了口氣，起身對著張小碗一福腰，說道：「大嫂，我且去瞧瞧，看看大哥有什麼要吩咐的沒。」

張小碗「嗯」了一聲，眼睛都未瞥她一眼。

汪杜氏看她兩眼，便領了丫鬟而去，出隔屏時，那帕子還往後甩了一下。

她那帕子是絲綢的，在空中飛舞得很是漂亮，正好映入了張小碗的視線。

張小碗輕瞥一眼，微微一笑，並未說話。

那廂汪杜氏去了汪觀琪桌前告了罪，剛領著丫鬟出了門，那汪永昭就進了門，見到她，便淡淡道：「也罷，妳去瞧上一瞧。」

說著就進了屋，撳袍而坐，重新執筷。

汪杜氏走之前，身體微微一頓，汪永重的娘子汪余氏可沒錯過她那一僵。待飯後用茶漱了口，可以說話後，她朝著張小碗靠近了一些，笑著道：「嫂子今年可是要領我們守夜？」

「妳們可有那個精力守得？」張小碗笑著說。

「有的、有的！」四夫人汪余氏笑著連連點頭，那三夫人見狀也含蓄笑著點了頭。

待再拜過汪觀琪與汪永昭後，張小碗隨即領了她們在小廳做著針線活兒守歲，時不時與她們相談幾句。

等到亥時，二夫人回來了。
她朝張小碗行了禮，張小碗輕「嗯」了一聲。「別多禮。」
她說得很是溫和，汪杜氏見她臉色尚好，那提著的心算是半落了下來。
說來說去，這畢竟是住在外宅的夫人，就算對她有些不快，想來也不會拿她怎麼樣。
她當了好幾年的當家夫人，她就不信，這大嫂連那點臉面都不給她，就算是大哥，也不會不給她點臉。
汪杜氏安靜地在另一張椅子上坐了下來，張小碗也未多話，依舊忙著她手中的針線活兒，連句話都未問。
欲到子時，江小山進來請了幾位夫人過去。
因要在大宅門鎮府獸前放鞭炮、震太歲，這時是人多熱鬧，所以連家僕也跟在了身後，各房的姨娘們也都來了，清冷的冬天深夜，因著她們身上的脂粉香味和豔麗的衣裳，硬是把寒冷之夜渲染出了幾分花團錦簇之感來。
就那麼掃一眼，張小碗也覺得汪家姨娘們的質量還是偏高的，不過，最好看的，還是大公子的那幾位，這夜晚裡的她們看起來，更是顯得楚楚動人。
待一行人都到了大門口，離子時沒得多時了，不遠處也聽得了別人的府門也都大開了，人聲嘰嘰喳喳，熱鬧無比。
汪觀琪這時轉頭對身邊的大兒子說：「今年就你來點這第一聲炮竹吧，以後，這家也得你當起來了。」

汪永昭輕點了下首，回頭往後一看，此時寒風吹晃了紅燈籠，紅色的光線飄飄蕩蕩地映在他的臉上，這讓他那張出色的臉顯得更是英俊。這時他朝著女眷們掃了一眼，薄唇微張。

「張氏。」

張小碗在一片視線中向前走了兩步，福腰行禮。「是。」

「過來。」汪永昭說完這句就轉過了身。

張小碗小步走了過去，先朝汪觀琪行了禮。「老爺。」

「嗯。」

「大公子。」

汪永昭未理會她，他朝聞管家看了一眼，聞管家看了看漏壺，示意他時候確也差不多了，他便吹燃了火摺子。「過來。」

張小碗朝他走了過去。

「握上這頭。」汪永昭看了眼火摺子的後頭。

張小碗伸手握住，汪永昭便帶著她的手，往掛著的鞭炮點去。

就在那一刻，鞭炮聲震天，火光四射。

那刻的火光絢爛，空氣卻是嗆人的。在震耳欲聾的聲響中，張小碗看到汪永昭的眼靜靜地看著她。

她微笑著迎了上去，沒從裡面看出什麼情緒來，便又轉過了頭。

然而，就在某個時刻，四方八面的鞭炮聲稍有點微弱時，汪永昭開了口，他湊近張小碗的耳，用一種張小碗無法忽略的力道說——

「妳最好記住，妳是汪家婦。」

她是汪家婦，該給她的身分、地位，他如今也給了她，最好是別讓他知道，她和她那失了蹤的混帳兒子敢做出什麼對不起他的事！

——未完，待續，請看文創風210《娘子不給愛》3

文創風
209

娘子不給愛 2

國家圖書館出版品預行編目資料

娘子不給愛 / 溫柔刀著. --
初版. -- 臺北市 : 狗屋, 民103.08
冊 ; 公分. --（文創風）
ISBN 978-986-328-336-2（第2冊：平裝）. --

857.7　　103013053

著作者　溫柔刀
編輯　黃淑珍
校對　沈毓萍　王冠之
發行所　狗屋出版社有限公司
地址　台北市104中山區龍江路71巷15號1樓
電話　02-2776-5889～0
發行字號　局版台業字845號
法律顧問　蕭雄淋律師
總經銷　知遠文化事業有限公司
電話　02-2664-8800
初版　103年8月
國際書碼　ISBN-13　978-986-328-336-2
原著書名　《穿越之种田贫家女》，由北京晉江原創網絡科技有限公司授權出版

定價250元
狗屋劃撥帳號：19001626
網址：love.doghouse.com.tw　E-mail：love@doghouse.com.tw